CB027295

A MÃO ESQUERDA DA ESCURIDÃO

URSULA K. LE GUIN

A MÃO ESQUERDA DA ESCURIDÃO

Tradução
Susana L. de Alexandria

Aleph

A MÃO ESQUERDA DA ESCURIDÃO

TÍTULO ORIGINAL:
The Left Hand of Darkness

COPIDESQUE:
Carlos Orsi Martinho

REVISÃO:
Ana Cristina Teixeira
Isabela Talarico

CAPA:
Giovanna Cianelli

PROJETO GRÁFICO:
RS2 Comunicação

DIAGRAMAÇÃO:
Desenho Editorial

ILUSTRAÇÃO DE CAPA:
Marcela Cantuária

DADOS INTERNACIONAIS DE CATALOGAÇÃO NA PUBLICAÇÃO (CIP)
(CÂMARA BRASILEIRA DO LIVRO, SP, BRASIL)
VAGNER RODOLFO DA SILVA - CRB-8/9410

L433m Le Guin, Ursula K.
A mão esquerda da escuridão / Ursula K. Le Guin ; traduzido por Susana L. de Alexandria.
- 3. ed. - São Paulo : Aleph, 2019.
304 p.

Tradução de: The left hand of darkness
ISBN: 978-85-7657-448-4

1. Literatura americana. 2. Ficção. I. Alexandria, Susana L. de.
II. Título.

2019-900 CDD 813.0876
CDU 821.111(73)-3

ÍNDICES PARA CATÁLOGO SISTEMÁTICO:
1. Literatura americana : Ficção 813.0876
2. Literatura americana : Ficção 821.111(73)-3

Rua Bento Freitas, 306 - Conj. 71 - São Paulo/SP
CEP 01220-000 • TEL 11 3743-3202
www.editoraaleph.com.br

@editoraaleph

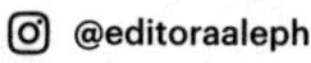

@editora_aleph

Nota dos editores

O livro que você tem em mãos agora comemora os 50 anos do clássico *A mão esquerda da escuridão*, considerado por muitos a obra-prima de Ursula K. Le Guin. Ele é fruto de um contexto histórico e de uma profunda inquietação. Poucos anos antes de publicá-lo, Le Guin, que hoje é considerada uma das maiores autoras da ficção científica, viu-se dividida. Por um lado, era uma escritora de ficção popular em início de carreira, que se desdobrava para contar histórias que não apenas agradassem ao público, mas também aos exigentes editores das revistas de contos fantásticos de seu tempo. Os esforços dela eram focados em ser lida, compreendida e considerada relevante em um mercado dominado pela masculinidade.

Por outro lado, Le Guin era uma mulher de seu tempo. Leitora voraz e parte indissociável dos movimentos de contracultura – uma escritora de ficção científica pautada em ciências humanas, como sociologia e antropologia, não teria muita escapatória –, não passou ilesa à efervescência dos estudos de gênero, que ganharam força total com a releitura de obras de Simone de Beauvoir e publicações como *A mística feminina**, de Betty Friedan. Em seu artigo "Is gender necessary?" (em tradução livre, "Gênero é necessário?"), publicado pela primeira vez em 1976 (e que ganhou uma edição "redux" em 1987 que revisou alguns pontos que a autora considerou cruciais no texto), Ursula divide que passou a "querer definir o significado de sexualidade e de gênero, tanto na minha vida quanto em nossa sociedade. Muito disso já fazia parte do inconsciente, pessoal e coletivo, e deveria ser trazido de volta à consciência, ou se tornaria destrutivo"**. Em meio a tantos debates e pluralidades de perspectiva, Le Guin se viu, afinal, com uma pergunta: o que é ser mulher?

Foi com esta inquietação, em plena década de 1960, que a autora escreveu *A mão esquerda da escuridão*, que propõe um profundo debate sobre sexualidade e os papéis convencionais que cada sexo assume em nosso mundo ao despir a sociedade do binarismo dos gêneros. Não à toa, a história de Genly Ai rumo a Gethen – e tudo aquilo que ele vê pelo caminho e o tira de sua zona de conforto – tornou-se uma das obras mais debatidas da autora, sendo até hoje foco de atenção entre especialistas de ficção científica.

Já na época de seu lançamento, o livro dividiu opiniões. Boa parte da crítica especializada se apaixonou instantaneamente pela obra; Harold Bloom, famoso crítico literário americano, diria, anos depois da publicação, que "Le Guin, mais do que Tolkien, levou a fantasia ao status de alta literatura no nosso tempo" por conta de sua afinidade com o livro. Transgressor até os dias atuais, esta obra segue como referência imediata a qualquer interessado pelo tema da androginia.

Mas os elogios não foram unânimes: muitos movimentos feministas questionaram as escolhas de Le Guin ao se referir às criaturas andróginas como "eles", em vez de usar pronomes neutros. Houve

---

* Publicado no Brasil pela editora Vozes em 1971.

** Le Guin, Ursula K. Is gender necessary? In: *The language of the night: essays on fantasy and science fiction,* 1979, p. 155.

também debate sobre a heteronormatividade sugerida durante o *kemmer*, o período de fertilidade dos habitantes de Gethen, uma vez que, no contexto da trama, conhecemos apenas a perspectiva de casais compostos por um homem e uma mulher.

As críticas foram ouvidas e na versão reformulada do artigo "Is gender necessary?", Le Guin se refere a todos os questionamentos de mulheres que leram a obra. Em determinado trecho, diz: "agora eu entendo: homens estavam mais inclinados a ficarem satisfeitos com o livro, que permitia uma visita segura à androginia de um ponto de vista masculino convencional. Mas muitas mulheres queriam ir além, arriscar mais, explorar a androginia de um ponto de vista feminino também [...]. Acho que as mulheres estavam certas em pedir mais coragem da minha parte e mais especulação sobre as implicações disso"*.

O fato de Le Guin ter acatado as críticas ao revisitar sua obra anos depois não a diminui em nenhum sentido. Pelo contrário: a necessidade da autora em tornar o debate fresco e atualizado para seu contexto, décadas depois da publicação, só mostram o quanto esta história deixou marcas para quem teve a sorte de conhecê-la em seu lançamento.

A nós, que 50 anos depois seguimos lendo, pensando e interpretando *A mão esquerda da escuridão*, fica o diagnóstico de que se trata, indiscutivelmente, de um clássico: segundo Ítalo Calvino, um clássico é um livro que ainda não terminou de dizer aquilo que tinha para dizer. Úrsula nos deixou, mas sua voz potente ainda ecoa nas reminiscências de seus parágrafos, de suas vírgulas e de seus pontos.

---

* Le Guin, Ursula K. Is gender necessary? – Redux. In: *The language of the night: essays on fantasy and science fiction*, 1979, p. 171.

Introdução

Ursula Kroeber Le Guin

A ficção científica costuma ser descrita, até mesmo definida, como extrapolação. Espera-se que o escritor de ficção científica tome uma tendência ou fenômeno do presente, purifique-o e intensifique-o para efeito dramático e estenda-o ao futuro. "Se isto continuar, eis o que acontecerá." Faz-se uma previsão. O método e os resultados assemelham-se aos do cientista que alimenta ratos com grandes doses de suplementos purificados e concentrados, a fim de prever o que pode acontecer às pessoas que comem aquilo em pequenas doses e por um longo período. O resultado parece ser quase sempre, inevitavelmente, câncer. Assim se dá com o resultado da extrapolação. Obras de ficção científica estritamente de extrapolação em geral chegam mais ou menos onde chega o Clube de Roma: em algum ponto entre a extinção gradual da liberdade humana e a extinção total da vida na Terra.

Isso talvez explique por que muitas pessoas que não leem ficção científica a descrevam como "escapismo", mas, quando questionadas mais a fundo, admitem que não leem ficção científica porque "é muito deprimente".

Qualquer coisa levada a seu extremo lógico torna-se deprimente, quando não cancerígena.

Felizmente, embora a extrapolação seja um elemento da ficção científica, não se trata, de forma alguma, de sua essência. A extrapolação é racionalista e simplista demais para satisfazer a mente criativa, seja a do leitor ou a do escritor. Variáveis são o tempero da vida.

Este livro não é uma extrapolação. Se você quiser pode lê-lo, assim como outros livros de ficção científica, como um experimento mental. Digamos (diz Mary Shelley) que um jovem médico crie um ser humano em seu laboratório; digamos (diz Philip K. Dick) que os aliados tenham perdido a Segunda Guerra Mundial; digamos que isto ou aquilo seja assim ou assado e vejamos o que acontece... Numa história concebida desse modo, a complexidade moral própria do romance moderno não precisa ser sacrificada, nem existe nela um beco sem saída inerente; o pensamento e a intuição podem mover-se livremente dentro de limites estabelecidos pelas condições da experiência e que, na verdade, podem ser muito amplos.

O objetivo do experimento mental, termo usado por Schroedinger e outros físicos, não é prever o futuro – na verdade, o experimento mental mais famoso de Schroedinger acaba mostrando que o "futuro", no nível quântico, *não pode* ser previsto –, mas descrever a realidade, o mundo atual.

A ficção científica não prevê; descreve.

Previsões são feitas por profetas (de graça); por videntes (que geralmente cobram um honorário e, portanto, são mais respeitados em sua época do que os profetas); e por futurólogos (assalariados). Previsões são o trabalho de profetas, videntes e futurólogos. Não são o trabalho de romancistas. O trabalho do romancista é mentir.

A meteorologia diz como vai ser a próxima terça-feira, e a Rand Corporation diz como vai ser o século 21. Não recomendo que você procure por tais informações com escritores de ficção científica. Eles não têm nada a ver com isso. Tudo o que tentam fazer é dizer como eles são, como você é – o que está acontecendo –, como está o tempo agora, hoje, neste momento, a chuva, o sol, olhe! Abra os olhos; ouça,

ouça. É isso o que os romancistas dizem. Mas eles não dizem o que você vai ver e ouvir. Tudo o que podem dizer é o que viram e ouviram, durante sua vida neste mundo, um terço dela dormindo e sonhando e, outro terço, contando mentiras.

"A verdade contra o mundo!" – sim. Certamente. Escritores de ficção, pelo menos em seus momentos mais corajosos, realmente desejam a verdade: conhecê-la, dizê-la, servi-la. Mas seguem um caminho tortuoso e peculiar, que consiste em inventar pessoas, lugares e eventos que nunca existiram ou existirão de verdade, contando essas histórias fictícias de forma extensa, detalhada e com uma boa dose de emoção; e então, quando terminam de escrever esse monte de mentiras, dizem: "Aí está! Eis a verdade!"

Escritores podem usar todo tipo de fatos para sustentar sua coleção de mentiras. Podem descrever a Prisão de Marshalsea, que realmente existiu, ou a Batalha de Borondino, que realmente foi travada, ou o processo de clonagem, que realmente ocorre nos laboratórios, ou a deterioração de uma personalidade, que é descrita em livros reais de psicologia; e assim por diante. O peso de lugares, eventos, fenômenos e comportamentos verificáveis faz com que o leitor esqueça que o que está lendo é pura invenção, uma história que nunca ocorreu em lugar algum senão numa região ilocalizável: a mente do autor. Na verdade, quando lemos um romance, ficamos loucos – malucos. Acreditamos na existência de pessoas que não existem, ouvimos suas vozes, assistimos à batalha de Borondino junto com elas, podemos até nos tornar Napoleão. A sanidade retorna (geralmente) quando se fecha o livro.

Há mesmo algo de surpreendente no fato de nenhuma sociedade respeitável jamais ter confiado em seus artistas?

Mas nossa sociedade, problemática, desnorteada, em busca de uma direção, às vezes deposita uma confiança completamente equivocada em seus artistas, usando-os como profetas ou futurólogos.

Não digo que artistas não possam ser profetas, inspirados; que o *awen* não possa inspirá-los e o deus, falar por meio deles. Quem seria artista se não acreditasse que isso acontece? Se não *soubesse* que isso acontece, porque sentiu o deus lá dentro, usar sua língua, suas mãos? Talvez apenas uma vez, uma vez na vida. Mas uma vez basta.

Nem diria que só o artista carrega este fardo e este privilégio. O cientista é outro que se prepara, se apronta, trabalhando dia e noite, dormindo e acordado, para a inspiração. Como Pitágoras sabia, o deus pode falar nas formas da geometria ou nas formas dos sonhos; na harmonia do pensamento puro ou na harmonia de sons; em números ou palavras.

Contudo, são as palavras que causam problema e confusão. Pedem-nos agora que consideremos as palavras úteis apenas de uma forma: como signos. Nossos filósofos, alguns deles, nos fariam concordar que uma palavra (frase, sentença) tem valor apenas na medida em que carrega um sentido único, aponta para um fato compreensível ao intelecto racional, de sólida lógica e – idealmente – que possa ser quantificado.

Apolo, o deus da luz, da razão, da proporção, da harmonia, do número – Apolo cega os que se aproximam demais em adoração. Não olhe direto para o sol. Entre num bar escuro por um tempo e tome uma cerveja com Dionísio, de vez em quando.

Falo sobre deuses, mas sou ateia. Porém, sou artista também e, portanto, mentirosa. Não confie em nada do que digo. Estou dizendo a verdade.

A única verdade que consigo entender ou expressar define-se, logicamente, como uma mentira. Define-se, psicologicamente, como um símbolo. Define-se, esteticamente, como uma metáfora.

Oh, é ótimo quando me convidam para participar de Congressos Futurológicos em que a Ciência de Sistemas mostra seus gráficos grandiosos e apocalípticos, e me pedem para dizer aos jornais como será a América, digamos, em 2001, e todas essas coisas, mas é um erro terrível. Escrevo ficção científica, e ficção científica não trata do futuro. Sei tanto sobre o futuro quanto vocês, provavelmente menos.

Este livro não é sobre o futuro. Sim, ele começa anunciando que se passa no "Ano Ekumênico 1490-97", mas com certeza você não *acredita* nisso!

Sim, de fato as pessoas lá são andróginas, no entanto isso não significa que eu esteja prevendo que todos seremos andróginos dentro de um milênio, mais ou menos, ou anunciando que acredito, sim, que deveríamos, ora bolas, ser andróginos. Estou apenas observando, da maneira peculiar, tortuosa e experimental própria da ficção científica, que, se você olhar para nós em certos momentos, dependendo de como está o tempo lá fora, já somos andróginos. Não faço previsões, nem passo receitas. Descrevo. Descrevo certos aspectos da realidade psicológica à maneira do romancista, que é inventando mentiras elaboradas e circunstanciais.

Ao ler um romance, qualquer romance, temos de saber perfeitamente bem que a coisa toda é absurda, e então, enquanto lemos, acreditar em cada palavra. Finalmente, quando terminarmos, podemos descobrir – se o romance for bom – que estamos um pouco diferentes do que éramos antes da leitura, que fomos, de alguma forma, transformados, como se tivéssemos conhecido um rosto novo ou cruzado uma rua que nunca cruzáramos antes. Mas é muito difícil *dizer* exatamente o que aprendemos, *como* fomos transformados.

O artista lida com o que não pode ser dito em palavras.

O artista cujo meio é a ficção faz isto *em palavras*. O romancista diz em palavras o que não pode ser dito em palavras.

Palavras, então, podem ser usadas de maneira paradoxal, pois possuem, juntamente com um uso semiótico, um uso simbólico ou metafórico. (Palavras também têm som – um fato em que os positivistas linguísticos não demonstram interesse. Uma frase ou parágrafo é como um acorde ou uma sequência harmônica em música: seu significado pode ser compreendido mais claramente por um ouvido atento, mesmo que lido em silêncio, do que por um intelecto atento).

Toda ficção é metáfora. Ficção científica é metáfora. O que a separa de formas mais antigas de ficção parece ser o uso de novas metáforas, tiradas de alguns grandes dominantes de nossa vida contemporânea – ciência, todas as ciências, entre elas a tecnologia e as perspectivas relativista e histórica. A viagem espacial é uma dessas metáforas; assim como a sociedade alternativa, a biologia alternativa; o futuro também. O futuro, em ficção, é uma metáfora.

Uma metáfora do quê?

Se eu pudesse responder sem metáforas, não teria escrito todas estas palavras, este romance; e Genly Ai nunca teria sentado à minha escrivaninha e usado toda a tinta da fita da minha máquina de escrever para informar a mim, e a você, um tanto solenemente, que a verdade é uma questão de imaginação.

Introdução

por Neil Gaiman

Ursula K. Le Guin tem um toque de poeta e um olho de antropóloga. Ela escreveu muitos romances que se passam num futuro vinculado, algumas vezes conhecido como o Ciclo Hainish, do qual *A mão esquerda da escuridão* é o meu favorito. Esse livro é um experimento mental, uma divagação sobre o "E se..." e, por acaso, também é um thriller político e talvez, em alguns níveis, um romance, cheio de intrigas e fugas épicas. E, sob todas essas coisas, como um relógio que faz tique-taque baixinho ou como batimentos cardíacos, está um romance sobre o que atualmente consideraríamos uma política de gêneros. Publicado em 1969, *A mão esquerda da escuridão* foi um livro que, assim como *Duna*, iluminou as décadas seguintes.

A melhor ficção especulativa despoja a mente e mostra o familiar de um ponto de vista que o leitor não tinha experimentado antes. *A mão esquerda da escuridão* desnuda suposições de gênero tão comuns em 1969 que ninguém as notava. Os habitantes do mundo chamado Inverno têm um único gênero. Uma vez por mês, durante alguns dias, eles entram em um estado conhecido como kemmer, quando desenvolvem características sexuais primárias masculinas ou femininas. Genly Ai, um homem da Terra, o embaixador de uma federação de mundos conhecida como o Ekumen, vai acabar aprendendo sobre humanidade e lealdade e, nesse processo, se dá conta de que praticamente tudo em que acreditava está errado.

Li *A mão esquerda da escuridão* aos 11 ou 12 anos, e isso mudou o modo como eu olhava o mundo. Até então eu tinha certeza de que havia garotas e garotos, homens e mulheres, e eles satisfaziam os papéis que lhes foram atribuídos, porque era simplesmente o modo como as coisas são: as diferenças entre os sexos eram reais e imutáveis. Depois de ler este livro, papéis sexuais, suposições de gênero, o modo como nos relacionamos uns com os outros como homem ou mulher – todas essas coisas pareceram subitamente arbitrárias.

A mão esquerda da escuridão é um clássico porque destrinça nossas suposições enquanto conta uma história e nos faz nos importarmos com as pessoas nela, e porque Le Guin é sempre elegante e precisa em seu texto. Ela escolhe as palavras corretas, e tudo o que temos que fazer é ler e confiar nela.

1

ooooo

Um Desfile em Erhenrang

DOS ARQUIVOS DE HAIN. TRANSCRITO DO DOCUMENTO ANSÍVEL 01-01101-934-2-GETHEN, AO ESTACIONÁRIO EM OLLUL: RELATÓRIO DE GENLY AI, PRIMEIRO MÓVEL EM GETHEN/INVERNO, CICLO HAINIANO 93, ANO EKUMÊNICO 1490-97.

Farei meu relatório como se contasse uma história, pois quando criança aprendi, em meu planeta natal, que a Verdade é uma questão de imaginação. O fato mais concreto pode fraquejar ou triunfar no estilo da narrativa: como a joia orgânica singular de nossos mares, cujo brilho aumenta quando determinada mulher a usa e, se usada por outra, torna-se opaca e perde o valor. Fatos não são mais sólidos, coerentes, perfeitos e reais do que pérolas. Mas ambos são sensíveis.

A história não é toda minha, nem narrada apenas por mim. Na verdade, não sei ao certo de quem é; você poderá julgar melhor. Mas é toda uma só história e, se em certos momentos os fatos parecerem alterar-se com uma voz diferente, ora, você poderá escolher o fato que mais lhe agradar; contudo, nenhum deles é falso, e isto é tudo uma só história.

Ela começa no 44º diurnal do Ano 1491, que no planeta Inverno, na nação Karhide, era Odharhahad Tuwa, ou o vigésimo segundo dia do terceiro mês da primavera do Ano Um. É sempre Ano Um aqui. Só que a datação de cada ano passado e cada ano futuro muda no Ano Novo, quando se conta para trás e para a frente a partir do Agora unitário. Assim, era primavera no Ano Um em Erhenrang, capital de Karhide, minha vida corria perigo e eu não sabia.

Estava num desfile. Caminhava logo atrás dos gossiwors e logo à frente do rei. Chovia.

Nuvens carregadas sobre torres escuras, chuva caindo em vielas, uma cidade escura de pedra açoitada pela tempestade, por onde um veio de ouro serpenteia lentamente. Primeiro vêm mercadores, potentados e artesãos da Cidade de Erhenrang, uma fileira após a outra, magnificamente vestidos, avançando na chuva tão à vontade como peixes no mar. Seus rostos são calmos e atentos. Não marcham em compasso. É um desfile sem soldados, sequer soldados falsos.

Em seguida vêm os nobres, prefeitos e representantes, uma pessoa, cinco, quarenta e cinco ou quatrocentas, de cada Domínio e Co-Domínio de Karhide, um cortejo enorme e pomposo movendo-se ao som de clarins, pedaços ocos de osso e madeira e da cadência simples e monótona de flautas elétricas. Os vários estandartes dos grandes Domínios emaranham-se, açoitados pela chuva, numa confusão colorida com as flâmulas amarelas que enfeitam o caminho, e as diversas músicas de cada grupo se chocam e se misturam em variados ritmos que ecoam na viela de pedra.

Em seguida, um grupo de malabaristas com esferas polidas de ouro, que atiram para cima em voos reluzentes, apanham e arremessam novamente, formando chafarizes de malabarismos brilhantes. Todas ao mesmo tempo, como se tivessem, literalmente, capturado a luz, as esferas de ouro resplandecem como vidro: o sol está aparecendo por entre as nuvens.

Em seguida, quarenta homens de amarelo tocando gossiwors. O gossiwor, tocado somente na presença do rei, produz um som grotesco e sombrio. Quarenta tocando ao mesmo tempo abalam a razão de qualquer um, abalam as torres de Erhenrang, abalam as nuvens ao vento, fazendo cair os últimos respingos de chuva. Se esta é a Música Real, não é de admirar que os reis de Karhide sejam todos loucos.

Em seguida, o destacamento real, guardas, funcionários e dignitários da cidade e da corte, deputados, senadores, chanceleres, embaixadores, nobres do Reino, nenhum deles marchando ou formando fileiras, mas caminhando com grande dignidade; e entre eles está o Rei Argaven XV, de manto, camisa e culotes brancos, perneiras de couro da cor de açafrão e um pontiagudo barrete amarelo. Um anel de ouro no dedo é seu único adorno e o símbolo de sua posição. Atrás deste grupo, oito tipos fortes carregam a liteira real, a superfície coberta de safiras amarelas, na qual nenhum rei é carregado há séculos, uma relíquia cerimonial do Muito-tempo-atrás. Junto à liteira caminham oito guardas com "revólveres de incursão", também relíquias de um passado mais bárbaro, mas não vazias, e sim carregadas com projéteis de ferro macio. Morte caminha atrás do rei. Atrás da morte vêm os alunos das Escolas de Artesãos, das Faculdades, dos Ofícios e do Lar do Rei, longas filas de crianças e jovens de branco, vermelho, dourado e verde; e, finalmente, alguns carros escuros, lentos e silenciosos, fecham o desfile.

O grupo real, eu entre eles, reúne-se num palanque feito de tábuas novas, ao lado do inacabado Arco da Garganta do Rio. O motivo do desfile é a conclusão desse arco, que completa a nova Estrada e o novo Porto Fluvial de Erhenrang, uma grande operação de dragagem, construção e abertura de estrada que levou cinco anos e irá marcar o reinado de Argaven XV nos anais de Karhide. Estamos todos espremidos no palanque, em nossos pesados e úmidos trajes de gala. A chuva parou, o sol brilha sobre nós, o esplêndido, radiante, traiçoeiro sol de Inverno. Comento com a pessoa à minha esquerda:

– Está quente. Muito quente.

A pessoa à minha esquerda – um karhideano moreno e troncudo, de pesados cabelos lisos, vestindo um pesado manto de couro verde trabalhado em ouro, uma pesada camisa branca, pesados culotes, e uma corrente no pescoço com pesados elos prateados da largura da mão –, esta pessoa, suando pesadamente, responde:

– Está mesmo.

Ao nosso redor, enquanto nos apinhamos no palanque, estão os rostos das pessoas da cidade, voltados para cima como um monte de seixos marrons, rutilando em mica com milhares de olhos atentos.

Agora o rei sobe em uma prancha de tábuas que o conduz do palanque ao topo do arco, cujas pilastras, não unidas, elevam-se sobre multidão, cais e rio. Enquanto ascende, a multidão se agita e fala em grande murmúrio:

– Argaven! – Ele não esboça resposta. A multidão não espera nenhuma. Gossiwors emitem um estrondoso som dissonante, cessam. Silêncio. O sol brilha sobre cidade, rio, multidão e rei. Pedreiros abaixo acionam um guincho elétrico e, enquanto o rei sobe mais alto, a pedra-chave do arco é içada, passando por ele em sua alça, erguida, encaixada e ajustada quase sem ruído, embora seja um bloco de várias toneladas, na lacuna entre as duas pilastras, tornando-as uma, uma coisa, um arco. Um pedreiro com pá e balde aguarda o rei, no alto do andaime; todos os outros operários descem em escadas de corda, como um enxame de pulgas. O rei e o pedreiro ajoelham-se, lá no alto entre o rio e o sol, cada um em seu pequeno espaço no andaime. Apanhando a pá, o rei começa a rejuntar com argamassa as juntas extensas da pedra chave. Ele não dá, simplesmente, uma batida na pedra e devolve a pá ao pedreiro, mas põe-se a trabalhar metodicamente. O cimento que usa tem uma cor rosada, diferente do resto da argamassa, e, após observar o rei-abelha trabalhar por cinco ou dez minutos, pergunto à pessoa à minha esquerda:

– As suas pedras-chave são sempre assentadas em cimento vermelho? – Pois a mesma cor está em toda parte, na pedra-chave de cada arco da Ponte Velha, que paira lindamente sobre o rio, corrente acima do arco.

Enxugando o suor de sua testa escura, o homem – *homem*, devo dizer, já que me referi a ele usando o gênero masculino – o homem responde:

– Muito-tempo-atrás, a pedra-chave era sempre assentada com argamassa de ossos moídos misturados com sangue. Ossos humanos, sangue humano. Sem o vínculo de sangue o arco cairia, você sabe. Usamos sangue de animais, hoje em dia.

Era esse seu modo frequente de falar, franco mas cauteloso, irônico, como se sempre consciente de que vejo e julgo como um alienígena: consciência estranha para alguém de uma raça tão isolada e em tão alto escalão. Ele é um dos homens mais poderosos do país, não tenho certeza do equivalente histórico apropriado de sua posição, vizir, primeiro-ministro ou conselheiro; o termo karhideano para o posto significa o Ouvido do Rei. É senhor de um Domínio e nobre do Reino, manipulador de grandes eventos. Seu nome é Therem Harth rem ir Estraven.

O rei parece ter terminado seu trabalho de pedreiro, e me alegro; mas, atravessando sob a curva do arco em sua teia de tábuas, ele começa a trabalhar do outro lado da pedra-chave, que, afinal, tem dois lados. Não adianta ser impaciente em Karhide. Eles são tudo menos um povo fleumático, contudo são obstinados, são pertinazes, terminam de rejuntar juntas. A multidão na Margem do Sess anima-se ao ver o rei trabalhando, mas estou entediado e com calor. Jamais havia sentido calor em Inverno; jamais sentirei de novo; entretanto, não consigo apreciar o evento. Estou vestido para a Era Glacial e não para o calor do sol, em camadas e mais camadas de roupas, tecidas em fibra vegetal, fibra artificial, peles, couro, uma armadura maciça contra o frio, dentro da qual, agora, murcho como uma folha de rabanete. Para me distrair, olho a multidão e outros participantes do desfile ao redor do palanque, os estandartes de seus Domínios e Clãs pendurados, imóveis e brilhantes sob a luz do sol, e displicentemente pergunto a Estraven o que esse estandarte significa, e aquele e aquele outro. Ele conhece todos de que pergunto, embora haja centenas, alguns de domínios remotos, lares e tribos da fronteira da Tempestade Pering e da Terra de Kerm.

– Eu mesmo sou da Terra de Kerm – ele diz, quando me admiro com seu conhecimento. – De qualquer forma, é minha função conhecer os Domínios. Eles são Karhide. Governar esta terra é governar seus nobres. Não que isso já tenha sido feito. Conhece o ditado, *Karhide não é uma nação, mas uma briga de família*? – Não conheço, e suspeito que Estraven o tenha inventado; a frase tem sua marca.

Neste momento, outro membro do *kyorremy*, a câmara alta do parlamento presidido por Estraven, abre caminho empurrando e se espremendo até alcançá-lo, e começa a conversar com ele. Trata-se do primo do rei, Pemmer Harge rem ir Tibe. Conversa com Estraven em voz muito baixa, sua postura um tanto insolente, o sorriso frequente. Estraven, suando como gelo ao sol, permanece polido e frio como gelo, respondendo aos murmúrios de Tibe em voz alta, num tom cuja polidez rotineira faz com que o outro pareça ligeiramente tolo. Escuto, enquanto observo o rei rejuntando a pedra, mas nada compreendo, exceto a animosidade entre Tibe e Estraven. Nada tem a ver comigo, de qualquer forma, e estou apenas interessado no comportamento dessas duas pessoas que governam uma nação, no sentido antigo, que governam os destinos de vinte milhões de pessoas. O poder tornou-se algo tão sutil e complexo nos caminhos tomados pelo Ekumen que só uma mente sutil consegue enxergar seu funcionamento; aqui, o poder ainda está limitado, ainda visível. Em Estraven, por exemplo, sente-se o poder do homem como uma extensão de seu caráter; ele não pode fazer um gesto à toa ou dizer uma palavra que não será ouvida. Ele sabe disso, e esse conhecimento lhe dá mais realidade do que tem a maioria das pessoas: uma solidez de existência, uma substancialidade, uma grandeza humana. Sucesso traz mais sucesso. Não confio em Estraven, cujas motivações são sempre obscuras; não gosto dele; contudo, sinto e reajo à sua autoridade tão seguramente quanto ao calor do sol.

No mesmo instante em que penso, o sol deste mundo turva-se por entre as nuvens, que se acumulam novamente, e logo uma pancada forte e esparsa de chuva cai rio acima, respingando nas multidões na Margem, escurecendo o céu. Enquanto o rei desce na prancha, a luz atravessa as nuvens uma última vez, e sua figura branca e o grande arco sobressaem por um instante, vívidos e esplêndidos contra o sul escurecido pela tempestade. As nuvens se fecham. Um vento frio chega cortando a Rua Porto-e-Palácio, o rio torna-se cinzento, as árvores da Margem estremecem. O desfile acabou. Meia hora depois, está nevando.

Enquanto o carro do rei subia a Rua Porto-e-Palácio e as multidões começavam a mover-se como seixos rolados numa lenta maré, Estraven virou-se para mim e disse:

– Ceia comigo esta noite, sr. Ai? – Aceitei, mais com surpresa que com prazer. Estraven me ajudara muito nos últimos seis ou oito meses, mas não esperava ou desejava uma demonstração de favor pessoal, como um convite para a ceia em sua casa. Harge rem ir Tibe ainda estava próximo, ouvindo a conversa, e percebi que Estraven queria que o convite fosse ouvido por ele. Irritado com essa percepção de intriga efeminada, saí do palanque e me perdi em meio à turba – para isto de certa forma me encolhendo e me escondendo. Não sou muito mais alto do que a média dos gethenianos, porém a diferença é mais visível na multidão. *É ele, olhe, lá está o Enviado*. Claro que isso fazia parte do meu trabalho, mas uma parte que se tornou mais difícil, não mais fácil, com o tempo; cada vez mais desejava o anonimato, a uniformidade. Suplicava para ser como todos os outros.

Dois quarteirões acima da Rua das Cervejarias, virei em direção ao meu alojamento e, de repente, lá onde a multidão se dissipava, encontrei Tibe caminhando ao meu lado.

– Um evento impecável – disse o primo do rei, sorrindo para mim. Seus dentes longos, limpos, amarelos apareciam e desapareciam num rosto amarelo, todo marcado por rugas finas e suaves, embora não fosse velho.

– Um bom augúrio para o sucesso do novo Porto – respondi.

– Sim, de fato. – Mais dentes.

– A cerimônia da pedra chave foi muito impressionante...

– Sim, de fato. Aquela cerimônia é um legado do Muito-tempo-atrás. Mas, sem dúvida, o Senhor Estraven lhe explicou tudo isso.

– O Senhor Estraven é muito prestativo. – Tentava falar insipidamente, mas tudo o que dizia a Tibe parecia assumir um duplo sentido.

– Ah, de fato, muito mesmo – disse Tibe. – O Senhor Estraven é de fato famoso por sua gentileza para com estrangeiros. – Sorriu novamente, e cada dente parecia ter um significado, duplo, múltiplo, trinta e dois significados diferentes.

– Poucos estrangeiros são tão estrangeiros quanto eu, Senhor Tibe. Fico muito grato pela gentileza.

– Sim, de fato, de fato! E a gratidão é uma emoção nobre, rara, muito cantada pelos poetas. Rara acima de tudo aqui em Erhenrang, sem dúvida, porque é impraticável. É uma época difícil esta em que vivemos, uma época ingrata. As coisas não são como nos dias de nossos avós, não é?

– Não saberia dizer, senhor, mas ouvi a mesma queixa em outros planetas.

Tibe encarou-me por um momento, como se estivesse confirmando minha insanidade. Então escancarou os dentes amarelos.

– Ah, sim! Sim, de fato! Eu vivo esquecendo que você vem de outro planeta. Mas claro que esse é um assunto que você nunca esquece. Embora, sem dúvida, a vida se tornasse muito mais saudável, simples e segura para você aqui em Erhenrang se conseguisse esquecer, hein? Sim, de fato! Ali está o meu carro, deixei-o aqui, fora do caminho. Gostaria de me oferecer para levá-lo à sua ilha, mas devo abrir mão do privilégio, pois me aguardam na Casa do Rei imediatamente, e parentes pobres devem chegar na hora certa, como diz o ditado, hein? Sim, de fato! – disse o primo do rei, entrando em seu pequeno carro elétrico preto, dentes expostos sobre o ombro para mim, olhos cobertos por uma rede de rugas.

Continuei caminhando para casa, para minha ilha*. O jardim da frente revelava-se, agora que a última neve de inverno derretera e as

---

* *Karhosh*, ilha, palavra usada para os prédios de apartamentos ou pensões onde habita a maior parte da população de Karhide. As ilhas têm de 20 a 200 quartos particulares; as refeições são comunitárias; algumas ilhas são administradas como hotéis, outras como comunas cooperativas, outras são uma combinação desses dois tipos. São, certamente, uma adaptação urbana da instituição karhideana fundamental, o Lar, embora não tenham, naturalmente, a estabilidade local e genealógica do Lar.

portas de inverno, três metros acima do chão, permaneceriam lacradas por alguns meses, até que o outono e a neve forte retornassem. Na lateral do prédio, na lama, no gelo e em meio ao rápido, suave e viçoso crescimento primaveril do jardim, um casal de jovens conversava em pé. Suas mãos direitas entrelaçavam-se. Estavam na primeira fase do kemmer. A neve volumosa e macia dançava à sua volta, os pés descalços na lama gelada, mãos entrelaçadas, olhos nos olhos. Primavera em Inverno.

Jantei em minha ilha e, ao soar a Quarta Hora nos gongos da Torre Remny, estava no Palácio, pronto para a ceia. Karhideanos fazem quatro refeições sólidas ao dia, café da manhã, almoço, jantar e ceia, além de diversos lanches e merendas casuais entre elas. Não existem animais de grande porte que forneçam carne em Inverno, nem produtos derivados de mamíferos, leite, manteiga ou queijo; os únicos alimentos ricos em proteínas e carboidratos são diversos tipos de ovos, peixes e castanhas, e os cereais hainianos. Uma dieta pobre para um clima tão rigoroso, por isso as pessoas se reabastecem com frequência. Eu me acostumara, assim, a comer a intervalos de poucos minutos. Somente mais tarde, naquele ano, descobri que os gethenianos haviam aperfeiçoado não apenas a técnica de se empanturrar incessantemente, mas também de passar fome indefinidamente.

A neve ainda caía, uma amena nevada de primavera, muito mais agradável do que a chuva ininterrupta do Degelo de pouco antes. Tomei meu caminho para e pelo Palácio na escuridão pálida e tranquila da neve, perdendo-me apenas uma vez. O Palácio de Erhenrang é uma cidade dentro da cidade, uma vastidão murada de palácios, torres, jardins, pátios, claustros, pontes cobertas, túneis sem teto, pequenas florestas e fortes com calabouços, o produto de séculos de paranoia em grande escala. Sobre tudo isso elevam-se os muros sombrios, vermelhos e elaborados da Casa Real, que, embora em constante uso, não é habitada por mais ninguém além do próprio rei. Todos os outros – criados, equipe de trabalho, nobres, ministros, parlamentares, guardas ou quem quer que seja – dormem em outro palácio, forte, caserna ou casa no interior das muralhas. A casa de Estraven, sinal de favor pessoal do rei, era a Residência Vermelha da Esquina, construída há 440 anos para Harmes, amado kemmering de Emran III, cuja beleza é ainda celebrada, e que foi raptado, mutilado e devolvido imbecilizado por mercenários da Facção Interna. Emran III morreu quarenta anos depois, ainda descarregando vingança sobre a nação infeliz: Emran, o Desditoso. A tragédia é tão antiga que seu horror desbotou, e apenas um certo ar de incredulidade e melancolia continua impregnado nas pedras e sombras da casa. O jardim era pequeno e murado; seremeiras pendiam sobre um lago pedregoso. Nos raios pálidos de luz vindos das janelas da casa, vi flocos de neve e finos esporos brancos das árvores, caindo juntos suavemente na água escura. Estraven me aguardava no frio, com a cabeça descoberta e sem agasalho, observando a pequena queda secreta e incessante de neve e sementes na noite. Cumprimentou-me silenciosamente e conduziu-me ao interior da casa. Não havia outros convidados.

Isso me intrigou, mas fomos direto para a mesa, e não se fala de negócios à mesa; além disso, minha mente foi desviada para a refeição, que estava soberba, até mesmo o eterno pão-de-maçã, transformado por um cozinheiro cuja arte elogiei entusiasticamente. Após a ceia, junto à lareira, bebemos cerveja quente. Num mundo onde um utensílio de mesa comum é um pequeno apetrecho para quebrar o gelo que se forma em sua bebida entre um gole e outro, cerveja quente é algo que se acaba apreciando.

Estraven conversara amavelmente à mesa; agora, sentado à minha frente do outro lado lareira, permanecia calado. Embora eu estivesse há quase dois anos em Inverno, estava ainda longe de conseguir ver as pessoas do planeta através de seus próprios olhos. Tentei, mas meus esforços tomaram a forma, desajeitada, de ver o getheniano primeiro como homem, depois como mulher, forçando-o em uma dessas categorias tão irrelevantes à sua natureza, e tão essenciais à minha. Assim, enquanto bebericava minha cerveja amarga e fumegante, pensei que à mesa o desempenho de Estraven fora feminino, cheio de charme, tato e falta de substância, capcioso e astuto. Seria na verdade essa feminilidade suave e dócil que me fazia desgostar e desconfiar dele? Pois era impossível pensar nele como uma mulher, aquela presença escura, irônica, poderosa ali ao meu lado, na escuridão iluminada pela luz do fogo. Contudo, sempre que pensava nele como homem, tinha a sensação de falsidade, de impostura: seria por causa dele ou de minha própria atitude em relação a ele? Sua voz era suave e ligeiramente ressonante, mas não forte; certamente não a voz de um homem, mas certamente tampouco a voz de uma mulher... Mas o que a voz dizia?

– Sinto muito – dizia – ter tido que adiar por tanto tempo o prazer de tê-lo em minha casa; pelo menos fico contente por não haver mais nenhuma questão de patrocínio político entre nós.

Fiquei desconcertado por um momento. Ele com certeza fora meu patrocinador na corte até agora. Será que queria dizer que a audiência que conseguira para mim com o rei, para amanhã, havia me elevado ao mesmo nível dele?

– Acho que não estou entendendo – respondi.

Diante disso, ficou em silêncio, evidentemente também desconcertado.

– Bem, você há de entender – disse ele finalmente –, estando aqui... você compreende que, naturalmente, não estou mais agindo em seu nome junto ao rei.

Falava como se tivesse vergonha de mim, não de si próprio. Havia um evidente significado em seu convite, e no fato de eu tê-lo aceitado, que me escapava. Mas meu erro era de boas maneiras, e o dele, de princípios morais. A primeira coisa que me veio à mente foi que o tempo todo eu estivera certo em não confiar em Estraven. Ele não era só astuto e poderoso, era desleal. Por todos os meses em Erhenrang tinha sido ele a meu ouvir, a responder às minhas perguntas, a enviar médicos e engenheiros para verificar a condição alienígena do meu corpo e da minha nave, a me apresentar às pessoas que eu precisava conhecer, gradualmente elevando-me do *status*, em meu primeiro ano, de curiosidade monstruosa para o atual estágio de reconhecimento como o misterioso Enviado, prestes a ser recebido pelo rei. Agora, tendo me levado a esse grau perigoso de eminência, ele anuncia, súbita e calmamente, que está retirando seu apoio.

– Você me fez confiar em seu apoio...

– Foi um equívoco.

– Quer dizer que, ao conseguir essa audiência, não apoiou minha missão junto ao rei, como você... – Tive a sensatez de parar antes de "tinha prometido".

– Não posso.

Fiquei muito irritado, mas não percebi nele sinal de irritação ou tentativa de se justificar.

– Poderia me dizer por quê?

Após alguns instantes, disse: – Sim –, e então fez outra pausa. Durante a pausa comecei a pensar que um alienígena inepto e indefeso não deveria exigir explicações do primeiro-ministro de um reino, sobretudo quando esse alienígena não compreende e talvez jamais compreenda as bases do poder e o funcionamento do governo do dito reino. Sem dúvida era tudo uma questão de *shifgrethor* – prestígio, aparências, posição, orgulho, o intraduzível e importantíssimo princípio de autoridade social em Karhide e em todas as civilizações de Gethen. E, se era esse o caso, eu certamente não entenderia.

– Você ouviu o que o rei me disse durante a cerimônia hoje?

– Não.

Estraven curvou-se para a frente em direção à lareira, ergueu o jarro de cerveja das brasas e encheu novamente minha caneca. Não disse mais nada, então continuei:

– O rei não disse a você nada que estivesse ao alcance dos meus ouvidos.

– Nem dos meus – disse ele.

Finalmente, percebi que estava deixando escapar mais um sinal. Censurando seus rodeios efeminados, eu disse: – Está tentando me dizer, Senhor Estraven, que você não tem mais o favor do rei?

Acho que então ficou irritado, mas não disse nada que o demonstrasse, apenas:

– Não estou tentando lhe dizer nada, sr. Ai.

– Por Deus, gostaria que estivesse!

Olhou para mim com curiosidade. – Pois bem, coloquemos da seguinte forma. Existem algumas pessoas na corte que têm, em suas palavras, o favor do rei, mas não são a favor de sua presença e de sua missão aqui.

Então você, mais que depressa, junta-se a eles e me trai para salvar a própria pele, pensei, mas não adiantava dizê-lo. Estraven era um cortesão, um político, e eu um tolo por ter confiado nele. Mesmo numa sociedade bissexual, o político muitas vezes é menos que um homem. O fato de me ter convidado para jantar demonstrava ter pensado que eu aceitaria sua traição com a mesma facilidade com que ele a cometera. Evidentemente, manter o prestígio era mais importante do que ser honesto. Então, resolvi dizer:

– Sinto muito que sua gentileza comigo tenha lhe trazido problemas. – Humilhação. Retribuindo o mal com o bem. Desfrutei uma fugaz sensação de superioridade moral, embora não por muito tempo; ele era muito imprevisível.

Recostou-se em seu assento, e a luz rubra do fogo da lareira repousou em seus joelhos e em suas mãos elegantes, fortes, pequenas, e na caneca prateada que segurava, mas deixou o rosto na sombra: um rosto escuro, sempre sombreado pelo cabelo grosso e curto, pelos pesados cílios e sobrancelhas e por uma sombria serenidade na expressão. Alguém consegue ler o rosto de um gato, de uma foca, de uma lontra? Alguns gethenianos, pensei, são como esses animais de olhos profundos, brilhantes, que não mudam a expressão quando alguém fala com eles.

– Criei problemas para mim mesmo – respondeu – por um ato que nada teve a ver com você, sr. Ai. Você sabe que Karhide e Orgoreyn disputam uma faixa de terra em nossa fronteira em North Fall, perto de Sassinoth. O avô de Argaven reivindicou o Vale Sinoth para Karhide, e os Comensais nunca reconheceram a reivindicação. Quanto mais neve numa nuvem só, mais densa ela se torna... Tenho ajudado alguns fazendeiros que vivem no Vale a se mudar para o leste, do outro lado da antiga fronteira, pensando que a disputa talvez se encerrasse se o Vale simplesmente fosse deixado aos ortogas, que vivem lá há milhares de anos. Estive da Administração de North Fall há alguns anos e conheci alguns desses fazendeiros. Não gosto de pensar que podem ser atacados e mortos, ou enviados a Fazendas Voluntárias em Orgoreyn. Por que não evitar o motivo da disputa?... Mas essa ideia não é patriótica. Na verdade, é uma ideia covarde e vai contra o shifgrethor do próprio rei.

Suas ironias e aquele vai e vem de uma disputa de fronteira com Orgoreyn não me interessavam nem um pouco. Voltei à questão que havia entre nós. Confiando nele ou não, talvez Estraven ainda me pudesse ser útil.

– Sinto muito – eu disse –, mas parece uma pena permitir que um problema envolvendo alguns fazendeiros possa estragar as chances da minha missão com o rei. Há muito mais em jogo do que alguns quilômetros de fronteira.

– Sim, muito mais. Mas talvez o Ekumen, que tem cem anos-luz de uma fronteira à outra, tenha paciência conosco por algum tempo.

– Os Estáveis do Ekumen são homens muito pacientes, senhor. Vão esperar cem, quinhentos anos até que Karhide e o restante de Gethen deliberem e decidam se desejam unir-se ao restante da humanidade. Falo apenas com base em minha esperança pessoal. E decepção pessoal. Confesso que pensei que com seu apoio...

– Eu também. Bem, as Geleiras não se formaram da noite para o dia... – O clichê veio prontamente a seus lábios, mas sua mente estava em outro lugar. Perdeu-se em pensamentos. Imaginei-o movendo a mim e a outros títeres em seu jogo de poder. – Você chegou ao meu país – disse ele, finalmente – numa época estranha. As coisas estão mudando; estamos tomando outro rumo. Não, não é bem isso. Estamos indo longe demais no caminho que tomamos. Pensei que sua presença, sua missão, talvez evitasse que tomássemos o caminho errado, que nos desse uma opção inteiramente nova. Mas, no momento certo... no lugar certo. É tudo extremamente imprevisível, sr. Ai.

Impaciente com suas generalidades, eu disse: – Você deixa subentendido que este não é o momento apropriado. Seria aconselhável eu cancelar a audiência com o rei?

Minha gafe soou ainda pior em karhideano, mas Estraven não sorriu nem se perturbou. – Receio que somente o rei tenha esse privilégio – respondeu ele, delicadamente.

– Oh, meu Deus, sim. Não quis dizer isso. – Coloquei a cabeça entre as mãos por um momento. Criado na sociedade livre e informal da Terra, jamais conseguiria dominar o protocolo ou a impassibilidade, tão valorizados pelos karhideanos. Sabia o que era um rei, a própria história da Terra está cheia deles, mas não tinha nenhuma experiência concreta com privilégios – nenhum tato. Peguei minha caneca e tomei um gole quente e vigoroso. – Bem, direi ao rei menos do que pretendia dizer quando podia contar com você.

– Ótimo.

– Ótimo por quê? – interpelei.

– Bem, sr. Ai, você não é louco. Eu não sou louco. Mas, veja, nenhum de nós dois é rei... Suponho que pretendia dizer a Argaven, racionalmente, que sua missão aqui é tentar efetuar uma aliança entre Gethen e o Ekumen. E, racionalmente, ele já sabe disso; porque, como você sabe, eu disse isso a ele. Defendi seu caso enfaticamente, tentei despertar o interesse dele por você. Foi um equívoco, foi inoportuno. Esqueci, por conta de meu próprio interesse em você, que ele é um rei e não vê as coisas racionalmente, mas como rei. Tudo o que eu lhe disse significa simplesmente que o poder dele está ameaçado, que seu reino é um grão de poeira no espaço, é uma piada para homens que governam uma centena de planetas.

– Mas o Ekumen não governa, ele coordena. Seu poder é exatamente o poder de seus estados e planetas membros. Ao aliar-se ao Ekumen, Karhide se tornará infinitamente menos ameaçado e mais importante do que jamais foi.

Estraven não respondeu por algum tempo. Ficou sentado contemplando o fogo, cujas chamas tremeluziam e refletiam em sua caneca e na corrente prateada larga e brilhante sobre seus ombros, sinal de sua posição. A velha casa estava silenciosa ao nosso redor. Um criado havia servido a refeição, mas os karhideanos, não tendo nenhuma instituição de escravidão ou servidão pessoal, contratam serviços, não pessoas, e os criados tinham partido para suas próprias casas àquela hora. Um homem como Estraven deveria ter guardas de segurança por perto em algum lugar, pois assassinato político é uma instituição muito viva em Karhide, no entanto eu não tinha visto ou ouvido nenhum. Estávamos a sós.

Estava a sós com um estranho, no interior de um palácio escuro, numa cidade estranha cheia de neve, em plena Era Glacial de um mundo alienígena.

Tudo o que eu dissera, nesta noite e desde que chegara a Inverno, subitamente me pareceu estúpido e inacreditável. Como pude esperar que aquele, ou qualquer outro homem, acreditasse em minhas histórias sobre outros planetas, outras raças e um governo vagamente benévolo em algum lugar no espaço sideral? Era tudo absurdo. Eu havia surgido em Karhide numa nave esquisita e era fisicamente diferente dos gethenianos em alguns aspectos; isso exigia explicações. Mas minhas explicações eram absurdas. Nem eu acreditei em mim mesmo naquele momento...

– *Eu* acredito em você – disse o estranho, o alienígena a sós comigo, e tão absorto estava em meus próprios pensamentos que olhei espantado para ele. – Receio que Argaven também acredite. Mas não confia em você. Em parte, porque não confia mais em mim. Cometi erros, fui negligente. Não posso mais pedir que você confie em mim também, já que o coloquei em risco. Esqueci o que é um rei, esqueci que o rei, aos seus próprios olhos, *é* Karhide, esqueci o que é patriotismo e que o rei é, por necessidade, o perfeito patriota. Deixe-me perguntar uma coisa, sr. Ai: você sabe, por experiência própria, o que é patriotismo?

– Não – respondi, aturdido pela força daquela personalidade intensa que, repentinamente, voltava-se para mim. – Acho que não sei. Se por patriotismo você não queira dizer amor pela própria terra, pois isso com certeza eu sei o que é.

– Não, não quero dizer amor, quando falo em patriotismo. Quero dizer medo. Medo do outro. E suas expressões são políticas, não poéticas: ódio, rivalidade, agressão. Cresce dentro de nós esse medo. Cresce dentro de nós ano após ano. Fomos longe demais nesse caminho. E você, que vem de um mundo que deixou as nações para trás há séculos, que mal sabe do que estou falando, que nos mostra um novo caminho... – Interrompeu. Após algum tempo, continuou, sob controle novamente, calmo e educado. – É por causa do medo que me recuso a exortar o rei a favorecer sua causa, agora. Mas não medo por mim mesmo, sr. Ai. Não estou agindo patrioticamente. Afinal, existem outras nações em Gethen.

Eu não fazia ideia de onde ele queria chegar, mas tinha certeza de que não queria dizer o que parecia estar dizendo. De todas as almas soturnas, perturbadoras e enigmáticas que havia conhecido naquela cidade gelada, a dele era a mais soturna. Não iria entrar naquele jogo labiríntico. Não respondi nada. Após algum tempo continuou, um tanto cautelosamente.

– Se entendi bem, seu Ekumen dedica-se essencialmente ao interesse geral da humanidade. Hoje, por exemplo, os orgotas têm experiência em submeter os interesses locais a um interesse geral, enquanto

Karhide não tem experiência nenhuma. E os Comensais de Orgoreyn são, em sua maioria, homens sãos, ainda que ignorantes, enquanto o rei de Karhide é não apenas louco, mas bastante estúpido.

Estava claro que Estraven não tinha lealdade alguma. Respondi, com certa repugnância:

– Sé é assim, deve ser difícil servi-lo.

– Não sei se já servi ao rei – disse o primeiro-ministro do rei. – Ou se algum dia tive a intenção de servi-lo. Não sou servo de ninguém. Um homem deve projetar a própria sombra...

Os gongos da Torre Remny soaram a Sexta Hora, meia-noite, e usei-os como pretexto para partir. Enquanto vestia meu casaco no vestíbulo, ele disse:

– Perdi minha oportunidade, por ora, pois suponho que você vá partir de Erhenrang – por que supunha tal coisa? –, mas acredito que chegará o dia em que poderei lhe fazer perguntas novamente. Há tantas coisas que gostaria de saber. A respeito do diálogo mental, em particular; você mal começou a me explicar.

Sua curiosidade parecia perfeitamente genuína. Ele tinha a insolência dos poderosos. Suas promessas de ajuda também tinham parecido genuínas... Eu disse sim, claro, quando ele quisesse, e este foi o fim daquela noite. Acompanhou-me pelo jardim até a saída. A neve fina caía sob a luz da lua de Gethen, grande, sombria, avermelhada. Eu tremia enquanto saíamos, pois a temperatura estava bem abaixo de zero, e ele perguntou, com surpresa comedida:

– Está com frio? – Para ele, naturalmente, era uma noite amena de primavera.

Eu estava cansado e abatido. – Estou com frio desde que cheguei a este planeta – respondi.

– Que nome dão a este planeta em sua língua?

– Gethen.

– Vocês não adotaram outro nome?

– Sim, os Primeiros Investigadores o chamaram de Inverno.

Tínhamos parado junto ao portão do jardim murado. Lá fora, as dependências e os telhados do Palácio assomavam num caos escuro e nebuloso, iluminado aqui e ali, em alturas variadas, pelo fraco brilho dourado das fendas das janelas. Em pé sob o arco estreito, olhei para cima me perguntando se aquela pedra-chave também fora cimentada com osso e sangue. Estraven pediu licença e retirou-se; ele nunca exagerava nos cumprimentos e despedidas. Atravessei os pátios e becos do Palácio, minhas botas esmagando a neve fina iluminada pela lua, e rumei para casa, pelas vielas da cidade. Estava com frio, inseguro, atormentado por perfídia, solidão e medo.

2

ooooo

O Lugar Dentro da Nevasca

De uma coleção de fitas de áudio das "histórias de lares" do Karhide Norte, dos arquivos da Faculdade de Historiadores de Erhenrang, narrador desconhecido, gravado durante o reinado de Argaven VIII.

Cerca de duzentos anos-atrás, no Lar de Shath, na fronteira de Tempestade Pering, havia dois irmãos que juraram ser kemmerings. Naquele tempo, como hoje, era permitido a irmãos germanos permanecer juntos como kemmerings até um deles gerar um filho, mas depois disso tinham de se separar; assim, nunca lhes era permitido jurar kemmering por toda a vida. Contudo, foi o que fizeram. Quando um filho foi concebido, o Senhor de Shath ordenou-lhes que quebrassem o juramento e nunca mais se encontrassem no kemmer. Ao tomar conhecimento da ordem, um deles, o que carregava o filho, desesperou-se, recusou-se a ser consolado ou confortado e, obtendo veneno, cometeu suicídio.

Então, o povo ergueu-se contra o outro irmão e o expulsou do Lar e do Domínio, lançando sobre sua cabeça a vergonha do suicídio. E, uma vez que seu próprio senhor o exilara e sua história o precedia em toda parte, ninguém o acolhia. Após os três dias de hospitalidade, todos o escorraçavam como a um proscrito. Assim foi ele, de lugar em lugar, até perceber que não encontraria caridade nem mesmo em sua própria terra, e que seu crime jamais seria perdoado*.

---

* Sua transgressão do código que controla o incesto tornou-se crime quando foi vista como a causa do suicídio do irmão (G.A.).

Por ser jovem e ingênuo, não havia acreditado que isso poderia acontecer. Quando se deu conta de que de fato assim seria, retornou à terra de Shath e, como um exilado, apresentou-se à primeira portaria do Lar. Eis, então, o que disse aos companheiros que lá estavam:

– Estou sem rosto entre os homens. Ninguém me vê. Falo e não me ouvem. Venho e não sou bem-vindo. Não há lugar para mim junto à lareira, nem comida na mesa para mim, nem uma cama para repousar. Contudo, ainda tenho meu nome: Getheren é meu nome. Este nome eu lanço neste Lar como uma maldição e, com ela, minha vergonha. Fiquem com ambos. Agora, sem nome, parto em busca de minha morte.

Então, alguns de seus companheiros de lar lançaram-se sobre ele com gritos e estardalhaço, pretendendo matá-lo, pois assassinato é sombra mais leve sobre uma casa do que suicídio. Ele escapou e correu para o norte, pelas terras em direção ao Gelo, distanciando-se dos que o perseguiam. Todos voltaram humilhados a Shath. Entretanto, Getheren seguiu em frente e, após dois dias de viagem, chegou ao Gelo Pering*.

Por dois dias caminhou no Gelo, rumo ao norte. Não tinha comida e nem abrigo, senão seu casaco. No Gelo nada germina, e nem feras correm. Era o mês de Susmy e as primeiras grandes neves caíam naqueles dias e noites. Ele seguia sozinho em meio à tempestade. No segundo dia, percebeu que estava enfraquecendo. Na segunda noite, precisou deitar e dormir um pouco. Na terceira manhã de caminhada, viu que suas mãos estavam ulceradas pelo frio e supôs que os pés também estivessem, embora não pudesse desamarrar as botas e verificar, pois não conseguia mais usar as mãos. Começou a se arrastar nos joelhos e cotovelos. Não havia motivo para isso, já que não fazia diferença onde viria a morrer sobre o Gelo, mas sentia que tinha de ir para o norte.

Depois de um longo tempo, a neve cessou de cair à sua volta e o

* Gelo Pering é o lençol de gelo que cobre a porção mais setentrional de Karhide e é (no inverno, quando a Baía de Guthen está congelada) contígua ao Gelo Gobrin, em Orgoreyn.

ventou parou de soprar. O sol brilhou. Não conseguia ver longe enquanto engatinhava, pois os pelos do capuz caíam-lhe sobre os olhos. Não mais sentindo frio nas pernas e braços, nem no rosto, pensou que o gelo lhe embotara os sentidos. Contudo, ainda conseguia se mover. A neve que recobria a geleira pareceu-lhe estranha, como se fosse capim branco crescendo do gelo. O capim se curvava ao ser tocado e depois voltava a se erguer, como folhas de grama. Parou de rastejar e sentou-se, empurrando o capuz para trás a fim de ver os arredores. Até onde a vista alcançava, havia campos relvados de neve, brancos e brilhantes. Havia bosques de árvores brancas, onde cresciam brancas folhas. O sol brilhava. Não havia vento, e tudo era branco.

Getheren tirou as luvas e olhou as mãos. Estavam brancas como a neve. Mas as feridas do frio tinham sumido, e ele conseguiu mexer os dedos e foi capaz de manter-se em pé. Não sentia dor, nem frio, nem fome.

Avistou ao longe sobre o gelo, ao norte, uma torre branca como a torre de um domínio, e daquele lugar distante alguém vinha em sua direção. Após um tempo, Getheren viu que a pessoa estava nua, a pele toda branca, o cabelo todo branco. Estava cada vez mais perto, perto o suficiente para ouvi-lo.

– Quem é você? – Getheren perguntou.

– Sou seu irmão e kemmering, Hode – respondeu o homem branco.

Hode era o nome do irmão que se suicidara. Getheren viu que o homem branco era seu irmão em corpo e fisionomia, mas não havia mais vida em seu ventre, e sua voz era fina como o estalar do gelo.

– Que lugar é este? – Getheren perguntou.

– Este é o lugar dentro da nevasca – Hode respondeu. – Nós, os suicidas, moramos aqui. Aqui, você e eu poderemos cumprir nosso juramento.

Getheren amedrontou-se. – Não vou ficar aqui. Se tivesse deixado nosso Lar e partido comigo para as terras do sul, poderíamos ter ficado juntos e cumprido nosso juramento por toda a vida, sem ninguém saber de nossa transgressão. Mas você quebrou seu juramento, jogando-o fora junto com sua vida. E agora não consegue dizer meu nome.

Era verdade. Hode movia os lábios brancos, mas não conseguia dizer o nome de seu irmão.

Aproximou-se rapidamente de Getheren, estendendo os braços para envolvê-lo, e o agarrou pela mão esquerda. Getheren libertou-se e correu. Correu em direção ao sul e, correndo, viu levantar-se à sua frente um muro alvo de neve que caía e, ao penetrar nele, caiu novamente de joelhos e não conseguiu mais correr, só rastejar.

No nono dia após partir para o Gelo, foi encontrado pelo povo do Lar de Orhoch em seu Domínio, a nordeste de Shath. Não sabiam quem ele era ou de onde vinha, pois o encontraram rastejando, faminto, cego pela neve, o rosto bronzeado por sol e gelo, e a princípio não conseguia falar. Contudo, não sofreu nenhum dano permanente, exceto na mão esquerda, que estava congelada e precisou ser amputada. Algumas pessoas diziam que esse era Getheren de Shath, de quem tinham ouvido falar; outros diziam não ser possível, pois aquele Getheren partira para o Gelo na primeira nevasca do outono e certamente estava morto. Ele mesmo negou que seu nome fosse Getheren. Quando se sentiu melhor, deixou Orhoch e a fronteira de Tempestade e partiu para as terras do sul, chamando a si mesmo de Ennoch.

Quando Ennoch já era velho, vivendo nas planícies de Rer, encontrou um homem de seu país e perguntou-lhe:

– Como anda o Domínio de Shath? – O homem contou que Shath andava muito mal. Nada lá prosperava, no lar ou nos campos, tudo arruinado por doenças e pragas, a semente da primavera congelada no chão ou o grão maduro apodrecido, sendo assim desde há muitos anos. Então Ennoch lhe revelou:

– Sou Getheren de Shath – e contou-lhe como havia partido para o Gelo e o que encontrara lá. E, ao final de sua história, pediu:

– Diga-lhes em Shath que eu tomo de volta meu nome e minha sombra.

Poucos dias depois, Getheren adoeceu e morreu. O viajante levou suas palavras a Shath, e dizem que, daquela época em diante, o domínio prosperou novamente e tudo voltou a ser como deveria, no campo, na casa e no lar.

3

ooooo

O Rei Louco

Acordei tarde e passei o fim da manhã relendo minhas próprias anotações sobre a etiqueta do Palácio, além das observações a respeito da psicologia getheniana e das boas maneiras, feitas por meus antecessores, os Investigadores. Não prestei atenção no que li, o que não importava, pois sabia tudo de cor e li apenas para calar a voz interior que me dizia, sem parar: *deu tudo errado*. Quando a voz se recusava a se calar, eu discutia com ela, afirmando que conseguiria prosseguir mesmo sem a ajuda de Estraven – talvez até melhor do que com ele. Afinal, meu trabalho aqui era o trabalho de um homem só. Existe apenas um Primeiro Móvel. As primeiras notícias sobre o Ekumen, em qualquer planeta, são transmitidas por uma única voz, um homem presente e em carne e osso, presente e sozinho. Ele pode ser morto, como aconteceu com Pellelge em Taurus-Quatro, ou encarcerado como louco, como foram os primeiros três Móveis em Gao, um após o outro; contudo, a prática é mantida, pois funciona. Uma voz proclamando a verdade é uma força maior do que frotas e exércitos, se lhe derem tempo; mas tempo é algo que o Ekumen tem de sobra... *Você não*, disse a voz interior, mas consegui silenciá-la e cheguei ao Palácio para minha audiência com o rei à Segunda Hora, munido de calma e resolução. Perdi tudo já na antessala, antes mesmo de ver o rei.

Guardas do Palácio e ajudantes haviam me levado à antessala, passando pelos longos átrios e corredores da Casa do Rei. Um assistente pediu-me para aguardar e deixou-me sozinho na sala de paredes altas, sem janelas. Ali fiquei, todo paramentado para uma visita à realeza. Tinha vendido meu quarto rubi (como os Investigadores haviam informado que os gethenianos valorizam as joias de carbono tanto quanto os terráqueos, vim a Inverno com o bolso cheio de pedras preciosas para bancar as despesas) e gastei um terço da renda em roupas para o desfile de ontem e a audiência de hoje: tudo novo, muito pesado e bem feito, como são as roupas em Karhide; uma camisa de peliça branca, culotes cinza, *hieb*, a longa túnica semelhante a um tabardo, de couro verde-azulado, chapéu novo, luvas novas enfiadas, no ângulo correto, por baixo do cinto frouxo do *hieb*, botas novas... A certeza de estar bem vestido aumentou meu senso de calma e resolução. Olhei em volta calma e resolutamente. Como toda a Casa do Rei, a sala era alta, vermelha, antiga, quase sem mobília, com um frio embolorado no ar, como se as correntes soprassem não de outros cômodos, e sim de outros séculos. Um fogo rugia na lareira, mas inutilmente. Lareiras em Karhide servem para aquecer o espírito, não o corpo. A Idade da Invenção mecânico-industrial em Karhide tem pelo menos três mil anos, e durante esses trinta séculos, eles desenvolveram aparelhos excelentes e econômicos de aquecimento central à base de vapor, eletricidade e outros princípios; porém não os instalam em suas casas. Se o fizessem, talvez perdessem sua resistência fisiológica ao frio, como os pássaros do Ártico mantidos em tendas aquecidas e que, uma vez soltos, ficam com feridas de frio nos pés. Eu, entretanto, um pássaro tropical, estava com frio; um tipo de frio ao ar livre, outro tipo de frio em lugares fechados, mas, incessantemente e quase que completamente, com frio. Andava de um lado para outro a fim de me aquecer. Havia pouca coisa, além de mim e da lareira, na comprida antessala: um banco, uma mesa com uma tigela de pedra e um rádio antigo de madeira entalhada com incrustações de prata e osso, uma rica peça de artesanato. O volume era quase um sussurro, e aumentei um pouco ao ouvir o Boletim do Palácio substituir o monótono Canto ou Trova que vinha sendo transmitido. No geral, os karhideanos não leem muito, preferem ouvir a ler notícias e obras literárias; livros e aparelhos de televisão são menos comuns do que rádios, e não existem jornais. Havia perdido o Boletim da manhã no meu rádio em casa, e ouvia distraidamente agora, com a mente distante, até que a repetição do nome, várias vezes, finalmente chamou minha atenção e me fez parar de andar de lá para cá. Era sobre Estraven? Uma proclamação estava sendo relida.

"Therem Harth rem ir Estraven, Senhor de Estre em Kerm, por esta ordem perde o direito ao título do Reino e ao assento nas Assembleias do Reino e fica obrigado a abandonar o Reino e todos os Domínios de Karhide. Se não tiver saído do Reino e todos os seus Domínios ao cabo de três dias, ou se durante sua vida retornar ao Reino, poderá ser morto por qualquer homem, sem necessidade de julgamento. Nenhum compatriota de Karhide deverá consentir que Harth rem ir Estraven lhe dirija a palavra ou se hospede em sua casa ou em suas terras, sob pena de prisão, e nenhum compatriota de Karhide deverá dar ou emprestar a Harth rem ir Estraven dinheiro ou bens, nem pagar nenhuma dívida da qual ele seja credor, sob pena de prisão e multa. Saibam todos os compatriotas de Karhide que o crime pelo qual Harth rem ir Estraven está sendo exilado é o crime de Traição: ele com insistência recomendou, secreta e abertamente, em Assembleia e no Palácio, sob pretexto de leal serviço ao Rei, que a Nação-Domínio de Karhide abrisse mão de sua soberania e abdicasse de seu poder para se tornar uma nação inferior, súdita de uma certa União dos Povos, sobre a qual saibam e digam todos os homens que tal União não existe, sendo um estratagema e uma ficção infundada de certos traidores e conspiradores que buscam enfraquecer a Autoridade de Karhide na pessoa do Rei, em benefício dos reais e imediatos inimigos de nossa terra. Odguyrny Tuwa, Oitava Hora, no Palácio de Erhenrang: ARGAVEN HARGE."

A ordem foi impressa e afixada em vários portões e postes nas ruas da cidade, e o texto que se seguiu é a transcrição literal de uma dessas cópias.

Meu primeiro impulso foi tolo. Desliguei o rádio, como que para impedi-lo de emitir provas contra mim, e me precipitei para a porta. Aí, naturalmente, parei. Voltei à mesa ao lado lareira e esperei. Já não estava mais calmo e resoluto. Queria abrir minha pasta, pegar o ansível e enviar um Aviso/Urgente! para Hain. Reprimi esse impulso também, pois era ainda mais tolo que o primeiro. Felizmente, não tive tempo para mais impulsos. A porta dupla na extremidade da antessala foi inteiramente aberta e o assistente afastou-se para que eu passasse, anunciando-me, "Genry Ai", – meu nome é Genly, mas os karhideanos não conseguem pronunciar o *L* – e deixou-me, no Saguão Vermelho, com o Rei Argaven XV.

Um salão imenso, alto e comprido, aquele Saguão Vermelho da Casa do Rei. Quase um quilômetro até chegar às lareiras. Quase um quilômetro do piso ao teto repleto de caibros, de onde pendiam cortinas e estandartes vermelhos e empoeirados, todos esfarrapados pelos anos. As janelas eram meras fendas e ranhuras nas paredes espessas, as luzes eram poucas, altas e fracas. Minhas botas novas rangiam, *nhec, nhec, nhec, nhec,* à medida que caminhava pelo saguão em direção ao rei, uma jornada de seis meses.

Argaven estava em pé no centro do saguão, em frente à maior das três lareiras, sobre uma plataforma ou tablado grande e baixo: uma figura pequena na sombra avermelhada, um tanto barrigudo, muito ereto, escuro em silhueta e sem traços marcantes, exceto o brilho do grande anel no polegar.

Parei diante do tablado e, como haviam me instruído, não fiz nem disse nada.

– Suba, sr. Ai. Sente-se.

Obedeci, sentando-me na cadeira à direita da lareira central. Já havia ensaiado tudo isso. Argaven não se sentou; ficou a três metros de mim, com as chamas brilhantes rugindo às suas costas, e disse, sem rodeios:

– Diga o que tem a dizer, sr. Ai. Soube que é portador de uma mensagem.

O rosto que se voltou para mim, avermelhado e marcado por chamas e sombras, era tão achatado e cruel quanto a lua, a obscura lua avermelhada de Inverno. Argaven era menos majestoso, menos viril do que parecia a distância, entre seus cortesãos. Sua voz era fina, e ele mantinha sua cabeça furiosa e lunática num ângulo de bizarra arrogância.

– Meu senhor, o que tinha a dizer desapareceu da minha mente. Acabo de saber da desgraça de Estraven.

Argaven encarou-me e sorriu, um sorriso forçado. Soltou uma gargalhada estridente, como uma mulher irritada que finge estar se divertindo. – Maldito seja – disse ele – aquele traidor orgulhoso, perjuro, afetado! Você jantou com ele ontem, não? E ele lhe disse como é um camarada poderoso, como manda no rei e como será fácil negociar comigo, já que ele me falou sobre você, não? Foi isso que ele lhe disse, sr. Ai?

Hesitei.

– Vou lhe contar o que ele andou me dizendo de você, se lhe interessa saber. Ele me aconselhou a recusar-lhe a audiência, deixá-lo esperando, talvez despachá-lo para Orgoreyn ou para as Ilhas. No último meio-mês andou me dizendo o que fazer, maldito insolente! E ele é que foi despachado para Orgoreyn, ha ha ha! – De novo, a gargalhada falsa e estridente, e ele batia palmas enquanto ria. Prontamente, um guarda calado apareceu por entre as cortinas na extremidade do tablado. Argaven grunhiu e o guarda desapareceu. Ainda rindo e ainda grunhindo, Argaven aproximou-se e encarou-me diretamente. As íris escuras de seus olhos assumiram um leve brilho alaranjado. Fiquei bem mais amedrontado com ele do que esperava.

Não sabia que rumo tomar diante de tantas incoerências, senão a franqueza. – Só posso lhe perguntar, senhor – eu disse –, se sou considerado cúmplice do crime de Estraven.

– Você? Não. – Encarou-me ainda mais de perto. – Não sei que diabo é você, sr. Ai, uma aberração sexual, um monstro artificial ou um visitante dos Domínios do Vácuo, mas não é um traidor, apenas foi usado como ferramenta por um traidor. Não costumo punir ferramentas. Elas só causam dano nas mãos de um operário ruim. Deixe-me lhe dar um conselho. – Argaven disse isso com curiosa ênfase e satisfação, e ocorreu-me, mesmo então, que ninguém, em dois anos, jamais havia me dado um conselho. Respondiam a perguntas, mas nunca davam conselhos abertamente, nem mesmo Estraven, em seu momento mais prestativo. Deve ter algo a ver com o shifgrethor. – Não deixe mais ninguém usá-lo, sr. Ai – o rei dizia. – Fique longe das facções. Conte sua próprias mentiras, realize suas próprias façanhas. Não confie em ninguém. Entendeu? Não confie em ninguém. Maldito seja o traidor mentiroso e de sangue-frio, confiei nele. Coloquei a corrente prateada em volta daquele pescoço maldito. Quisera eu tê-lo enforcado nela. Nunca confiei nele. Nunca. Não confie em ninguém. Deixe que morra de fome nas fossas do lixo das caçadas de Mishnory, deixe que suas entranhas apodreçam, nunca... – O Rei Argaven estremeceu, engasgou, prendeu a respiração com um som de ânsia e deu-me as costas. Chutou a lenha da grande lareira até as fagulhas subirem rodopiando e atingirem seu rosto, caindo em seu cabelo e manto preto, e apanhou-as com as mãos abertas.

Sem se virar, falou numa voz dolorida e esganiçada: – Diga o que tem a dizer, sr. Ai.

– Posso fazer uma pergunta, senhor?

– Sim. – Ele oscilava de um pé a outro enquanto encarava o fogo. Tive de me dirigir às suas costas.

– O senhor acredita que eu seja o que afirmo ser?

– Estraven mandou os médicos me enviarem fitas e mais fitas sobre você, e mais algumas dos engenheiros da Oficina, que estão com seu veículo, e assim por diante. Não podem estar todos mentindo, e todos dizem que você não é humano. E daí?

– Bem, senhor, existem outros como eu. Isto é, sou um representante...

– Dessa união, dessa Autoridade, sim, muito bem. Por que o enviaram para cá, é isso que você quer que eu pergunte?

Embora Argaven não fosse são, nem perspicaz, tivera longa prática nas evasivas, nos desafios e nas sutilezas retóricas utilizados em conversação por pessoas cujo principal objetivo na vida era alcançar e manter a relação de shifgrethor em alto nível. Áreas inteiras dessa relação ainda me eram incompreensíveis, mas alguma coisa eu sabia sobre seu aspecto de competição e busca de prestígio, e sobre o perpétuo duelo conversacional que poderia resultar dessa relação. Que eu não estava duelando com Argaven, mas tentando me comunicar com ele era, em si mesmo, um fato incomunicável.

– Não fiz segredo disso, senhor. O Ekumen quer uma aliança com as nações de Gethen.

– Para quê?

– Lucro material. Expansão do conhecimento. Aumento da complexidade e intensidade no campo da vida inteligente. Enriquecimento da harmonia e da glória maior de Deus. Curiosidade. Aventura. Prazer.

Não estava falando a linguagem falada pelos governantes de homens, os reis, conquistadores, ditadores, generais; nessa linguagem, não havia resposta à sua pergunta. Carrancudo e desatento, Argaven encarava o fogo, jogando o peso do corpo de um pé para o outro.

– Qual o tamanho desse reino lá fora em Lugar Nenhum, esse Ekumen?

– Há oitenta e três planetas habitáveis no Espaço Ekumênico e, nesses, cerca de três mil nações ou grupos antrotípicos...

– Três mil? Entendo. Agora me diga, por que nós, um contra três mil, devemos nos meter com todas essas três mil nações de monstros vivendo lá fora no Vácuo? – Virou-se e olhou para mim, pois ainda estava duelando, formulando uma pergunta retórica, quase uma brincadeira. Mas a brincadeira era superficial. Ele estava – como Estraven havia me alertado – apreensivo, assustado.

– Três mil nações em oitenta e três planetas, senhor; mas o mais próximo de Gethen está a dezessete anos de viagem, em naves que alcançam quase a velocidade da luz. Se pensou que Gethen poderia sofrer incursões e hostilidades desses vizinhos, considere a distância em que vivem. No espaço, ninguém se dá ao trabalho de agredir ninguém. – Não falei em guerra por uma boa razão: não existe palavra para isso em karhideano. – O comércio, entretanto, vale a pena. De ideias e técnicas, comunicadas via ansível; de mercadorias e artefatos, enviadas por naves tripuladas ou não. Embaixadores, estudiosos e mercadores, alguns deles poderiam vir para cá; alguns dos seus poderiam visitar outros planetas. O Ekumen não é um reino, mas um coordenador, uma câmara de compensação de comércio e conhecimento; sem ele, a comunicação entre os mundos da humanidade ocorreria por acaso, e o comércio seria muito arriscado, como o senhor pode entender. As vidas dos homens são muito curtas para lidar com os saltos temporais entre os planetas, se não houver nenhuma rede centralizada, nenhum controle, nenhuma continuidade de trabalho; assim, eles se tornam membros do Ekumen... Somos todos homens, senhor. Todos nós. Todos os mundos dos homens foram colonizados, há eras, por um único planeta, Hain. Temos algumas diferenças, mas somos todos filhos do mesmo Lar...

Nada disso despertou a curiosidade do rei, nem o tranquilizou. Continuei mais um pouco, tentando sugerir que o shifgrethor dele, ou de Karhide, poderia ser fortalecido, não ameaçado, pela presença do Ekumen, mas não adiantou. Argaven continuava carrancudo como uma velha lontra fêmea enjaulada, balançando para frente e para trás, de um pé a outro, para frente e para trás, desnudando os dentes num doloroso sorriso forçado. Parei de falar.

– São todos pretos como você?

Os gethenianos são pardos-amarelos ou pardos-vermelhos, de forma geral, mas tinha visto muitos tão escuros quanto eu. – Alguns são mais pretos – respondi –; somos de todas as cores – e abri a pasta (educadamente examinada pelos guardas do Palácio em quatro paradas durante a minha aproximação ao Saguão Vermelho) que continha meu ansível e algumas imagens. As imagens – filmes, fotos, quadros, ativos e alguns cubos – eram uma pequena galeria do Homem: pessoas de Hain, Chiffewar e os cetianos, de S, da Terra e de Alterra, de Extremos, Kapteyn, Ollul, Taurus-Quatro, Rokanan, Ensbo, Cime, Gde e Porto Sheashel... O rei deu uma olhada, sem interesse, em algumas das imagens. – O que é isso?

– Uma pessoa de Cime, uma mulher. – Tive de usar a palavra que os gethenianos só aplicavam a uma pessoa na fase culminante do kemmer. A outra alternativa seria um termo usado para as fêmeas dos animais.

– Permanentemente?

– Sim.

Largou o cubo e continuou oscilando de um pé a outro, olhando para mim ou para um ponto além de mim, o fogo da lareira tremeluzindo em seu rosto. – São todos assim... como você?

Este era um obstáculo que eu não poderia afastar para eles. No fim, teriam de aprender a encará-lo com equilíbrio.

– Sim. A fisiologia sexual getheniana, até onde sabemos, é única entre seres humanos.

– Então todos eles, lá fora nesses planetas, estão em kemmer permanente? Uma sociedade de pervertidos? Bem que o Senhor Tibe me disse; pensei que ele estivesse brincando. Bem, pode ser verdade, mas é uma ideia repulsiva, sr. Ai, e não vejo por que os seres humanos daqui deveriam querer, ou tolerar, qualquer tipo de negociação com criaturas tão monstruosamente diferentes. Mas talvez você esteja aqui para me dizer que não tenho escolha.

– A escolha de Karhide é sua, senhor.

– E se eu despachar você também?

– Ora, partirei. Poderei talvez tentar de novo, com outra geração...

Aquilo o atingiu. Falou bruscamente: – Você é imortal?

– Não, absolutamente, senhor. Mas os saltos temporais têm suas utilidades. Se eu partisse de Gethen agora para o planeta mais próximo, Ollul, levaria dezessete anos em tempo planetário para chegar até lá. O salto é uma decorrência de se viajar quase à velocidade da luz. Se eu simplesmente desse meia-volta, minhas poucas horas a bordo da nave equivaleriam a trinta e quatro anos aqui; e eu poderia começar tudo de novo. – Mas a ideia de saltar no tempo, que, com sua falsa sugestão de imortalidade, fascinara a todos que me ouviram, do pescador da Ilha de Horden até o primeiro-ministro, não impressionou Argaven.

– O que é isso? – perguntou ele, em sua voz rouca e esganiçada, apontando o ansível.

– O comunicador ansível, senhor.

– Um rádio?

– Ele não funciona por ondas de rádio ou qualquer forma de energia. O princípio com que trabalha, a constante de simultaneidade, é semelhante à gravidade em alguns aspectos... – Esquecera novamente que não estava falando com Estraven, que lera cada relatório sobre mim e ouvira todas as minhas explicações de modo atento e inteligente, e sim com um rei entediado. – O que o aparelho faz, senhor, é gerar uma mensagem em quaisquer dois pontos simultaneamente. Em qualquer lugar. Um ponto deve ser fixo, num planeta com determinada massa, mas o outro ponto é móvel. Aqui é o móvel. Programei as coordenadas para o Primeiro Planeta, Hain. Uma nave NAFAL leva 67 anos para viajar entre Gethen e Hain, mas se eu escrever uma mensagem neste teclado ela será recebida em Hain no mesmo instante em que eu estiver escrevendo. Há alguma comunicação que o senhor gostaria de fazer com os Estáveis em Hain, senhor?

– Não falo a língua do Vácuo – disse o rei, com seu sorriso maligno, forçado e sem brilho.

– Eu os avisei. Eles terão um assistente a postos que sabe karhideano.

– O que quer dizer com isso? Como?

– Bem, como o senhor sabe, não sou o primeiro alienígena a visitar Gethen. Fui precedido por uma equipe de Investigadores que não revelaram sua presença, fazendo-se passar, da melhor maneira possível, por gethenianos e viajaram por Karhide, por Orgoreyn e pelo Arquipélago durante um ano. Partiram e entregaram um relatório aos conselhos do Ekumen, há mais de quarenta anos, durante o reinado de seu avô.

O relatório foi extremamente favorável. Então, estudei as informações que eles tinham colhido e a língua que tinham registrado e vim para cá. Gostaria de ver o aparelho funcionando, senhor?

– Não gosto de truques, sr. Ai.

– Não é truque, senhor. Alguns de seus próprios cientistas examinaram...

– Não sou cientista.

– É um soberano, senhor. Seus pares no Primeiro Planeta do Ekumen aguardam uma palavra sua.

Lançou-me um olhar furioso. Ao tentar adulá-lo e despertar seu interesse, tinha-o encurralado numa cilada de prestígio. Estava dando tudo errado.

– Muito bem. Pergunte à sua máquina aí o que faz de um homem um traidor.

Digitei lentamente nas teclas, que estavam ajustadas para caracteres karhideanos: "O Rei Argaven de Karhide pergunta aos Estáveis em Hain o que faz de um homem um traidor." As letras arderam na pequena tela e desapareceram. Argaven observava; seus movimentos inquietos acalmaram-se por um minuto.

Houve uma pausa, uma longa pausa. Alguém, a setenta e dois anos-luz de distância, sem dúvida digitava febrilmente ordens de pesquisa sobre a língua karhideana no computador linguístico, ou até no computador de armazenamento de filosofia. Finalmente, letras brilhantes voltaram a arder na tela, mantiveram-se suspensas por um tempo e desbotaram lentamente: "Ao Rei Argaven de Karhide de Gethen, saudações. Não sei o que faz de um homem um traidor. Nenhum homem se considera traidor; isso torna difícil descobri-lo. Respeitosamente, Spimolle G. F., em nome dos Estáveis em Saire, Hain, 93/1491/45."

Quando a fita estava gravada, retirei-a e entreguei-a a Argaven. Ele largou a fita na mesa, caminhou novamente até a lareira central, quase entrando nela, chutou a lenha em brasa e abateu as fagulhas com as mãos. – Resposta tão útil quanto a de qualquer Vidente. Respostas não bastam, sr. Ai. Nem sua caixa, sua máquina aí. Nem seu veículo, sua nave. Um saco de truques e um trapaceiro. Quer que eu acredite em você, em suas histórias e mensagens. Mas por que preciso acreditar ou ouvir? Se existem oitenta mil planetas cheios de monstros lá fora entre as estrelas, e daí? Não queremos nada deles. Escolhemos nosso modo de vida e o seguimos há tempos. Karhide está na iminência de uma nova época, uma grande e nova era. Seguiremos nosso próprio caminho. – Hesitou, como se tivesse perdido o fio de sua argumentação. Não, porém, sua própria argumentação, talvez. Se Estraven não era mais o Ouvido do Rei, outra pessoa desempenhava o papel. – E se houvesse alguma coisa que esses Ekumens quisessem de nós, eles não teriam enviado você sozinho. É uma brincadeira, um trote. Alienígenas estariam aqui aos milhares.

– Mas mil homens não são necessários para abrir uma porta, senhor.

– Talvez sejam para mantê-la aberta.

– O Ekumen vai esperar até que abra a porta, senhor. Não vai forçá-lo a nada. Fui enviado sozinho e permaneço aqui sozinho a fim de tornar impossível que o senhor tenha medo de mim.

– Medo de você? – disse o rei, virando o rosto, cheio de cicatrizes criadas pelas sombras, um sorriso forçado, falando em voz alta e aguda. – Mas realmente temo você, Enviado. Tenho medo dos que o enviaram. Tenho medo de mentirosos, de trapaceiros, e meu pior medo é o da verdade cruel. Por isso governo bem meu país. Porque só o medo governa os homens. Nada mais funciona. Nada mais dura o bastante. Você é o que diz ser, contudo é uma brincadeira, um trote. Não há nada entre as estrelas exceto vácuo, terror e escuridão, e você vem de tudo isso, sozinho, tentando me amedrontar. Mas já estou amedrontado, e sou o rei. O medo é rei! Agora pegue seus truques e armadilhas e vá embora, não é preciso dizer mais nada. Ordenei que lhe permitam viver livremente em Karhide.

E assim afastei-me da presença real – *nhec, nhec, nhec* – pelo extenso piso vermelho na sombra avermelhada do saguão, até que finalmente a porta dupla fechou-se às minhas costas.

Eu fracassara. Fracassara por completo. O que me manteve preocupado enquanto deixava a Casa do Rei e caminhava pelas dependências do Palácio, entretanto, não era o meu fracasso, mas o papel que Estraven desempenhara nele. Por que o rei o exilara por defender a causa do Ekumen (o que parecia ser o significado da proclamação) se (segundo o próprio rei) ele vinha fazendo o contrário? Quando e por que começara a aconselhar o rei a me evitar? Por que ele foi exilado e eu fiquei livre? Qual deles mentira mais, e por que diabos estavam mentindo?

Estraven, para salvar a própria pele, concluí, e o rei, para salvar as aparências. A explicação era perfeita. Mas Estraven, na verdade, já mentira para mim? Descobri que não sabia.

Passava pela Residência Vermelha da Esquina. Os portões do jardim estavam abertos. Dei uma olhada nas seremeiras, curvando-se brancas sobre o lago escuro, os caminhos de tijolo cor-de-rosa abandonados na luz serena e cinzenta da tarde. Havia ainda um pouco de neve nas sombras das pedras perto do lago. Pensei em Estraven esperando por mim ali, enquanto a neve caía na noite passada, e senti uma pontada de pura piedade pelo homem que vira suar no desfile de ontem, majestoso sob o peso de sua panóplia e poder, um homem no auge da carreira, poderoso e magnífico – agora acabado, destruído, derrotado. Correndo para a fronteira, três dias à frente da própria morte e ninguém com quem falar. A sentença de morte é rara em Karhide. É difícil viver em Inverno, e as pessoas daqui geralmente deixam a morte por conta da natureza ou do ódio, não da lei. Imaginei como Estraven, impelido pela sentença, partiria. Não de carro, pois os carros eram todos propriedade do Palácio; conseguiria passagem num navio ou barco terrestre? Ou estaria a pé na estrada, carregando o que pudesse? Os karhideanos andam a pé, na maioria das vezes; não têm animais de carga, nenhum veículo voador, o clima torna lento o tráfego motorizado na maior parte do ano e não são um povo apressado. Imaginei o homem orgulhoso seguindo para o exílio passo a passo, uma pequena silhueta caminhando penosamente na longa estrada para o Golfo. Todos esses pensamentos cruzaram minha mente enquanto passava em frente ao portão da Residência Vermelha da Esquina, e ali desapareceram, junto com minhas especulações sobre as ações e motivações de Estraven e do rei. Minha tarefa com eles estava concluída. Eu fracassara. E agora?

Deveria ir para Orgoreyn, vizinho e rival de Karhide. Mas, uma vez lá, seria difícil voltar, e tinha algumas questões pendentes ali. Precisava ter em mente que minha vida inteira poderia ser, e provavelmente seria, consumida no cumprimento da missão para o Ekumen. Sem pressa. Sem necessidade de me precipitar para Orgoreyn antes de aprender mais sobre Karhide, particularmente sobre os Retiros. Há dois anos eu vinha respondendo perguntas, agora era minha vez de perguntar. Mas não em Erhenrang. Finalmente compreendi que Estraven estivera me alertando e, apesar de desconfiar de seus alertas, não os podia ter ignorado. Estivera me dizendo, embora indiretamente, que eu deveria fugir da cidade e da corte. Por alguma razão, pensei nos dentes do Senhor Tibe... O rei me havia concedido liberdade para circular pelo país; iria valer-me dela. Como dizem na Escola Ekumênica, quando a ação se torna inútil, colha informação; quando a informação se torna inútil, durma. Não estava com sono, ainda. Talvez fosse para os Retiros do leste e colheria informações com os Videntes.

4

ooooo

O Décimo Nono Dia

Uma história do Karhide Leste, conforme narrada no Lar de Gorinhering por Tobord Chorhawa, e registrada por G. A., 93/1492.

O Senhor Berosty rem ir Ipe foi ao Retiro de Thangering, oferecendo quarenta berilos e metade da produção anual de seus pomares como pagamento por um Vaticínio, e o preço era aceitável. Fez sua pergunta ao Tecelão Odren, e a pergunta foi:

– Em que dia morrerei?

Os Videntes se reuniram e entraram juntos na escuridão. Ao término da escuridão, Odren deu a resposta:

– Você morrerá no Odstreth (o 19º dia de qualquer mês).

– Em que mês? Daqui a quantos anos? – implorou Berosty, mas o elo se quebrou e não houve resposta. Ele correu até o círculo, pegou o Tecelão Odren pelo pescoço, sufocando-o, e gritou que, se não obtivesse mais respostas, quebraria o pescoço do Tecelão. Outros arrastaram-no e o contiveram, embora fosse um homem forte. Ele se contorceu, tentando livrar-se daquelas mãos, e gritou:

– Responda-me!

– Já respondi – disse Odren –, e o preço foi pago. Vá.

Furioso, Berosty rem ir Ipe voltou a Charuthe, o terceiro Domínio de seu Lar, um lugar pobre no norte de Osnoriner e que ele empobrecera ainda mais ao pagar pelo Vaticínio. Trancou-se no lugar-forte, nos aposentos mais altos da Torre do Lar, e recusou-se a sair, por amigo ou inimigo, para o tempo do plantio ou da colheita, para kemmer ou incursão, por todo o mês, e pelo seguinte e pelo seguinte. E seis meses se passaram, e mais dez, e ele ainda permanecia como um prisioneiro em seu aposento, esperando. No Onnetherhad e Odstreth (o 18º e o 19º dia do mês), ele não comia, nem bebia, nem dormia.

Seu kemmering, por amor e juramento, era Herbor, do clã de Geganner. Este Herbor foi, no mês de Grende, ao Retiro de Thangering e disse ao Tecelão:

– Busco um Vaticínio.

– O que tem para pagar? – perguntou Odren, pois viu que o homem estava pobremente vestido e mal calçado, seu trenó era velho e tudo nele carecia de remendo.

– Darei minha vida – disse Herbor.

– Não tem nada mais, senhor? – Odren perguntou, falando agora como se falasse a um grande nobre: – Nada mais a oferecer?

– Não tenho mais nada – disse Herbor. – Mas não sei se minha vida é de alguma valia para vocês aqui.

– Não – disse Odren –, não é de nenhuma valia para nós.

Então Herbor caiu de joelhos, acabrunhado por vergonha e amor, e implorou a Odren:

– Suplico que responda à minha pergunta. Não é para mim!

– Para quem, então? – perguntou o Tecelão.

– Para meu senhor e kemmering, Ashe Berosty – disse o homem, e chorou. – Ele não tem mais amor, alegria ou nobreza desde que veio aqui e obteve a resposta que não era resposta. Ele vai morrer por isso.

– Sim, vai: do que morre um homem, senão de sua morte? – disse o Tecelão Odren. Mas a paixão de Herbor o comoveu e ele falou, por fim: – Buscarei a resposta da pergunta que me fizer, Herbor, e não colocarei nenhum preço. Mas cuide: há sempre um preço. O Perguntador paga o que deve pagar.

Então Herbor colocou as mãos de Odren sobre seus próprios olhos em sinal de agradecimento, e assim prosseguiu o Vaticínio. Os

Videntes se reuniram e entraram na escuridão. Herbor foi entre eles e fez sua pergunta, e a pergunta era: – Quanto tempo Ashe Berosty rem ir Ipe viverá? – Pois Herbor pensou em obter a contagem dos dias ou anos, e assim apaziguar o coração de seu amor com conhecimento exato. Os Videntes moveram-se na escuridão e finalmente Odren gritou em grande dor, como se queimasse num fogo:

– Mais tempo que Herbor de Geganner!

Não era a resposta que Herbor esperava, mas foi a resposta que conseguiu e, tendo um coração paciente, voltou com ela para casa em Charuthe, através das neves de Grende. Entrou no Domínio, no lugar-forte e subiu a torre, e lá encontrou seu kemmering Berosty, sentado como sempre, pálido e pasmado, o fogo abafado pelas cinzas, os braços apoiados numa mesa de pedra vermelha, a cabeça afundada entre os ombros.

– Ashe – disse Herbor. – Estive no Retiro de Thangering e fui respondido pelos Videntes. Perguntei a eles quanto tempo você viveria e a resposta foi que Berosty viverá mais que Herbor.

Berosty voltou os olhos para ele muito lentamente, como se a dobradiça do seu pescoço tivesse enferrujado, e disse: – Você perguntou quando eu morreria, então?

– Perguntei quanto tempo você viveria.

– Quanto tempo? Seu idiota! Você tinha direito a uma pergunta para os Videntes e não perguntou quando eu ia morrer, que dia, mês, ano, quantos dias ainda me restam; *perguntou quanto tempo?* Ah, seu idiota, mais tempo que você, sim, mais tempo que você! – Berosty levantou o grande tampo de pedra da mesa como se fosse uma folha de estanho e atirou-a na cabeça de Herbor. Herbor caiu, e a pedra caiu sobre ele. Berosty ficou paralisado por um momento, alucinado. Então ergueu a pedra e viu que o crânio de Herbor estava esmagado. Colocou a pedra de volta em seu pedestal. Deitou-se ao lado do homem morto e o abraçou, como se estivessem no kemmer e tudo estivesse bem. Assim o povo de Charuthe finalmente os encontrou, quando o aposento da torre foi arrombado.

Berosty enlouqueceu e teve de ser trancafiado, pois sempre saía à procura de Herbor, que ele julgava estar em alguma parte do Domínio. Assim viveu por um mês, e então enforcou-se no Odstreth, o décimo nono dia do mês de Thern.

5

ooooo

Domando a Intuição

Minha senhoria, um homem muito falante foi quem planejou minha viagem para o Leste.

– Se alguém quiser visitar os Retiros, tem de atravessar o Kargav. Para lá das montanhas, no Velho Karhide, até Rer, a antiga Cidade do Rei. Vou lhe dizer uma coisa: tenho um companheiro de lar que chefia uma caravana de barcos terrestres no Desfiladeiro de Eskar, e ontem, tomando uma xícara de orsh comigo, ele me contou que vão fazer a primeira viagem deste verão no Getheny Osme, já que, com uma primavera tão quente, a estrada até Engohar já está desobstruída e as escavadeiras vão desobstruir o desfiladeiro daqui a alguns dias. Bem, você não vai me ver atravessando o Kargav, para mim basta Erhenrang e um teto. Mas sou yomeshita, graças aos novecentos Sustentáculos do Trono e bendito seja o Leite de Meshe, e pode-se ser yomeshita em qualquer lugar. Somos recém-chegados, na verdade, pois meu Senhor Meshe nasceu 2.202 anos-atrás, mas o Antigo Caminho da Handdara é de dez mil anos antes dele. Você tem de voltar à Antiga Terra se estiver procurando o Antigo Caminho. Bem, veja, sr. Ai, terei um quarto para você nesta ilha quando quer que você volte, mas acredito que seja um homem sensato e vá sair de Erhenrang por uns tempos, pois todo mundo sabe que o Traidor fez questão de alardear que era seu protetor no Palácio. Agora, com o velho Tibe como Ouvido do Rei, as coisas vão se ajeitar de novo. Bem, se você for até o Porto Novo, vai encontrar meu companheiro de lar lá. Diga-lhe que fui eu que indiquei você...

E assim por diante. Como eu disse, ele era falante e, tendo descoberto que eu não tinha nenhum shifgrethor, não perdia a chance de me dar conselhos, embora até ele disfarçasse com frases como "e se você...?" ou "se eu fosse você...". Era o superintendente da minha ilha; pensava nele como minha senhoria, pois tinha nádegas grandes que balançavam quando andava, um rosto gordo e afeminado e um jeito indiscreto, bisbilhoteiro, ignóbil, cordial. Era bom para mim, mas, ao mesmo tempo, mediante uma pequena gratificação, mostrava meu quarto a curiosos enquanto eu estava fora: vejam o quarto do Misterioso Enviado! Era tão feminino em aparência e modos que certa vez lhe perguntei quantos filhos tinha. Ficou carrancudo. Nunca tinha dado à luz. Entretanto, era genitor de quatro. Era um dos pequenos choques que eu sempre levava. Choque cultural não era quase nada comparado ao choque biológico que sofri como macho humano em meio a seres que eram, oitenta por cento do tempo, hermafroditas assexuados.

Os boletins no rádio estavam repletos de atos do novo Primeiro-Ministro, Pemmer Harge rem ir Tibe. Muitas das notícias tratavam de assuntos do norte, no Vale Sinoth. Tibe, evidentemente, iria pressionar Karhide a reivindicar a região: precisamente o tipo de ação que, em qualquer mundo neste estágio de civilização, levaria a uma guerra. Mas em Gethen nada levava à guerra. Contendas, homicídios, rixas, incursões, vendetas, assassinatos, torturas e perversidades, tudo isso estava em seu repertório de realizações humanas; mas não entravam em guerra. Aparentemente, faltava-lhes a capacidade de *mobilização*. Agiam como animais, nesse aspecto; ou como mulheres. Não se comportavam como homens, ou formigas. De qualquer modo, nunca haviam entrado em guerra. O que eu sabia sobre Orgoreyn indicava uma sociedade que se mobilizara progressivamente ao longo dos últimos cinco ou seis séculos, tornando-se um verdadeiro estado nação. A "competição por prestígio", até aqui predominantemente econômica, talvez obrigasse Karhide a imitar seu vizinho maior, a tornar-se uma nação em vez de uma briga de família, como dissera Estraven; a tornar-se, como Estraven também dissera, uma nação patriótica. Se isso acontecesse, os gethenianos talvez tivessem uma excelente chance de alcançar o estado de guerra.

Desejava ir a Orgoreyn e ver se meus palpites estavam corretos, mas queria concluir Karhide primeiro; assim, vendi mais um rubi ao ourives de cicatriz no rosto da Rua Eng e, sem bagagem exceto meu dinheiro, meu ansível, alguns utensílios e uma muda de roupas, parti, como passageiro, numa caravana de comércio, no primeiro dia do primeiro mês do verão.

Os barcos terrestres partiram ao amanhecer das docas de carga varridas pelo vento, no Porto Novo. Passaram sob o Arco e rumaram para leste, vinte caminhões rodando sobre lagartas, corpulentos, silenciosos, semelhantes a barcaças, seguindo em fila indiana pelas vielas de Erhenrang, em meio às sombras da alvorada. Carregavam caixas de lentes, rolos de fitas sonoras, carretéis de fio de cobre ou de platina, bobinas de tecido de fibra vegetal cultivada e tecida em West Fall, baús com flocos desidratados de peixe do Golfo, engradados com rolamentos e outras pequenas peças de maquinaria, e dez caminhões de cereais-kardik orgotas: tudo com destino à fronteira de Tempestade Pering, o extremo nordeste do território. Toda remessa de mercadorias no Grande Continente é feita por esses caminhões elétricos, que prosseguem em barcaças nos rios e canais, quando possível. Nos meses de neve intensa, lentos tratores-escavadores, trenós motorizados e os instáveis navios quebra-gelo nos rios congelados são os únicos meios de transporte, além de esquis e trenós puxados por homens; durante o Degelo, nenhum tipo de transporte é confiável; e, dessa forma, a maior parte do tráfego de carga ocorre às pressas, com a chegada do verão. As estradas, então, ficam cheias de caravanas. O tráfego é controlado, solicitando-se a cada veículo ou caravana que mantenha constante contato de rádio com postos de inspeção ao longo do caminho. Todos seguem, não importa a quantidade de veículos, a 40 quilômetros por hora (terráquea). Os gethenianos poderiam aumentar a velocidade de seus veículos, mas não aumentam. Se alguém pergunta por que não, eles respondem: "Por quê?". É como perguntar aos terráqueos por que todos os nossos veículos precisam correr tanto; respondemos: "Por que não?". Questão de gosto. Os terráqueos tendem a achar que devem seguir em frente, progredir. O povo de Inverno, que vive sempre no Ano Um, acha o progresso menos importante que o presente. Meu gosto era terráqueo e, partindo de Erhenrang, fiquei impaciente com o ritmo lento e metódico da caravana; minha vontade era sair correndo. Estava feliz por me libertar daquelas longas ruas de pedra, sobre as quais pairavam telhados escuros, íngremes, e incontáveis torres; aquela cidade sem sol, onde todas as minhas perspectivas haviam se transformado em medo e traição.

Subindo os contrafortes do Kargav, a caravana fazia breves, mas frequentes paradas para refeições nas estalagens à beira da estrada. No final da tarde, tivemos a primeira visão completa da cordilheira, a partir de um ponto mais elevado do contraforte. Vimos Kostor, que tem mais de seis mil metros de altitude, da base ao cume; o imenso paredão do lado oeste ocultava os picos situados ao norte, alguns dos quais elevam-se a nove mil metros. Ao sul do Kostor, uma fileira de picos alvos destacava-se contra o pano de fundo de um céu incolor; contei treze, o último, um vislumbre indefinido em meio à névoa distante do sul. O motorista me disse o nome dos treze e contou histórias de avalanches e barcos terrestres soprados para fora da estrada por ventos vindos das montanhas, e equipes com máquinas removedoras de neve isoladas semanas a fio em altitudes inacessíveis, e assim por diante, num cordial esforço para me aterrorizar. Descreveu como viu um caminhão à sua frente derrapar e cair num precipício de trezentos metros; o extraordinário, disse ele, foi a lentidão com que o caminhão despencava. Pareceu levar a tarde inteira flutuando abismo abaixo, e ele alegrou-se ao vê-lo enfim desaparecer, sem absolutamente nenhum ruído, nos doze metros de neve acumulada na base do precipício.

À Terceira Hora paramos para jantar numa enorme estalagem, um lugar amplo com grandes lareiras crepitantes e vastos salões com teto de madeira, ocupados por mesas repletas de boa comida; mas não pernoitamos ali. Nossa caravana dormia no caminho e apressava-se (do modo karhideano) para ser a primeira da estação a chegar a Tempestade Pering e reservar o melhor do mercado para seus mercadores-empresários. As baterias dos caminhões foram recarregadas, um novo turno de motoristas assumiu a direção e seguimos viagem. Um dos caminhões servia de dormitório, somente para os motoristas. Não havia cama para passageiros. Passei a noite no assento duro da cabine fria, com apenas uma parada para a ceia, quase à meia-noite, numa pequena estalagem no alto das montanhas. Karhide não é um país de confortos.

Ao amanhecer, acordei e vi que tínhamos deixado tudo para trás, exceto rocha, gelo e luz, e a estrada estreita, sempre ascendente sob nossas rodas. Pensei, tiritando, que existem coisas mais importantes que conforto, a menos que você seja uma senhora idosa ou um gato.

Nenhuma estalagem agora, em meio àquelas rampas apavorantes de neve e granizo. Na hora das refeições, os barcos terrestres paravam silenciosamente, um atrás do outro, em algum ponto cheio de neve e com uns trinta graus de inclinação, e todos desciam das cabines e se reuniam ao redor do caminhão-dormitório, de onde serviam tigelas com sopa quente, fatias de pão-de-maçã e canecas de cerveja amarga. Ficávamos ali, batendo os pés na neve, engolindo a comida e a bebida, de costas para o vento cortante que vinha carregado de uma poeira brilhante de neve seca. Depois, de volta aos barcos terrestres, adiante e subindo. Ao meio-dia, nos desfiladeiros de Wehoth, a mais de 4.000 metros de altitude, a temperatura estava a 27º C ao sol e –10º C à sombra. Os motores elétricos eram tão silenciosos que se fazia possível ouvir avalanches murmurando ao longe em imensos paredões azuis, na extremidade de abismos com trinta quilômetros de extensão.

À tarde passamos pelo cume, em Eskar, a 4.600 metros. Olhando para a encosta da face sul de Kostor, pela qual havíamos rastejado num avanço infinitesimal ao longo do dia, avistei um estranho afloramento, uma formação rochosa semelhante a um castelo, aproximadamente quatrocentos metros acima da estrada.

– Está vendo o Retiro lá em cima? – disse o motorista.

– Aquilo é uma construção?

– É o Retiro de Ariskostor.

– Mas ninguém conseguiria viver aqui em cima.

– Ah, os Velhos conseguem. Dirigi numa caravana que trazia comida de Erhenrang para eles, no final do verão. Claro que não conseguem entrar nem sair durante dez ou onze meses no ano, mas eles não ligam. Tem uns sete ou oito Habitantes lá em cima.

Contemplei os pilares de pedra bruta, solitários na imensa solidão das alturas, e não acreditei no motorista; mas afastei minha incredulidade. Se havia um povo capaz de sobreviver numa habitação gelada nessas alturas, era o povo karhideano.

Na descida, a estrada sinuosa serpenteava, as curvas beirando precipícios, pois a encosta leste do Kargav é mais íngreme do que a oeste, descendo em grandes degraus os blocos rústicos da formação rochosa, até as planícies. Ao pôr do sol, avistamos uma pequena série de pontos deslizando por um imenso vulto branco, dois mil metros abaixo: uma caravana de barcos terrestres que partira de Erhenrang um dia antes de nós. Mais tarde, no dia seguinte, chegamos ao mesmo ponto, deslizando no mesmo paredão nevado, com muito cuidado, sem nem um espirro, a fim de não provocar uma avalanche. De lá, vimos por alguns instantes, ao longe, abaixo e além de nós no sentido leste, terras vastas e indistintas, manchadas por nuvens e sombras de nuvens e riscadas com rios prateados: as Planícies de Rer.

No crepúsculo do quarto dia de viagem a partir de Erhenrang, chegamos a Rer. Separam essas duas cidades quase mil e oitocentos quilômetros, um paredão montanhoso de milhares de metros de altura e dois ou três mil anos. A caravana parou do lado externo do Portal Oeste, onde seria movida para barcaças de canal. Nenhum barco terrestre ou carro pode entrar em Rer. A cidade foi construída antes dos karhideanos começarem a utilizar veículos elétricos, e eles os utilizam há mais de vinte séculos. Não existem ruas em Rer. Há passeios cobertos, semelhantes a túneis, que no verão podem ser atravessados por dentro ou por cima, como se queira. As casas, ilhas e Lares espalham-se desordenadamente, caóticos, em uma confusão profusa e prodigiosa que subitamente culmina (como acontece com a anarquia de Karhide) em esplendor: as Grandes Torres do Não-Palácio, vermelho-sangue, sem janelas. Construídas há mil e setecentos anos, essas torres abrigaram os reis de Karhide por mil anos, até que Argaven Harge, primeiro de sua dinastia, cruzou o Kargav e colonizou o grande vale de West Fall. Todas as construções de Rer são fantasticamente maciças, com fundações profundas, à prova de intempéries e água. No inverno, o vento das planícies pode manter a cidade livre da neve, mas, quando as nevascas enchem o lugar, eles não limpam as ruas, já que não há ruas para limpar. Usam os túneis de pedra, ou escavam túneis temporários na neve. Nada nas casas, exceto o telhado, fica visível acima da neve, e as portas de inverno podem ser instaladas sob os beirais do próprio telhado, como mansardas. O Degelo é a pior época, nesta planície de muitos rios. Os túneis tornam-se galerias pluviais, e os espaços entre as construções se transformam em canais ou lagos, nos quais a população de Rer navega para ir ao trabalho, afastando, com os remos, pequenos blocos flutuantes de gelo. E sempre, acima da poeira suspensa no ar no verão, da desordem dos telhados cobertos de neve no inverno, ou das enchentes na primavera, avultam as Torres vermelhas, indestrutíveis, o coração vazio da cidade.

Hospedei-me numa estalagem lúgubre e de preço terrivelmente extorsivo, aninhada sob a proteção das Torres. Levantei-me ao amanhecer depois de muitos pesadelos, paguei ao extorsor por cama, café da manhã e informações imprecisas sobre o caminho que deveria seguir e parti a pé para encontrar Otherhord, um antigo Retiro não muito longe de Rer. A 50 metros da estalagem, já estava perdido. Mantendo as Torres atrás de mim e o imenso vulto branco do Kargav à direita, saí da cidade em direção ao sul, e o filho de um fazendeiro que encontrei na estrada indicou-me o caminho para Otherhord.

Cheguei lá ao meio-dia, isto é, cheguei a algum lugar ao meio-dia, mas não sabia ao certo onde. Era, essencialmente, uma floresta ou bosque denso; entretanto, os bosques eram tratados com ainda mais cuidado do que seria de hábito naquele país de silvicultores caprichosos, e a trilha em meio às árvores acompanhava exatamente a encosta da colina. Após algum tempo percebi que havia uma cabana de madeira bem ao lado da trilha, à minha direita, e então notei uma construção grande de madeira um pouco mais adiante, à minha esquerda; e, de algum lugar ali, vinha um delicioso aroma de peixe frito.

Seguia devagar pela trilha, um pouco apreensivo. Não sabia como os handdaratas recebiam os turistas. Na verdade, sabia muito pouco sobre eles. A Handdara é uma religião sem instituição, sem sacerdotes, sem hierarquia, sem votos, sem credo; ainda não sou capaz de dizer se essa religião tem um Deus ou não. É esquiva. Está sempre em algum outro lugar. Sua única manifestação estável ocorre nos Retiros, onde as pessoas podem se isolar e passar a noite, ou a vida. Eu não estaria importunando essa seita curiosamente intangível em seus lugares secretos se não quisesse responder à pergunta deixada sem resposta pelos Investigadores: o que são os Videntes, e o que fazem realmente?

Já estava havia mais tempo em Karhide agora do que os Investigadores estiveram e duvidava da veracidade das histórias de Videntes e suas profecias. Lendas sobre previsões são comuns em toda a Família Humana. Deuses falam, espíritos falam, computadores falam. Ambiguidade oracular ou probabilidade estatística fornecem escapatórias, e as discrepâncias são eliminadas pela Fé. Entretanto, valia a pena investigar as lendas. Eu ainda não tinha conseguido convencer nenhum karhideano da existência da comunicação telepática; só acreditavam "vendo": exatamente minha posição em relação aos Videntes da Handdara.

À medida que seguia pela trilha, constatei que toda uma aldeia, ou vilarejo, espalhava-se na escuridão daquela floresta oblíqua, tudo tão a esmo quanto em Rer, mas de um modo discreto, tranquilo, campestre. Sobre telhados e trilhas pairavam os galhos dos hemmens, a árvore mais comum de Inverno, uma conífera robusta com folhas grossas de um vermelho pálido. As pinhas caídas dos hemmens forravam as trilhas bifurcadas, o vento exalava o perfume do pólen dos hemmens e todas as casas eram construídas dessa madeira escura. Finamente parei, pensando em qual porta bater, quando uma pessoa surgiu, passeando, do meio das árvores e me saudou com cortesia:

– Está procurando um lugar para morar? – perguntou.

– Vim com uma pergunta para os Videntes. – Decidira deixá-los pensar, de início pelo menos, que eu era karhideano. Assim como os Investigadores, nunca tivera problema algum em me passar por nativo, se quisesse; em todos os dialetos karhideanos meu sotaque era imperceptível, e minhas anomalias sexuais estavam escondidas sob a roupa pesada. Não tinha o belo cabelo grosso e os olhos amendoados do getheniano típico, e era mais escuro e mais alto do que a maioria, mas não além da variação normal. Tinha feito depilação definitiva em minha barba antes de deixar Ollul (naquela época ainda não conhecíamos as tribos "hirsutas" de Perunter, que são não apenas barbadas, mas peludas no corpo todo, como terráqueos brancos). Às vezes me perguntavam como quebrei meu nariz. Tenho o nariz achatado; os narizes dos gethenianos são arrebitados e estreitos, com vias estreitas, bem adaptadas à respiração de ar gelado. A pessoa na trilha em Otherhord olhou meu nariz com certa curiosidade e respondeu:

– Então talvez você queira falar com o Tecelão. Ele está lá embaixo na clareira agora, a não ser que tenha saído de trenó. Ou você prefere conversar primeiro com um dos Celibatários?

– Não tenho certeza. Sou extremamente ignorante...

O jovem riu e curvou-se em reverência. – Estou honrado! – disse ele. – Vivo aqui há três anos, mas ainda não adquiri ignorância suficiente para que mereça ser mencionada. – Ele estava brincando, mas de modo gentil, e consegui me lembrar de fragmentos da doutrina da Handdara, o bastante para perceber que estava me gabando, como se tivesse dito: "Sou extremamente bonito..."

– Eu quis dizer que não sei nada sobre os Videntes...

– Invejável! – disse o jovem Habitante. – Veja, precisamos macular a neve intocada com pegadas a fim de chegar a qualquer lugar. Posso lhe mostrar o caminho até a clareira? Meu nome é Goss.

Era um prenome. – Genry – disse eu, abandonando meu "L". Acompanhei Goss, embrenhando-me mais na penumbra gélida da floresta. O caminho estreito mudava de direção muitas vezes, ora subindo, ora descendo; aqui e ali, próximas ou mais afastadas entre os troncos maciços dos hemmens, estavam as pequenas casas da cor da floresta. Tudo era vermelho e castanho, úmido, silencioso, aromático, sombrio. De uma das casas, fluía a delicadeza lânguida e sibilante de uma flauta karhideana. Goss ia alegre e ligeiro, gracioso como uma moça, alguns passos à minha frente. De repente, sua camisa branca iluminou-se no espaço aberto, e eu saí atrás dele da sombra para a luz plena do sol, numa ampla campina verde.

A seis metros de nós havia uma figura em pé, ereta, imóvel, de perfil, o hieb escarlate e a camisa branca como uma incrustação de esmalte brilhante no verde da grama. Noventa metros adiante havia outra estátua, de azul e branco; esta não se moveu nem olhou de relance para nós em nenhum momento durante todo o tempo em que conversamos com a primeira. Estavam praticando a disciplina de Presença da Handdara, uma espécie de transe que os handdaratas, propensos a negativas, chamam de não-transe – envolvendo autoprivação (autocrescimento?) através de receptividade e consciência sensorial extrema. Embora a técnica seja exatamente o oposto da maioria das técnicas de misticismo, é uma disciplina provavelmente mística, tendendo à experiência de Imanência; mas não posso categorizar com certeza nenhuma prática dos handdaratas. Goss falou com a pessoa de escarlate. Quando interrompeu sua intensa imobilidade e veio vagarosamente em nossa direção, senti um temor respeitoso por ele. À luz do meio-dia, ele brilhava com luz própria.

Era tão alto quanto eu, esbelto, com um rosto límpido, franco e formoso. Quando seu olhar encontrou o meu, fui subitamente impelido a falar com ele telepaticamente, a tentar alcançá-lo com o diálogo mental, algo que não utilizara nenhuma vez desde minha chegada a Inverno, e que não deveria usar, ainda. O impulso foi mais forte que a tentativa de reprimi-lo. Chamei-o. Não houve resposta. Nenhum contato foi estabelecido. Ele continuava a olhar diretamente para mim. Após alguns instantes, sorriu e disse, numa voz suave e um tanto alta:

– Você é o Enviado, não é?

Gaguejei e disse: – Sim.

– Meu nome é Faxe. Estamos honrados em recebê-lo. Ficará conosco em Otherhord por algum tempo?

– De bom grado. Estou procurando aprender sobre sua prática de Vidência. E se houver algo que eu possa lhe dizer em retribuição, sobre o que sou, de onde venho...

– Como quiser – disse Faxe, com um sorriso sereno. – Foi muito amável de sua parte ter cruzado o Oceano do Espaço e, depois, acrescentado mais de mil quilômetros e a travessia do Kargav à sua jornada, para chegar até aqui.

– Quis vir a Otherhord pela da fama de suas previsões.

– Então talvez queira nos observar enquanto fazemos as previsões. Ou tem uma pergunta própria?

Seu olhar límpido compelia à verdade. – Não sei – respondi.

– *Nusuth* – disse ele –, não importa. Talvez, se ficar aqui algum tempo, descobrirá se tem alguma pergunta ou não... Existem ocasiões determinadas, você sabe, em que os Videntes podem se reunir. Então, de qualquer modo, ficará conosco por alguns dias.

Fiquei, e foram dias agradáveis. O tempo não era organizado, exceto para o trabalho comunal, a lavoura no campo, jardinagem, corte de lenha e manutenção, para os quais visitantes como eu eram convocados pelo grupo que mais precisasse de ajuda. Fora o trabalho, um dia podia transcorrer sem que se proferisse uma só palavra; aqueles com quem mais conversava eram o jovem Goss e Faxe, o Tecelão, cujo caráter extraordinário, tão límpido e insondável quanto um poço de água muito transparente, era a quintessência do caráter do lugar. À noite podia haver uma reunião na sala da lareira de uma ou outra das pequenas casas rodeadas de árvores; havia conversa, cerveja e talvez música, a música vigorosa de Karhide, melodicamente simples, mas de ritmo complexo, sempre tocada de improviso. Uma noite, dois Habitantes dançaram, homens tão velhos que seus cabelos eram completamente brancos, seus membros magros e abatidos e as dobras das pálpebras, caídas, quase escondendo os olhos escuros. Sua dança era lenta, precisa, controlada; fascinava olho e mente. Começaram a dançar à Terceira Hora após o jantar. Os músicos tocavam e paravam à vontade, exceto o tambor, que nunca cessava seu ritmo de sutis variações. Os dois velhos dançarinos ainda dançavam à Sexta Hora, meia-noite, depois de cinco horas terrestres. Foi a primeira vez que vi o fenômeno do *dothe* – o uso voluntário e controlado do que chamamos de "força histérica" – e desde então fiquei mais predisposto a acreditar nas histórias sobre os Velhos da Handdara.

Era uma vida introvertida, autossuficiente, estagnada, impregnada daquela singular "ignorância" valorizada pelos handdaratas e leal à prática da inatividade ou não interferência. Essa prática (expressa pela palavra nusuth, que devo traduzir como "não importa") é o cerne da seita, e não tenho a pretensão de compreendê-la. Mas comecei a entender melhor Karhide depois de meio-mês em Otherhord. Sob a política, os desfiles e as paixões daquela nação flui uma escuridão antiga, passiva, anárquica, silenciosa, a escuridão fecunda da Handdara.

E desse silêncio, inexplicavelmente, ergue-se a voz do Vidente.

O jovem Goss, que estava gostando de ser meu guia, disse que minha pergunta aos Videntes poderia ser sobre qualquer coisa e formulada como eu desejasse.

– Quanto mais precisa e limitada for a pergunta, mais exata será a resposta – disse ele. – Ambiguidade gera ambiguidade. E algumas perguntas, naturalmente, não são respondíveis.

– E se eu fizer uma dessas perguntas? – indaguei. A restrição parecia sofisticada, mas não desconhecida. Porém, não esperava a resposta que se seguiu:

– O Tecelão irá recusá-la. Perguntas irrespondíveis já arruinaram grupos de Videntes.

– Arruinaram?

– Conhece a história do Senhor de Shorth, que obrigou os Videntes do Retiro de Asen a responder à pergunta *Qual o sentido da vida?* Bem, isso foi há dois mil anos. Os Videntes permaneceram na escuridão por seis dias e seis noites. No fim, todos os Celibatários ficaram catatônicos, os Zanis morreram, o Pervertido matou o Senhor de Shorth a pedradas, e o Tecelão... Era um homem chamado Meshe.

– O fundador da seita Yomesh?

– Sim – disse Goss, e riu como se a história fosse muito engraçada, mas não soube se a piada era com os yomeshitas ou comigo.

Tinha decidido fazer uma pergunta do tipo sim ou não, o que pelo menos esclareceria o tipo e a extensão da obscuridade ou ambiguidade da resposta. Faxe confirmou o que Goss dissera, que o assunto da pergunta poderia ser algo que os Videntes ignorassem completamente. Poderia perguntar se a safra de *hoolm* seria boa este ano no hemisfério norte de S, e eles responderiam, sem ter conhecimento prévio sequer da existência de um planeta chamado S. Isso parecia colocar o negócio no plano da pura adivinhação ao acaso, como as varetas de milefólio e cara ou coroa. Não, disse Faxe, absolutamente, não havia acaso. O processo todo, na verdade, era exatamente o inverso do acaso.

– Então, você lê a mente.

– Não – disse Faxe, com seu sorriso franco e sereno.

– Você lê a mente sem saber que está lendo, talvez.

– De que adiantaria? Se o Perguntador soubesse a resposta, não pagaria para perguntar.

Escolhi uma pergunta cuja resposta eu com certeza não sabia. Somente o tempo poderia provar se o Vaticínio estava certo ou errado, a menos que fosse, como eu esperava, uma daquelas admiráveis profecias profissionais aplicáveis a qualquer resultado. Não era uma pergunta trivial; desistira da ideia de perguntar quando iria parar de chover, ou alguma frivolidade do tipo, quando soube que a tarefa era difícil e perigosa para os nove Videntes de Otherhord. O preço era alto ao perguntador – dois dos meus rubis foram para os cofres do Retiro –, porém ainda mais alto para os respondedores. E, como passei a conhecer Faxe melhor, tornou-se difícil acreditar que ele fosse um charlatão profissional, e mais difícil ainda acreditar que era um charlatão honesto e autoiludido; sua inteligência era tão sólida, transparente e polida quanto meus rubis. Não ousaria preparar-lhe uma cilada. Perguntei o que mais desejava saber.

No Onnetherhad, o décimo oitavo dia do mês, os nove se reuniram numa grande construção que geralmente permanecia trancada: um salão alto, frio, com piso de pedra, iluminado por uma luz tênue e fria que entrava por duas janelas-frestas e pelo fogo da lareira, numa das extremidades. Sentaram-se em círculo diretamente na pedra, todos com manto e capuz, formas rudes, imóveis, como um círculo de dólmens no fraco fulgor da lareira distante. Goss, outros dois jovens Habitantes e um médico do Domínio vizinho observavam em silêncio, sentados perto da lareira, enquanto eu atravessava o salão e entrava no círculo.

Era tudo muito informal, e muito tenso. Uma das figuras encapuzadas olhou-me quando me uni a elas, e vi um rosto estranho, de feições grosseiras, pesado, com olhos insolentes a me observar.

Faxe sentava-se com as pernas cruzadas, sem se mover, mas carregado, cheio de uma energia concentrada que fez sua voz leve e suave estalar como um raio.

– Pergunte – ele disse.

Fiquei em pé no centro do círculo e perguntei:

– Este planeta, Gethen, será membro do Ekumen dos Mundos Conhecidos dentro de cinco anos?

Silêncio. Permaneci parado, esperando, no centro de uma teia tecida de silêncio.

– É respondível – disse, serenamente, o Tecelão.

Houve um relaxamento. As pedras encapuzadas pareceram amolecer em movimento; o que me olhara tão estranhamente começou a sussurrar com seu vizinho. Saí do círculo e juntei-me aos observadores, perto da lareira.

Dois dos videntes permaneciam absortos, sem falar. Um deles levantava a mão esquerda de vez em quando e batia rápida e levemente no chão dez ou vinte vezes, e então voltava a ficar imóvel. Não tinha visto nenhum dos dois antes; eram os *Zanis*, disse Goss. Eram loucos. Goss os chamava de "divisores do tempo", o que talvez significasse esquizofrênicos. Os psicólogos karhideanos, embora não pudessem ler a mente e fossem, portanto, como cirurgiões cegos, eram engenhosos no uso de drogas, hipnose, choque localizado, contato criogênico e variadas terapias mentais; perguntei se os dois doentes mentais não poderiam ser curados.

– Curados? – perguntou Goss. – Você curaria a voz de um cantor?

Os outros cinco do círculo eram Habitantes de Otherhord, especialistas nas disciplinas de Presença da Handdara e também, disse Goss, enquanto fossem Videntes, celibatários, que não tomariam parceiros durante seu período de potência sexual. Um dos Celibatários precisa estar no kemmer durante o Vaticínio. Eu era capaz de identificá-lo, pois aprendera a perceber a sutil intensificação física, uma espécie de luminosidade, que sinaliza a primeira fase do kemmer.

Ao lado do kemmerer estava o Pervertido.

– Ele veio de Spreve com o médico – disse-me Goss.

Alguns grupos de Vidência provocam perversão artificialmente numa pessoa normal – injetando hormônios masculinos ou femininos nos dias que antecedem a sessão. É melhor ter um Pervertido natural. Ele vem voluntariamente; ele gosta da notoriedade.

Goss utilizou o pronome que designa um animal macho, não o pronome para um ser humano no papel masculino do kemmer. Parecia um pouco constrangido. Os karhideanos discutem questões sexuais abertamente e falam sobre o kemmer com reverência e excitação, mas são reticentes ao discutirem perversões – pelo menos comigo. Prolongar excessivamente o período do kemmer, com permanente desequilíbrio hormonal voltado ao masculino ou feminino, causa o que eles chamam de perversão; não é rara; três ou quatro por cento dos adultos podem ser pervertidos fisiológicos ou anormais – normais, pelos nossos padrões. Não são excluídos da sociedade, mas são tolerados com certo desdém, como os homossexuais em muitas sociedades bissexuais. A gíria karhideana para eles é *semimortos*. São estéreis.

O Pervertido do grupo, após aquele longo e estranho primeiro olhar, só prestava atenção na pessoa ao seu lado, o kemmerer, cuja sexualidade cada vez mais ativa seria provocada e estimulada até alcançar o auge da capacidade sexual feminina pela masculinidade insistente e exagerada do Pervertido. O Pervertido continuava falando baixinho, inclinando-se na direção do kemmerer, que respondia pouco e parecia rechaçá-lo. Nenhum dos outros falara até aquele momento, não havia som, exceto o sussurro, o sussurro da voz do Pervertido. Faxe observava insistentemente um dos Zanis. O Pervertido pôs sua mão, com delicadeza, na mão do kemmerer. O kemmerer esquivou-se do toque com impaciência, medo ou repulsa, e olhou para Faxe como se pedisse ajuda. Faxe não se moveu. O kemmerer mantinha-se em seu lugar, e manteve-se imóvel, quando o Pervertido voltou a tocá-lo. Um dos Zanis ergueu o rosto e soltou uma risada falsa, longa e cantada:

– Ha, ha, ha, ha, ha...

Faxe levantou a mão. Imediatamente, todos os rostos no círculo voltaram-se para ele, como se tivesse reunido os olhares do grupo num feixe, numa meada.

Haviam entrado no salão à tarde, sob chuva. A luz cinzenta logo desvanecera nas janelas-frestas abaixo dos beirais. Agora, faixas esbranquiçadas de luz estendiam-se oblíquas como velas fantasmagóricas de embarcações, longos triângulos e retângulos da parede ao piso, sobre o rosto dos nove – sombrios recortes e fragmentos da luz da lua que surgia na floresta, lá fora. O fogo da lareira já se extinguira e não havia nenhuma luz, exceto aquelas tênues faixas oblíquas, arrastando-se pelo círculo, delineando um rosto, uma mão, um dorso imóvel. Por um instante, vi o perfil de Faxe, rígido e pálido como pedra, numa difusa poeira de luz. O luar em diagonal arrastou-se e transformou-se numa corcova escura, o kemmerer, a cabeça curvada sobre os joelhos, mãos apertando o chão, o corpo sacudido por um tremor regular, no ritmo das leves pancadas da mão do Zani no piso de pedra, na escuridão do círculo. Estavam todos conectados, todos eles, como se fossem os pontos suspensos numa teia de aranha. Eu sentia, quisesse ou não, a conexão, a comunicação que fluía, sem palavras, inarticulada, através de Faxe, e que Faxe tentava padronizar e controlar, pois ele era o centro, o Tecelão. A luz obscura fragmentou-se e desapareceu, rastejando para outra parede. Crescia a teia de energia, tensão e silêncio.

Tentei evitar o contato com a mente dos Videntes. Fiquei muito inquieto com a tensão silenciosa, elétrica, com a sensação de estar sendo atraído por ela, de estar me transformando num ponto ou figura naquele arranjo, naquela teia. Mas, quando ergui uma barreira, foi pior: senti-me isolado e curvado de medo dentro de minha própria mente, atormentado por alucinações visuais e táteis, uma confusão frenética de imagens e ideias, visões abruptas e sensações, todas carregadas de sexualidade e grotescamente violentas, uma ebulição rubro-negra de desejo erótico. Estava rodeado por grandes covas escancaradas, com escabrosos lábios, vaginas, feridas, bocas do inferno; perdi o equilíbrio, estava caindo, desmoronando... Se não pudesse isolar o caos, iria desmoronar de fato, iria enlouquecer, e não havia como impedir. As forças empáticas e paraverbais em ação, imensamente poderosas e confusas, surgindo da perversão e frustração do sexo, da insanidade que distorce o tempo e de uma espantosa disciplina de total concentração e apreensão da realidade imediata, estavam além do meu controle. E, no entanto, estavam controladas: o centro ainda era Faxe. Horas e segundos se passaram, o luar iluminava a parede errada, não havia mais luar, apenas escuridão e, no centro de toda a escuridão, Faxe, o Tecelão: uma mulher, uma mulher vestida de luz. A luz era prata, a prata era uma armadura, uma mulher de armadura com uma espada. A luz queimou súbita e intolerável – a luz ao longo de seus membros, o fogo, e ela gritou de dor e terror:

– Sim, sim, sim!

A risada cantada do Zani recomeçou – ha-ha-ha-ha – e aumentou cada vez mais, até tornar-se um berro que continuou sem parar, por muito mais tempo do que qualquer voz conseguiria berrar, atravessando o tempo. Houve movimentos na escuridão, tumulto, pés se arrastando, corpos lutando, uma nova distribuição de séculos antigos, uma evasão de prenúncios. – Luz, luz – disse uma imensa voz em vastas sílabas, uma ou inúmeras vezes. – Luz, lenha no fogo, lá. Um pouco de luz. – Era o médico de Spreve. Entrara no círculo. O círculo se rompera completamente. Ele estava ajoelhado perto dos Zanis, os mais vulneráveis, os fusíveis; dois deles estavam abraçados no chão. O kemmerer estava deitado com sua cabeça no colo de Faxe, arfando, ainda tremendo; a mão de Faxe, com uma delicadeza distraída, acariciava seu cabelo. O Pervertido estava afastado num canto, sozinho, triste e desanimado. A sessão estava terminada, o tempo passava como sempre, a teia de energia havia se desintegrado em indignidade e cansaço. Onde estava minha resposta, o enigma do oráculo, a elocução ambígua da profecia?

Ajoelhei-me ao lado de Faxe. Olhou-me com seus olhos límpidos. Por um instante eu o vi como o vira no escuro, como uma mulher armada de luz e queimando no fogo, gritando "sim..."

A voz suave de Faxe rompeu a visão. – Está respondida sua pergunta?

– Está respondida, Tecelão.

De fato, estava. Em cinco anos, Gethen seria membro do Ekumen: sim. Sem enigmas, sem evasivas. Naquele mesmo instante, percebi a qualidade da resposta, não tanto uma profecia, mas uma constatação. Não podia escapar da minha própria certeza de que a resposta estava correta. Ela tinha a clareza imperativa de uma intuição.

Temos naves NAFAL, transmissões simultâneas e diálogo mental, porém ainda não domamos a intuição com arreios; para este truque, devemos vir a Gethen.

– Funciono como o filamento – disse-me Faxe, um ou dois dias após o Vaticínio. – A energia se intensifica cada vez mais em nós, indo e voltando, duplicando o impulso a cada vez, até que irrompe e a luz está em mim, à minha volta, eu sou a luz... O Velho do Retiro de Arbin disse uma vez que, se o Tecelão pudesse ser colocado no vácuo no momento da Resposta, continuaria queimando por anos. É nisso que os yomeshitas acreditam sobre Meshe: que ele viu nitidamente o passado e o futuro, não por um instante, mas por toda a sua vida após a Pergunta de Shorth. É difícil de acreditar. Duvido que um homem suportasse isso. Mas não importa...

Nusuth, a ubíqua e ambígua negativa da Handdara.

Passeávamos lado a lado, e Faxe olhou para mim. Seu rosto, um dos rostos humanos mais belos que já vi, parecia rígido e delicado, como pedra entalhada. – Na escuridão – ele disse – havia dez, não nove. Havia um forasteiro.

– Sim, havia. Não consegui erguer uma barreira contra você. Você é um Ouvinte, Faxe, um empata natural; e provavelmente um poderoso telepata natural, também. É por isso que você é o Tecelão, aquele que mantém as tensões e respostas do grupo fluindo num arranjo autocrescente, até que a pressão rompe o arranjo e você alcança a resposta.

Ele ouvia com interesse circunspecto. – É estranho ver os mistérios da minha disciplina de fora, através dos seus olhos. Só os via de dentro, como discípulo.

– Se me permitir... se desejar, Faxe, gostaria de me comunicar com você através do diálogo mental. – Sabia agora que ele era um Comunicante natural; seu consentimento e um pouco de prática serviriam para baixar a barreira inconsciente.

– Uma vez feito isso, eu seria capaz de ouvir o que os outros pensam?

– Não, não. Não mais do que você já ouve agora, como empata. O diálogo mental é uma comunicação, voluntariamente enviada e recebida.

– Então, por que não falar em voz alta?

– Bem, pode-se mentir quando se fala.

– E no diálogo mental, não?

– Não intencionalmente.

Faxe pensou por um instante. – Essa disciplina deve despertar o interesse de reis, políticos, homens de negócios.

– Os homens de negócios lutaram contra o uso do diálogo mental, quando se descobriu que a habilidade poderia ser ensinada e aprendida; eles o mantiveram na ilegalidade por décadas.

Faxe sorriu. – E os reis?

– Não temos mais reis.

– Sim, entendo... Bem, obrigado, Genry. Mas meu negócio é não-aprender, e não aprender. E prefiro não aprender, ainda, uma arte que mudaria completamente o mundo.

– Mas seu próprio vaticínio diz que este mundo irá mudar, e dentro de cinco anos.

– E eu mudarei com ele, Genry. Mas não tenho nenhum desejo de mudá-lo.

Chovia, a chuva leve e demorada do verão getheniano. Caminhávamos sob os hemmens nas encostas acima do Retiro, onde não havia trilhas. Luz derramava-se cinzenta por entre os galhos escuros. Água transparente pingava das folhas avermelhadas. O ar estava gelado, mas ameno, e cheio do som de chuva.

– Faxe, diga-me uma coisa: vocês, handdaratas, têm um dom que homens de todos os planetas sempre desejaram. Vocês o têm. Conseguem prever o futuro. E, contudo, vivem como todos nós. Parece que *não importa*...

– Como deveria importar, Genry?

– Bem, veja. Por exemplo, a rivalidade entre Karhide e Orgoreyn, essa disputa pelo Vale Sinoth. Karhide perdeu muito prestígio nas últimas semanas, pelo que entendi. Ora, por que o Rei Argaven não consultou seus Videntes, perguntando qual rumo seguir, ou qual membro do kyorremy escolher como primeiro-ministro, ou algo do gênero?

– É difícil fazer as perguntas.

– Não vejo por quê. Ele poderia simplesmente perguntar: quem me servirá melhor como primeiro-ministro? E ficar nisso.

– Talvez. Mas ele não sabe o que *servi-lo melhor* pode significar. Poderia significar que o homem escolhido iria entregar o vale a Orgoreyn, ou partir para o exílio, ou assassinar o rei; poderia significar muitas coisas que ele não esperaria ou aceitaria.

– Ele teria que fazer uma pergunta muito precisa.

– Sim. Aí haveria muitas perguntas, entende? Até o rei deve pagar o preço.

– O preço para o rei seria alto?

– Muito alto – disse Faxe tranquilamente. – O Perguntador paga de acordo com o que pode arcar, como você sabe. Na verdade, reis já foram procurar Videntes; mas não com frequência...

– E se um dos Videntes for, ele próprio, um homem poderoso?

– Habitantes dos Retiros não têm patentes ou posições. Posso ser enviado ao kyorremy em Erhenrang; bem, se for, tomo de volta minha posição e minha sombra, mas minha vidência acaba. Se eu tivesse uma pergunta enquanto servisse no kyorremy, iria para o Retiro de Orgny, pagaria meu preço e obteria minha resposta. Mas nós na Handdara não queremos respostas. É difícil evitá-las, mas tentamos.

– Faxe, acho que não entendo.

– Bem, vivemos nos Retiros principalmente para aprender quais perguntas evitar.

– Mas vocês são os Respondedores!

– Ainda não percebeu, Genry, por que aperfeiçoamos e praticamos a Vidência?

– Não...

– Para demonstrar a completa inutilidade de saber a resposta à pergunta errada.

Ponderei sobre isso por um bom tempo, enquanto caminhávamos lado a lado na chuva, sob os galhos escuros da Floresta de Otherhord. Dentro do capuz branco, o rosto de Faxe estava cansado e tranquilo, sua luz, apagada. Contudo, ele ainda me inspirava certo temor. Quando olhou para mim com os olhos límpidos, gentis, francos, olhou para mim a partir de uma tradição de treze mil anos: um modo de pensar, um modo de viver tão antigo, tão bem estabelecido, tão íntegro e coerente que concede ao ser humano a naturalidade, a autoridade, a plenitude de um animal selvagem; uma criatura grande e estranha que o olha diretamente de seu eterno presente...

– O desconhecido – disse a voz suave de Faxe na floresta –, o não previsto, o não provado: é nisso que se baseia a vida. A ignorância é a base do pensamento. A não-prova é a base da ação. Se houvesse certeza de que Deus não existe, não haveria religião. Nem Handdara, nem Yomesh, nada. Mas também, se houvesse certeza de que Deus existe, não haveria religião... Diga-me, Genry, o que sabemos? O que é certo, previsível, inevitável... a única certeza que você tem sobre seu futuro, e o meu?

– Que vamos morrer.

– Sim. Só existe realmente uma pergunta que pode ser respondida, Genry, e já sabemos a resposta... A única coisa que torna a vida possível é a incerteza permanente e intolerável: não saber o que vem depois.

6

ooooo

Um Caminho para Orgoreyn

O cozinheiro, que sempre chegava muito cedo, me acordou; tenho o sono pesado, e ele teve de me sacudir e dizer em meu ouvido: – Acorde, acorde, Senhor Estraven, há um mensageiro da Casa do Rei! – Finalmente entendi o que dizia e, confuso pelo sono e pela urgência, levantei-me afobado e me dirigi à porta do quarto, onde o mensageiro aguardava. E assim ingressei em meu exílio, completamente nu e estúpido como uma criança recém-nascida.

Lendo o documento que o mensageiro me entregou, disse a mim mesmo que já esperava por isto, embora não tão cedo. Mas quando vi o homem pregar o maldito documento na porta da casa, senti como se enfiassem os pregos em meus olhos. Dei-lhe as costas e fiquei parado, estupefato e desolado, desfazendo-me em dor, e por isso eu não esperava.

Passado o estupor, tomei as devidas providências e, ao soar a Nona Hora nos gongos, estava fora do Palácio. Não havia nada que me detivesse por muito tempo. Peguei o que pude. Quanto ao patrimônio e aos depósitos nos bancos, não podia convertê-los em dinheiro vivo sem pôr em risco os homens com quem tratasse e, quanto mais fossem meus amigos, maior o perigo para eles. Deixei por escrito a meu antigo kemmering, Ashe, instruções sobre como beneficiar-se de certas coisas valiosas e guardá-las para uso de nossos filhos, mas disse-lhe para não tentar me enviar dinheiro, pois Tibe mandaria vigiar a fronteira. Não pude assinar a carta. Telefonar para qualquer pessoa seria o mesmo que mandá-la para a cadeia, e me apressei em partir antes que algum amigo viesse me visitar, inocentemente, e perdesse seu dinheiro e sua liberdade como prêmio pela amizade.

Iniciei minha jornada para o oeste, cruzando a cidade. Parei num cruzamento e pensei: por que não ir para o leste, atravessar as montanhas e planícies, até a Terra de Kerm, um pobre homem a pé, e assim voltar ao meu lar em Estre, onde nasci, naquela casa de pedra na triste encosta da montanha? Por que não voltar para casa? Desse modo, por três ou quatro vezes parei e olhei para trás. A cada vez vi, entre os rostos indiferentes da rua, um que poderia ser espião, enviado para certificar-se de que deixara Erhenrang, e a cada vez pensei que loucura seria tentar ir para casa. Seria o mesmo que me matar. Aparentemente, havia nascido para viver no exílio, e meu único caminho de volta ao lar seria a morte. Assim, prossegui para o oeste e não olhei mais para trás.

Ao final dos meus três dias de prazo eu estaria, salvo algum percalço, no ponto mais distante de Kuseben, no Golfo, a cento e trinta e seis quilômetros. A maioria dos exílios tem uma noite de aviso prévio antes da Ordem de Exílio, e assim existe uma chance de conseguir passagem num navio no Sess antes dos comandantes estarem sujeitos a punições por prestarem auxílio. Tal cortesia não era da índole de Tibe. Nenhum comandante ousaria ajudar-me agora; todos me conheciam no Porto, já que eu o construíra para Argaven. Nenhum barco terrestre me daria carona, e eram quase seiscentos e cinquenta quilômetros até a fronteira seca de Erhenrang. Não tinha escolha senão ir a Kuseben a pé.

O cozinheiro já previa isso. Eu o dispensara imediatamente, mas, antes de sair, fez um pacote com toda a comida que encontrou, como combustível para a minha fuga de três dias. A gentileza me salvou e salvou também minha coragem, pois, sempre que parava na estrada e comia uma fruta e um pão, pensava: "Existe um homem que não me considera um traidor, porque ele me entregou isto."

É difícil, descobri, ser chamado de traidor. Estranha dificuldade, afinal é fácil dar este nome a um homem; um nome que adere, que se acomoda, que convence. Eu próprio estava meio convencido.

Cheguei a Kuseben ao anoitecer do terceiro dia, ansioso e com os pés doloridos, uma vez que nos últimos anos em Erhenrang acostumara-me às facilidades e ao luxo e perdera meu fôlego para caminhadas; e lá, esperando por mim no portal da pequena cidade, estava Ashe.

Fomos kemmerings por sete anos e tivemos dois filhos. Tendo nascido de sua carne, carregavam seu nome, Foreth rem ir Osboth, e foram criados naquele Clã-Lar. Três anos-atrás ele fora para o Retiro de Orgny e, agora, usava a corrente dourada do Celibatário Vidente. Não tínhamos nos visto nesses três anos; contudo, ao ver seu rosto no crepúsculo, sob o arco de pedra, senti o velho hábito de nosso amor como se tivesse me separado dele ontem, e reconheci a lealdade que o enviara para compartilhar minha desgraça. E, ao sentir aquele laço inútil prender-me mais uma vez, fiquei irritado; pois o amor de Ashe sempre me obrigava a agir contra o meu coração.

Passei direto por ele. Se devo ser cruel, não há necessidade de escondê-lo, fingindo amabilidade. – Therem – me chamou, e me seguiu. Desci rapidamente as ruas íngremes de Kuseben em direção ao cais. Um vento sul soprava do mar, fazendo farfalhar as árvores escuras dos jardins e, pelo crepúsculo quente e tempestuoso de verão, corria dele como se corresse de um assassino. Ele me alcançou, pois meus pés doíam demais para manter o passo. – Therem, vou com você – disse.

Não respondi.

– Dez anos-atrás, neste mês de Tuwa, fizemos nosso juramento...

– E três anos-atrás você o quebrou e me deixou, o que foi uma escolha sensata.

– Nunca quebrei nosso juramento, Therem.

– Verdade. Não havia juramento a quebrar. Era um falso juramento, um segundo juramento; você sabia disso. O único verdadeiro juramento de lealdade que já fiz não foi pronunciado, nem poderia ser pronunciado, e o homem a quem fiz esse juramento está morto, e a promessa quebrada há muito tempo. Você não me deve nada, e nem eu a você. Deixe-me ir.

À medida que falava, minha raiva e minha amargura passavam de Ashe para mim mesmo e minha própria vida, que jazia atrás de mim como uma promessa quebrada. Mas Ashe não sabia disso, e lágrimas brotaram em seus olhos.

– Poderia pegar isto, Therem? – perguntou. – Não devo nada a você, mas eu o amo profundamente. – Entregou-me um pequeno embrulho.

– Não. Eu tenho dinheiro, Ashe. Deixe-me ir. Preciso ir sozinho. – Fui em frente, e ele não me seguiu. Mas a sombra de meu irmão me seguiu. Fui infeliz ao falar sobre ele. Fui infeliz em todas as coisas.

A sorte não me esperava no ancoradouro. Nenhum navio de Orgoreyn no porto, no qual pudesse embarcar e assim me ver fora do solo de Karhide à meia-noite, como estava determinado a fazer. Havia poucos homens no cais, e esses poucos estavam todos com pressa de ir embora para casa; o único que encontrei para conversar, um pescador consertando o motor de seu barco, olhou-me uma vez e virou as costas sem falar. Aquilo me amedrontou. O homem sabia quem eu era; ele não saberia se não tivesse sido avisado. Tibe enviara seus mercenários para me interceptar e manter-me em Karhide até meu tempo acabar. Eu me ocupara com dor e fúria, mas não com medo, não até agora; não havia imaginado que a Ordem de Exílio poderia ser um mero pretexto para minha execução. Assim que soasse a Sexta Hora, eu me tornaria presa legítima para os homens de Tibe, e ninguém poderia bradar Assassinato, apenas Justiça feita.

Sentei-me num lastro de saco de areia, ali, ao vento, na superfície lisa e escorregadia e na escuridão do porto. O mar socava e sorvia a estacaria, barcos pesqueiros balançavam nas amarras e, ao longe, na extremidade do píer, um lampião ardia. Sentado, fitei aquela luz e, além dela, a completa escuridão do mar. Alguns se levantam diante do perigo iminente, mas não eu. Meu dom é a prevenção. Diante de uma ameaça concreta, torno-me estúpido e sento-me num saco de areia, imaginando se um homem conseguiria nadar até Orgoreyn. O gelo derreteu no Golfo de Charisune há um mês ou dois, e talvez fosse possível sobreviver na água por algum tempo. São duzentos e quarenta quilômetros até a praia orgota. Não sei nadar. Quando desviei os olhos do mar, de volta às ruas de Kuseben, peguei-me procurando por Ashe, na esperança de que ainda me seguisse. Tendo chegado a esse ponto, a vergonha arrancou-me do estupor e consegui pensar.

Suborno ou violência eram minhas opções, se fosse tratar com o pescador que ainda trabalhava em seu barco na doca interna; mas um motor defeituoso tampouco era de muita serventia. Furto, então. Mas os motores das embarcações de pesca são bloqueados. Desbloquear o circuito, dar partida no motor, manobrar o barco para fora da doca sob os lampiões do píer e fugir para Orgoreyn, sem nunca ter pilotado um barco a motor, parecia uma aventura tola e desesperada. Nunca pilotara um barco, mas tinha remado um no Lago Sopé do Gelo, em Kerm; e havia um barco a remos amarrado na doca externa, entre duas lanchas. Visto e furtado. Corri pelo píer sob os olhos arregalados dos lampiões, pulei no barco, desamarrei a boça, armei os remos e remei na água túrgida do ancoradouro, onde as luzes deslizavam e brilhavam sobre ondas escuras. Quando estava a uma boa distância, parei de remar para recompor a cavilha de um dos remos, que não estava funcionando perfeitamente, e tinha ainda de remar um bocado, embora esperasse ser apanhado, no dia seguinte, por uma patrulha ou um pescador orgota. Quando me inclinei para a forqueta, uma fraqueza me percorreu todo o corpo. Pensei que fosse desmaiar e me agachei de volta no banco do remador. Era a doença da covardia tomando conta de mim. Mas não sabia que minha covardia pesava tanto no estômago. Levantei os olhos e vi duas figuras na extremidade do píer, como dois riscos pretos no clarão distante e elétrico da água, e então comecei a pensar que minha paralisia não era efeito do terror, e sim de uma arma de longo alcance.

Vi que um deles segurava um revólver de incursão e, se já tivesse passado da meia-noite, suponho que teria atirado para matar; mas um revólver de incursão faz muito barulho e isso exigiria explicação. Então, tinham usado uma arma sônica. Ajustada para tontear, uma arma sônica pode localizar seu campo de ressonância apenas até o limite de uns trinta metros. Não sei qual seu alcance se ajustada para matar, mas não estava completamente fora dele, pois me vergava como um bebê com cólica. Era difícil respirar, pois a fraqueza alcançara meu peito. Como logo mandariam um barco motorizado para acabar de vez comigo, não iria desperdiçar meu tempo encurvado sobre os remos, arfando. A escuridão reinava às minhas costas, adiante do barco, e para dentro da escuridão devia remar. Remei com braços fracos, observando minhas mãos para me certificar de que dominavam os remos, porque não conseguia sentir a força com que os segurava. Entrei, portanto, na água encrespada e no escuro, no mar aberto do Golfo. Lá, tive de parar. A cada remada, aumentava a dormência de meus braços. Meu coração estava descompassado e meus pulmões tinham se esquecido de como conseguir ar. Tentei remar, mas não tinha certeza se meus braços se moviam. Tentei então puxar os remos para dentro do barco, mas não consegui. Quando a luz do holofote de um navio-patrulha do porto varreu o escuro e me flagrou na noite, como um floco de neve na fuligem, não pude sequer desviar os olhos do clarão.

Abriram à força minhas mãos agarradas aos remos, arrastaram-me para fora do barco e estiraram-me como um peixe fisgado no convés do navio-patrulha. Senti que me olhavam, mas não entendia bem o que diziam, exceto um deles, o comandante, pelo seu tom de voz. Ele disse:
– Ainda não chegou a Sexta Hora – e, de novo, respondendo a alguém:
– O que me importa? O rei exilou o homem, e vou seguir as ordens do rei e não de um subalterno.

Assim, contrariando ordens transmitidas via rádio pelos homens de Tibe, que estavam em terra, e contrariando os argumentos de seu companheiro, que temia uma retaliação, aquele oficial da Patrulha de

Kuseben atravessou o Golfo de Charisune comigo e me deixou a salvo em terra firme no Porto Shelt, em Orgoreyn. Se o fez por shifgrethor contra os homens de Tibe, que iriam matar um homem desarmado, ou só por bondade, não sei. *Nusuth.* "O admirável é inexplicável".

Pus-me em pé quando o litoral orgota surgiu cinzento na manhã enevoada, forcei minhas pernas a se moverem e caminhei do navio até as ruas da zona portuária de Shelt, mas, em algum lugar por ali, caí novamente. Quando acordei, estava no Hospital Comensal de Charisune, Área Costeira 4, 24ª Comensalidade, Sennethny. Tinha certeza dessas informações, pois estavam gravadas ou bordadas em escrita orgota na cabeceira da cama, no abajur ao lado da cama, na xícara de metal sobre a mesa ao lado da cama, na mesa ao lado da cama, nos hiebs das enfermeiras, nas cobertas e no avental que eu usava. Um médico apareceu e me perguntou: – Por que resistiu ao dothe?

– Não estava em dothe – respondi –, estava num campo sônico.

– Seus sintomas eram de alguém que havia resistido à fase de relaxamento do dothe. – Era um velho médico imperioso e me fez admitir, finalmente, que eu talvez tivesse usado a força-dothe para agir contra a paralisia enquanto remava, sem saber claramente o que estava fazendo; então, hoje de manhã, durante a fase thangen, quando é preciso manter-se imóvel, levantei e andei, e por isso quase me matei. Quando tudo isso ficou resolvido, para sua satisfação, ele me informou que eu estaria liberado em um ou dois dias, e foi para o leito seguinte. Atrás dele vinha o Inspetor.

Atrás de cada homem, em Orgoreyn, vem o Inspetor.

– Nome?

Não perguntei o nome dele. Devo aprender a viver sem sombras, como fazem em Orgoreyn; não me sentir ofendido; não ofender inutilmente. Mas não lhe dei meu título, que não interessa a ninguém em Orgoreyn.

– Therem Harth? Não é um nome orgota. Que Comensalidade?

– Karhide.

– Isso não é uma Comensalidade de Orgoreyn. Onde estão seus documentos de entrada e identificação?

Onde estariam meus documentos?

Eu havia sido consideravelmente revirado nas ruas de Shelt antes de ser levado ao hospital, onde chegara sem documentos, pertences, casaco, sapatos ou dinheiro. Quando ouvi aquilo deixei passar a raiva e ri; não existe raiva no fundo do poço. O Inspetor se ofendeu com meu riso. – Você não entende que é um estrangeiro indigente e não registrado? Como pretende voltar a Karhide?

– De caixão.

– Não deve dar respostas inadequadas a perguntas oficiais. Se não pretende voltar a seu país, será enviado a uma Fazenda Voluntária, onde há lugar para a ralé criminosa, estrangeiros e pessoas não registradas. Não há outro lugar para indigentes e subversivos em Orgoreyn. É melhor declarar sua intenção de voltar a Karhide em três dias, ou serei...

– Fui banido de Karhide.

O médico, que havia se voltado do leito seguinte ao som do meu nome, chamou o Inspetor de lado e falou em voz baixa com ele, por um tempo. A expressão do Inspetor tornou-se azeda como uma cerveja ruim, e, quando retornou a meu leito, disse, demorando-se a dizê-lo e demonstrando má vontade a cada palavra: – Então presumo que vá declarar sua intenção de solicitar permissão para obter residência permanente na Grande Comensalidade de Orgoreyn, enquanto aguarda conseguir um emprego útil como dígito de uma Comensalidade ou Municipalidade.

– Sim – respondi. A brincadeira acabou com a palavra *permanente*, uma palavra-caveira, se é que já existiu uma.

Após cinco dias, concederam-me residência permanente enquanto aguardava meu registro como dígito na Municipalidade de Mishnory (que eu solicitara), e foram emitidos documentos temporários de identificação para a viagem até essa cidade. Teria passado fome nesses cinco dias, se o velho médico não tivesse me mantido no hospital. Ele gostou de ter um Primeiro-Ministro de Karhide em sua ala, e o Primeiro-Ministro ficou grato.

Consegui minha passagem para Mishnory trabalhando como estivador em um barco terrestre, numa caravana de peixe fresco partindo de Shelt. Uma viagem rápida e malcheirosa, terminando nos grandes Mercados do Lado Sul de Mishnory, onde logo encontrei trabalho nos frigoríficos. Sempre há trabalho nesses lugares durante o verão, com o carregamento, empacotamento, estocagem e embarque de artigos perecíveis. Eu lidava principalmente com peixe, e me instalei numa ilha ao lado dos Mercados, junto com meus companheiros do frigorífico; chamavam-na de Ilha do Peixe; ela fedia a nós. Mas gostava do serviço, por me manter a maior parte do dia no galpão refrigerado. Mishnory é uma sauna no verão. Os acessos às colinas são fechados; o rio ferve; os homens suam. No mês de Ockre houve dez dias e noites em que a temperatura nunca ficou abaixo dos quinze graus, e um dia o calor chegou a trinta e um graus. Expulso do meu refúgio fedido e fresco para aquela fornalha, ao final do expediente, caminhava uns três quilômetros até a Margem do Kunderer, onde existem árvores e pode-se ver o grande rio, embora não seja possível descer até ele. Lá, perambulava até tarde e finalmente voltava à Ilha do Peixe, através da noite ardente e abafada. Nesta parte de Mishnory, as pessoas quebram as lâmpadas de rua, para manter os atos íntimos no escuro. Mas os carros do Inspetor espreitavam e iluminavam continuamente as ruas escuras, tirando dos pobres sua única privacidade: a noite.

A nova Lei de Registro de Estrangeiros, aprovada no mês de Kus, um dos lances do embate velado com Karhide, invalidou meu registro e me custou o emprego. Passei meio-mês aguardando em antessalas de infinitos Inspetores. Meus companheiros de trabalho me emprestaram dinheiro e furtaram peixe para meu jantar e, graças a isso, obtive um novo registro antes de morrer de fome; mas aprendi a lição. Gostava daqueles homens vigorosos e leais, porém viviam numa armadilha inescapável, e eu tinha trabalho a fazer com pessoas de quem gostava menos. Fiz os contatos telefônicos que adiava há três meses.

No dia seguinte, estava lavando minha camisa na lavanderia no quintal da Ilha do Peixe, junto com vários outros, todos nós nus ou seminus, quando, em meio ao vapor, ao fedor de óleo e peixe e ao barulho da água, ouvi alguém me chamando por meu título: e lá estava o Comensal Yegey na lavanderia, com exatamente a mesma aparência de quando estivera na Recepção do Embaixador do Arquipélago no Salão Cerimonial do Palácio em Erhenrang, sete meses antes.

– Saia daí e venha comigo, Estraven – disse ele na voz alta, aguda e nasal dos ricos de Mishnory. – Oh, largue a maldita camisa.

– Não tenho outra.

– Então pesque-a dessa sopa e venha. Está quente aqui.

Os outros o encararam com uma curiosidade austera, sabendo que era um homem rico, mas sem saber que era um Comensal. Não gostei de vê-lo ali; ele deveria ter mandado alguém me procurar. Pouquíssimos orgotas têm senso de decência. Queria tirá-lo dali. A camisa me era inútil molhada, então pedi a um rapaz sem lar que estava à toa no quintal para guardá-la para mim até eu voltar. Minhas dívidas e meu aluguel estavam pagos e meus documentos, no bolso do meu hieb; sem camisa, deixei a ilha nos Mercados e segui, com Yegey, para as casas dos poderosos.

Como seu "secretário", retornei aos registros de Orgoreyn, não como dígito, mas como dependente. Nomes não bastam; eles precisam de rótulos, precisam dizer a classe antes de ver a coisa. Contudo, desta vez, o rótulo estava certo, eu era um dependente, e logo fui levado a maldizer o propósito que me trouxera aqui para comer o pão de outro homem. Pois não me haviam dado nenhum sinal ainda, após um mês, de que estava mais próximo de meu objetivo do que quando na Ilha do Peixe.

Na noite chuvosa do último dia de verão, Yegey mandou me chamar a seu gabinete, onde o encontrei conversando com o Comensal do Distrito de Sekeve, Obsle, que eu conhecera quando ele presidia a Comissão de Comércio Naval Orgota em Erhenrang. Baixo e encurvado, com olhinhos triangulares num rosto gordo e achatado, formava um estranho par com Yegey, todo delicadeza e ossos. Pareciam o frajola e a frangalhona, mas eram mais do que isso. Eram dois dos Trinta e Três que governavam Orgoreyn; mas, mais uma vez, eram mais do que isso.

Depois da troca de cortesias e de um trago de água-vital Sithiesa, Obsle suspirou e me disse: – Agora me conte por que você fez o que fez em Sassinoth, Estraven, pois, se havia um homem que eu julgava incapaz de errar quanto à hora certa de agir, ou quanto ao peso do shifgrethor, esse homem era você.

– Meu medo falou mais alto que a minha prudência, Comensal.

– Medo de quê, diabos? Do que tem medo, Estraven?

– Do que está acontecendo agora. A continuação da luta por prestígio no Vale Sinoth; a humilhação de Karhide, a raiva que surge da humilhação; o uso dessa raiva pelo Governo Karhideano.

– Uso? Com que finalidade?

Obsle não tem modos; Yegey, exasperado, interrompeu-o delicadamente: – Comensal, o Senhor Estraven é meu hóspede e não precisa ser submetido a um interrogatório...

– O Senhor Estraven responderá a perguntas quando e como lhe aprouver, como sempre fez – disse Obsle, com um sorriso forçado, uma agulha oculta sob um monte de gordura. – Ele sabe que está entre amigos aqui.

– Faço amigos onde posso, Comensal, mas não procuro mais conservá-los por muito tempo.

– Posso entender. Mas podemos puxar um trenó juntos sem sermos kemmerings, como dizemos lá em Eskeve, hein? Que diabo! Sei por que você foi exilado, meu caro: por gostar de Karhide mais do que o próprio rei.

– Ou talvez por gostar mais do rei do que do primo dele.

– Ou por gostar mais de Karhide do que de Orgoreyn – disse Yegey. – Estou errado, Senhor Estraven?

– Não, Comensal.

– Você acha então – disse Obsle – que Tibe quer governar Karhide como nós governamos Orgoreyn... com eficiência?

– Sim. Acho que Tibe, utilizando a disputa sobre o Vale Sinoth como uma espora, usando-a conforme a necessidade, pode, em um ano, promover em Karhide uma mudança maior do que tudo o que se viu nos últimos mil anos. Ele tem um modelo em que se inspirar, o Sarf. E ele sabe como manobrar os medos de Argaven. É mais fácil do que tentar despertar a coragem de Argaven, como tentei. Se Tibe for bem-sucedido, os senhores, cavalheiros, descobrirão que têm um inimigo à altura.

Obsle concordou com a cabeça. – Renuncio ao shifgrethor – disse Yegey. – Aonde quer chegar, Estraven?

– Nisto: haverá lugar para dois Orgoreyns no Grande Continente?

– Sim, sim, sim, a mesma ideia – disse Obsle –, a mesma ideia: você a plantou na minha cabeça muito tempo atrás, Estraven, e não consigo arrancá-la. Nossa sombra cresceu demais. Irá cobrir Karhide também. Uma rixa entre dois Clãs, sim; combates entre duas cidades, sim; uma disputa de fronteira com alguns assassinatos e celeiros incendiados, sim; mas uma rixa entre duas nações? Uma disputa envolvendo cinquenta milhões de almas? Ah, pelo doce leite de Meshe, esse é um quadro que fez meu sono arder algumas noites, e me fez acordar suando... Não estamos seguros, não estamos seguros. Você sabe disso, Yegey; você já disse isso, a seu modo, muitas vezes.

– Até agora, já votei treze vezes contra estimular a disputa pelo Vale Sinoth. Mas de que adianta? A facção Dominação tem vinte votos sempre a postos, e cada lance de Tibe fortalece o controle do Sarf sobre esses vinte. Ele constrói uma cerca de um lado a outro do vale e põe guardas ao longo da cerca armados de revólveres de incursão... revólveres de incursão! Achei que estivessem guardados em museus. Ele alimenta a facção Dominação com um desafio, sempre que precisam de um.

– E assim fortalece Orgoreyn. Mas também Karhide. Cada reação sua às provocações dele, cada humilhação que vocês infligem a Karhide, cada reforço do prestígio de vocês servirá para fortalecer Karhide, até que se torne seu igual... até que seja todo controlado a partir de um centro, como Orgoreyn. E, em Karhide, eles não guardam armas em museus. São usadas pela Guarda Real.

Yegey serviu outra rodada de água-vital. Os nobres orgotas bebem esse fogo precioso, trazido de Sith por oito mil quilômetros de mares nevoentos, como se fosse cerveja. Obsle enxugou a boca e piscou os olhos.

– Bem – disse ele –, tudo isso é como pensei, e como ainda penso. E acho que temos um trenó para puxar juntos. Mas tenho uma pergunta antes de pegarmos nos arreios, Estraven. Você tapou meus olhos completamente com o capuz. Agora me diga: o que foi toda aquela confusão, aquela coisa obscura, aquele disparate a respeito de um Enviado do lado oculto da lua?

Genly Ai já havia, então, solicitado permissão para entrar em Orgoreyn.

– O Enviado? Ele é o que diz ser.

– E isso que dizer...

– Que ele é um enviado de outro mundo.

– Pare com suas malditas e obscuras metáforas karhideanas agora, Estraven. Eu renuncio ao shifgrethor, está descartado. Pode me responder?

– Já respondi.

– Ele é um ser alienígena? – perguntou Obsle, seguido por Yegey: – E ele teve uma audiência com o Rei Argaven?

Respondi que sim a ambos. Ficaram em silêncio por um minuto e, então, começaram a falar ao mesmo tempo, nenhum deles tentando disfarçar o interesse. Yegey teria preferido circunlóquios, mas Obsle foi direto ao ponto. – Qual o papel dele nos seus planos, então? Ao que parece, você se apoiou nele e caiu. Por quê?

– Porque Tibe me passou uma rasteira. Tinha meus olhos nas estrelas e não vi que estava pisando na lama.

– Está estudando astronomia, meu caro?

– É melhor nós todos estudarmos astronomia, Obsle.

– Ele representa uma ameaça para nós, esse Enviado?

– Não creio. Ele traz, de seu povo, ofertas de comunicação, comércio, tratados e alianças, nada mais. Veio sozinho, sem armas ou defesa, sem nada além de um aparelho de comunicação e sua nave, que ele nos permitiu examinar completamente. Creio que não precisamos temê-lo. No entanto, ele traz consigo, em suas mãos vazias, o fim do Reino e das Comensalidades.

– Por quê?

– Como vamos tratar com alienígenas, exceto como irmãos? Como Gethen vai tratar com uma união de oitenta planetas, exceto como um planeta?

– Oitenta planetas? – disse Yegey e riu, apreensivo. Obsle encarou-me de soslaio e disse: – Gostaria de pensar que você passou muito tempo com um louco em seu palácio e ficou louco também... Em nome de Meshe! Que conversa é essa de alianças com sóis e tratados com a lua? Como o sujeito chegou aqui? Na cauda de um cometa? Montado num meteoro? Uma nave? Que tipo de nave flutua no ar, no vazio do espaço? No entanto, você não está mais louco do que sempre foi, Estraven, o que quer dizer um louco perspicaz, um louco sensato. Todos os karhideanos são doidos. Mostre-me o caminho, meu senhor, e seguirei. Continue!

– Que caminho, Obsle? Para onde posso ir? Você, entretanto, talvez possa ir a algum lugar. Se seguir o Enviado por um caminho curto, talvez ele lhe mostre uma saída do Vale Sinoth, uma saída do curso maligno em que estamos presos.

– Muito bem. Vou aprender astronomia depois de velho. Aonde ela vai me levar?

– À grandeza, se você for mais sensato do que eu fui. Cavalheiros, estive com o Enviado, vi sua nave que atravessou o espaço e sei que ele é um mensageiro genuíno de algum lugar fora deste planeta. Quanto à honestidade de sua mensagem e à veracidade de suas descrições desse lugar, não há como saber; pode-se apenas julgar como se julgaria qualquer homem; se ele fosse um de nós, eu o consideraria um homem honesto. Isso vocês próprios irão julgar, talvez. Mas uma coisa é certa: na presença dele, linhas desenhadas na terra não delimitam nada, nem servem como defesa. Há um desafio muito maior do que Karhide às portas de Orgoreyn. Os homens que enfrentarem esse desafio, que primeiro abrirem as portas do planeta, serão os líderes de todos nós. Todos: os Três Continentes, o planeta inteiro. Nossa fronteira, agora, não é nenhuma linha entre duas montanhas, mas a linha que nosso planeta descreve ao girar em torno do Sol. Arriscar seu shifgrethor em qualquer oportunidade inferior a esta seria estupidez, neste momento.

Convenci Yegey, mas Obsle estava sentado, afundado em sua gordura, observando-me com seus olhinhos.

– Vou levar um mês para acreditar nisso – ele disse. – E se essa história saísse de qualquer outra boca que não fosse a sua, Estraven, eu iria achar que era uma farsa, uma rede para nosso orgulho, tecida com o brilho das estrelas. Mas conheço você. Sei que não se humilharia simulando a própria desgraça apenas para nos enganar. Não consigo acreditar que esteja falando a verdade; no entanto, sei que uma mentira o faria engasgar... Muito bem. Ele falará conosco, como parece que falou com você?

– É isto o que ele deseja: falar, ser ouvido. Lá ou aqui. Tibe irá silenciá-lo se ele tentar ser ouvido de novo em Karhide. Temo por ele, que parece não entender o perigo que corre.

– Você nos dirá o que sabe?

– Sim. Mas existe alguma razão que o impeça de vir até aqui e dizer-lhes pessoalmente?

– Não creio – disse Yegey, roendo a unha delicadamente. – Ele pediu permissão para entrar na Comensalidade. Karhide não faz nenhuma objeção. Seu pedido está sendo analisado...

7

ooooo

A Questão do Sexo

Das observações de campo de Ong Tot Oppong,
Investigadora do primeiro grupo de terra Ekumênico
em Gethen/Inverno, Ciclo 93 A. Y. 1448.

Dia 81. Parece provável que eles tenham sido um experimento. A ideia é desagradável. Mas, agora que há evidências de que a Colônia Terráquea foi um experimento, com a implantação de um grupo Hainiano Normal num planeta com seus próprios proto-hominídeos autóctones, a possibilidade não pode ser ignorada. A manipulação genética humana seguramente foi praticada pelos Colonizadores; nada mais explica os hilfs de S ou os hominídeos alados degenerados de Rokanan; o que mais explicaria a fisiologia sexual getheniana? Acidente, possivelmente; seleção natural, dificilmente. Sua ambissexualidade tem pouco ou nenhum valor adaptativo.

Por que escolher um planeta tão inóspito para um experimento? Nenhuma resposta. Tinibossol acha que a Colônia foi introduzida durante um grande período Interglacial. As condições devem ter sido consideravelmente mais amenas nos primeiros 40 ou 50 mil anos aqui. Quando o gelo avançou novamente, a Retirada Hainiana completou-se e os Colonos foram deixados à própria sorte, uma experiência abandonada.

Teorizo sobre as origens da fisiologia sexual getheniana. O que realmente sei a respeito? A comunicação de Otie Nim, feita a partir da região de Orgoreyn, esclareceu alguns dos equívocos de minhas primeiras concepções. Deixe-me registrar tudo que sei e, depois, minhas teorias; o mais importante primeiro.

O ciclo sexual dura, em média, de 26 a 28 dias (eles tendem a falar em 26 dias, aproximando-o do ciclo lunar). Durante 21 ou 22 dias, o indivíduo é *somer*, sexualmente inativo, latente. Por volta do 18º dia, mudanças hormonais são desencadeadas pelo controle pituitário e, no 22º ou 23º dia, o indivíduo entra no *kemmer*, o cio. Nesta primeira fase do kemmer (*secher*, em karhideano), ele permanece completamente andrógino. O gênero ou a potência não são atingidos em isolamento. Um getheniano na primeira fase do kemmer, se deixado sozinho ou na companhia de outros que não estão no kemmer, permanece incapaz de coito. Contudo, o impulso sexual é tremendamente forte nessa fase, dominando a personalidade, submetendo todos os demais impulsos a seu imperativo. Quando o indivíduo encontra um parceiro no kemmer, a secreção hormonal recebe novo estímulo (principalmente pelo toque... secreção? cheiro?), até que, num dos parceiros, ocorra a dominância hormonal masculina ou feminina. Os órgãos genitais crescem ou encolhem, conforme o caso, as preliminares se intensificam e o outro parceiro, provocado pela mudança, assume o papel sexual oposto. (Sem exceção? Se há exceções, resultando em parceiros-kemmers de mesmo sexo, são tão raras que podem ser ignoradas). Esta segunda fase do kemmer (*thorharmen*, em karhideano), o processo mútuo para definir sexualidade e potência, aparentemente ocorre dentro de um período de duas a doze horas. Se um dos parceiros já está em pleno kemmer, a fase para o parceiro mais recente tem boa chance de ser bem curta; se os dois estiverem entrando no kemmer juntos, é provável que seja mais longa. Indivíduos normais não têm nenhuma predisposição para um dos papéis sexuais no kemmer; não sabem se serão macho ou fêmea, e não têm escolha na questão. (Otie Nim escreveu que em Orgoreyn o uso de derivados hormonais para estabelecer a sexualidade preferida é muito comum; não vi fazerem isso na região rural de Karhide.) Uma vez que o sexo esteja estabelecido, não pode mudar durante aquele período do kemmer. A fase culminante do kemmer (*thokemmer*, em karhideano) dura de dois a cinco dias, durante os quais o impulso e a capacidade sexuais estão no máximo. Ela termina de maneira abrupta e, se não houver concepção, o indivíduo retorna à fase somer em poucas horas (observação: Otie Nim acha que esta "quarta fase" é equivalente ao ciclo menstrual), e o ciclo recomeça. Se o indivíduo que estava no papel feminino engravida, a atividade hormonal naturalmente continua e, durante o período de gestação, de 8,4 meses, e o período de lactação, de 8 meses, esse indivíduo permanece feminino. Os órgãos sexuais masculinos permanecem recolhidos (como ficam no somer), os seios aumentam um pouco e a circunferência pélvica se alarga. Com o fim da lactação, a fêmea entra de novo na fase somer e torna-se, mais uma vez, um perfeito andrógino. Nenhum hábito fisiológico se estabelece, e a mãe de várias crianças pode ser o pai de várias outras.

Observações do ponto de vista social: muito superficiais, até agora; tenho me deslocado demais para fazer observações sociais coerentes.

O kemmer nem sempre envolve casais. Formar casais parece ser o costume mais comum, mas nas casas de kemmer de vilas ou cidades podem surgir grupos, e as relações sexuais ocorrem promiscuamente entre machos e fêmeas do grupo. O extremo oposto dessa prática é o costume do *juramento kemmering* (*oskyommer*, em karhideano), que significa, para todos os efeitos e propósitos, casamento monogâmico. Não tem *status* legal, mas, sob o ponto de vista ético e social, trata-se de uma instituição antiga e vigorosa. Toda a estrutura dos Clãs-Lares e Domínios karhideanos é indubitavelmente baseada na instituição do casamento monogâmico. Não estou certa quanto às regras gerais do divórcio; aqui em Osnoriner existe divórcio, mas não um novo casamento após o divórcio ou a morte do parceiro: um indivíduo pode jurar kemmering apenas uma vez.

A descendência, naturalmente, é reconhecida, em todo o planeta Gethen, a partir da mãe, "o genitor carnal" (*amha*, em karhideano).

O incesto é permitido, com várias restrições, entre irmãos, até mesmo irmãos que são filhos do mesmo casal kemmering em juramento. Irmãos, entretanto, são proibidos de jurar kemmering, e também de permanecer kemmerings após o nascimento de um filho de um dos parceiros. Incesto entre gerações é expressamente proibido (em Karhide/Orgoreyn; mas dizem que é permitido entre os membros das tribos de Perunter, o Continente Antártico. Essa informação pode ser calúnia).

O que mais sei ao certo? Isso parece resumir tudo.

Há uma característica deste sistema anômalo que talvez tenha valor adaptativo. Uma vez que o coito só ocorre durante o período de fertilidade, a possibilidade de concepção é alta, como acontece com todos os mamíferos que têm o ciclo do estro. Em condições severas, onde a mortalidade infantil é grande, pode-se revelar um fator valioso para a sobrevivência da raça. Atualmente, nem a mortalidade infantil, nem a taxa de natalidade são altas nas áreas civilizadas de Gethen. Tinibossol estima uma população de não mais do que 100 milhões nos três continentes, e cogita que esse número mantém-se estável há pelo menos um milênio. Abstinência ritual e ética e uso de contraceptivos parecem ter sido essenciais à manutenção desta estabilidade.

Existem aspectos da ambissexualidade que apenas vislumbramos ou supusemos, e que talvez jamais compreendamos inteiramente. O fenômeno do kemmer naturalmente fascina a todos nós, Investigadores. Fascina a nós, mas governa os gethenianos, domina-os. A estrutura de suas sociedades, a administração de sua indústria, agricultura, comércio, o tamanho de suas instalações, o assunto de suas histórias, tudo é moldado para se ajustar ao ciclo somer-kemmer. Todos tiram férias uma vez ao mês; ninguém, qualquer que seja sua posição, é compelido ou obrigado a trabalhar quando está no kemmer. Ninguém é barrado na casa de kemmer, por mais pobre ou estranho que seja. Tudo abre caminho diante do tormento recorrente e do regozijo da paixão. É fácil entendermos isso. O que é difícil de entender é que, oitenta por cento do tempo, essas pessoas não têm qualquer tipo de motivação sexual. Existe espaço para o sexo, espaço de sobra; mas um espaço, por assim dizer, à parte. A sociedade de Gethen, em seu funcionamento diário e em sua continuidade, é assexuada.

Considere: qualquer um pode trabalhar em qualquer coisa. Parece muito simples, mas os efeitos psicológicos são incalculáveis. O fato de toda a população, entre dezessete e trinta e cinco anos de idade, estar sujeita a ficar (como Nim definiu) "amarrada à gravidez" sugere que ninguém aqui fica tão completamente "amarrado" como, provavelmente, ficam as mulheres em outros lugares – psicológica ou fisicamente. Fardo e privilégio são compartilhados de modo bem igualitário; todos têm o mesmo risco a correr ou a mesma escolha a fazer. Portanto, ninguém aqui é tão completamente livre quanto um macho livre, em qualquer outro lugar.

Considere: uma criança não tem nenhum relacionamento psicossexual com sua mãe ou seu pai. O mito de Édipo é inexistente em Inverno.

Considere: não existe sexo sem consentimento, não existe estupro. Como ocorre com todos os mamíferos, exceto o homem, o coito só pode ser realizado por convite e consentimento mútuo; do contrário, não é possível. A sedução certamente é possível, mas deve ser tremendamente oportuna.

Considere: não existe nenhuma divisão da humanidade em metades forte e fraca, protetora/protegida, dominante/submissa, dona/escrava, ativa/passiva. Na verdade, pode-se verificar que toda a tendência ao dualismo que permeia o pensamento humano é muito reduzida, ou alterada, aqui em Inverno.

Nas minhas Diretrizes finais deve constar o seguinte: quando encontrar um getheniano, não se pode e não se deve fazer o que um bissexual naturalmente faz, que é enquadrá-lo no papel de Homem ou Mulher, enquanto adota, para com ele, o papel correspondente, dependendo de suas expectativas com respeito às interações padronizadas ou possíveis entre pessoas do mesmo sexo ou do sexo oposto. Todo o nosso padrão de interação sociossexual inexiste aqui. Eles não conseguem entrar no jogo. Não veem uns aos outros como homens ou mulheres. É quase impossível nossa imaginação aceitar isso. Qual a primeira coisa que perguntamos sobre um recém-nascido?

No entanto, você não deve pensar num getheniano como uma pessoa "neutra". Eles não são neutros. São potencialidades, ou integralidades. Na falta do "pronome humano" karhideano usado para pessoas em somer, devo dizer "ele", pelos mesmos motivos por que utilizamos o pronome masculino ao nos referir a um deus transcendente: é menos definido, menos específico do que o pronome feminino. Entretanto, o próprio uso do pronome em meus pensamentos me leva, continuamente, a esquecer que o karhideano diante de mim não é um homem, mas um homem-mulher.

O Primeiro Móvel, se for enviado para cá, deve ser avisado de que, a menos que seja muito seguro de si ou senil, sofrerá um golpe em seu orgulho. Um homem deseja que sua virilidade seja reconhecida, uma mulher deseja que sua feminilidade seja apreciada, por mais indiretos que sejam esse reconhecimento ou essa apreciação. Em Inverno, isso não vai existir. Julga-se ou respeita-se uma pessoa apenas como ser humano. É uma experiência espantosa.

Voltando à minha teoria. Ponderando sobre as razões de tal experiência, se de fato foi este o caso, e tentando talvez absolver nossos ancestrais hainianos da culpa, da barbárie, de tratar vidas como objetos, formulei alguns palpites a respeito de suas supostas intenções.

Encaramos o ciclo somer-kemmer como algo degradante, um retorno ao ciclo de estro dos mamíferos inferiores, uma sujeição de seres humanos aos imperativos mecânicos do cio. É possível que os autores da experiência quisessem ver se seres humanos, na falta de potencialidade sexual contínua, ainda seriam inteligentes e capazes de cultura.

Por outro lado, a limitação do impulso sexual a um segmento de tempo descontínuo e sua "equalização" em androginia devem evitar, em grau elevado, tanto a exploração quanto a frustração do impulso. Deve haver frustração sexual (embora a sociedade atue, da melhor forma possível, para evitá-la; desde que uma unidade social seja grande o suficiente para que mais de uma pessoa entre no kemmer ao mesmo tempo, a satisfação sexual é praticamente certa), mas pelo menos essa frustração não pode se acumular; ela termina quando termina o kemmer. Ótimo; assim, eles são poupados de muito desperdício e loucura; mas o que sobra, no somer? O que há para sublimar? O que uma sociedade de eunucos realizaria? Porém, obviamente, eles não são eunucos no somer, e sim algo comparável aos pré-adolescentes: não castrados, mas latentes.

Outro palpite a respeito do objetivo da hipotética experiência: a eliminação da guerra. Será que os Antigos Hainianos postulavam que a capacidade sexual contínua e a agressão social organizada, nenhuma das duas coisas atributo de quaisquer mamíferos exceto o homem, são causa e efeito? Ou, como Tumass Song Angot, consideravam a guerra uma atividade puramente masculina, um grande Estupro e, portanto, pretendiam eliminar, com sua experiência, a masculinidade que estupra e a feminilidade que é estuprada? Só Deus sabe. O fato é que os gethenianos, embora altamente competitivos (como demonstrado pelos complexos canais sociais fornecidos para a competição por prestígio etc), não parecem ser muito agressivos; pelo menos nunca tiveram, aparentemente, algo que pudesse ser chamado de guerra. Eles se matam facilmente aos pares; raramente aos montes; jamais às centenas ou milhares. Por quê?

Talvez se verifique que isso nada tem a ver com a psicologia andrógina. Não existem muitos deles, afinal. E existe o clima. O clima em Inverno é tão inclemente, tão próximo ao limite do tolerável, até mesmo para eles, com todas as suas adaptações ao frio, que talvez utilizem o espírito guerreiro para guerrear contra o frio. Os povos periféricos, as raças que apenas sobrevivem, raramente são guerreiras. E, no fim, o fator dominante da vida getheniana não é o sexo ou qualquer outra coisa humana: é seu ambiente, seu mundo gelado. Aqui, o homem tem um inimigo ainda mais cruel do que ele próprio.

Sou uma mulher do tranquilo Chiffewar, sem conhecimentos profundos sobre os atrativos da violência ou a natureza da guerra. Outra pessoa terá de se debruçar sobre esse assunto. Mas realmente não consigo ver como alguém poderia dar muito valor à vitória e à glória depois de passar um inverno em Inverno e ver a face do Gelo.

8

ooooo

Outro Caminho para Orgoreyn

Passei o verão mais como Investigador do que como Móvel, deslocando-me de uma cidade a outra nas terras de Karhide, de um Domínio a outro, observando e ouvindo – coisas que, a princípio, um Móvel não pode fazer enquanto ainda é visto como uma maravilha, um monstro, em exibição contínua e pronto a apresentar-se. Revelava a meus anfitriões, nesses Lares e aldeias rurais, quem eu era; a maioria já havia ouvido algo a meu respeito pelo rádio e tinha uma vaga ideia do que eu era. Ficavam curiosos, alguns mais, outros menos. Poucos sentiam medo de mim, pessoalmente, ou demonstravam repugnância xenófoba. Inimigo, em Karhide, não é o forasteiro, o invasor. O estrangeiro que chega anonimamente é hóspede. O inimigo é o vizinho.

Durante o mês de Kus, vivi na costa leste, num Clã-Lar chamado Gorinhering, uma casa-cidade-forte-fazenda construída em uma colina, acima das brumas eternas do Oceano Hodomin. Cerca de quinhentas pessoas viviam ali. Há quatro mil anos, eu teria encontrado seus ancestrais vivendo no mesmo lugar, no mesmo tipo de casa. Ao longo desses quatro milênios, o motor elétrico foi desenvolvido, rádios e teares elétricos, veículos elétricos, maquinário agrícola e outros equipamentos começaram a ser utilizados, e uma Idade da Máquina foi surgindo aos poucos, sem revolução industrial, sem revolução de espécie alguma. Inverno não realizara, em trinta séculos, o que a Terra certa vez realizou em trinta décadas. Inverno tampouco pagou o preço pago pela Terra.

Inverno é um mundo hostil; a pena que impõe a quem erra é rápida e certeira: morrer de frio ou morrer de fome. Nenhuma margem, nenhum perdão. Um homem pode confiar na sorte, mas uma sociedade, não; e mudanças culturais, por serem mutações aleatórias, podem elevar os riscos. Assim, avançaram lentamente. Em qualquer ponto de sua história, um observador apressado diria que a expansão do progresso tecnológico tinha cessado. No entanto, jamais cessou. Compare o temporal à geleira. Ambos chegam a seu destino.

Conversei muito com os velhos de Gorinhering, e também com as crianças. Foi minha primeira oportunidade de ver tantas crianças gethenianas, pois em Erhenrang elas estão todas nos Lares e Escolas, particulares ou públicas. Um quarto ou um terço da população urbana adulta ocupa-se, em tempo integral, na criação e educação das crianças. Aqui, o clã cuidava de suas próprias crianças; ninguém – e todo mundo – era responsável por elas. Eram irrequietas, correndo pelas colinas e praias ocultas pelas brumas. Quando conseguia reter uma delas por tempo suficiente para conversar, percebia que eram tímidas, orgulhosas e extremamente ingênuas. O instinto materno ou paterno varia tanto em Gethen quanto em qualquer lugar. Não se pode generalizar. Nunca vi um karhideano bater numa criança. Vi apenas uma pessoa falar asperamente com uma criança. O carinho pelos filhos pareceu-me profundo, efetivo e quase que desprovido de possessividade. Só nessa falta de possessividade ele talvez se diferencie do que chamamos instinto "materno". Desconfio que a distinção entre instintos materno e paterno nem mereça ser mencionada; o instinto, o desejo de proteger e de favorecer, não é uma característica ligada ao sexo...

No início do mês de Hakanna, ouvimos no rádio em Gorinhering, no Boletim do Palácio, entrecortado por estática, que o Rei Argaven estava esperando um herdeiro. Não outro filho de seu kemmering, dos quais ele já tinha sete, mas um herdeiro do corpo, um filho-rei. O rei estava grávido.

Achei engraçado, assim como os membros do clã de Gorinhering, mas por outros motivos. Disseram que o rei estava muito velho para dar à luz e fizeram comentários hilariantes e obscenos sobre o assunto. Foi o tema de conversas e gargalhadas dos velhos por vários dias. Riam do rei, mas não se interessavam muito por ele além disso. "Os Domínios são Karhide", Estraven dissera, e quanto mais eu aprendia, mais recorrentes me eram suas palavras. A pretensa nação, unificada por séculos, era uma mistura descoordenada de principados, cidades, aldeias, "unidades econômicas tribais pseudofeudais", uma confusão e profusão de individualidades competentes, irascíveis, vigorosas, sobre as quais pairava uma rede de autoridade insegura e frágil. Nada, pensei, jamais conseguiria unir Karhide como nação. Até a difusão total de meios rápidos de comunicação, que supostamente levaria a um inevitável nacionalismo, havia falhado aqui. O Ekumen não conseguiria atrair essas pessoas como uma unidade social, uma entidade mobilizável: em vez disso, deveria apelar ao seu sentimento de humanidade, de unidade humana, que era forte, embora ainda não desenvolvido. Fiquei muito entusiasmado com isso. Naturalmente, estava enganado; contudo, aprendera algo sobre os gethenianos que, com o decorrer do tempo, provou ser de valor prático.

A menos que eu quisesse passar o ano inteiro no Antigo Karhide, tinha de voltar a West Fall antes que os desfiladeiros do Kargav se fechassem. Até mesmo aqui, no litoral, já houvera duas nevascas leves no último mês do verão. Com certa relutância, iniciei meu retorno a West Fall e cheguei a Erhenrang no início de Gor, o primeiro mês do outono. Argaven estava, agora, em reclusão no palácio de verão em Warrever e nomeara Pemmer Harge rem ir Tibe como Regente durante seu isolamento. Tibe já estava aproveitando ao máximo seu período de poder. Poucas horas após minha chegada, comecei a perceber a falha em minha análise de Karhide – que já estava defasada – e também comecei a me sentir desconfortável, talvez em perigo, em Erhenrang.

Argaven não era são; a incoerência sinistra de sua mente obscurecia o ambiente de sua capital; o rei se alimentava de medo. Tudo de bom, em seu reinado, fora executado por seus ministros e pelo kyorremy. Mas ele não causara muitos danos. Seus embates contra os próprios pesadelos não haviam prejudicado o reino. Seu primo Tibe, entretanto, era outra história, pois sua loucura tinha lógica. Tibe sabia quando agir, e como agir. Só que não sabia quando parar.

Tibe falava bastante pelo rádio. Estraven, quando estava no poder, jamais o fizera, e este não era o estilo karhideano: o governo não constituía, normalmente, um espetáculo público; era velado e indireto. Tibe, no entanto, discursava. Ouvindo sua voz no ar, vi outra vez o sorriso cheio de dentes e o rosto mascarado com uma rede de rugas finas. Seus discursos eram longos e ruidosos: elogios a Karhide, maledicências contra Orgoreyn, vilipêndios contra as "facções desleais", discussões sobre a "integridade das fronteiras do Reino", preleções sobre história, ética e economia, tudo num tom afetado, emocional, bombástico, hipócrita, que se tornava estridente sob a forma de vitupério ou adulação. Falava muito sobre orgulho do país e amor à terra natal, mas pouco sobre shifgrethor, orgulho ou prestígio pessoal. Será que Karhide perdera tanto prestígio na questão do Vale Sinoth que o assunto não podia ser trazido à baila? Não; pois mencionava o Vale Sinoth com frequência. Concluí que evitava deliberadamente falar sobre shifgrethor porque queria provocar outro tipo de emoção, mais elementar, mais incontrolável. Queria mexer com algo de que o shifgrethor era um refinamento, uma sublimação. Queria que seus ouvintes sentissem medo e raiva. Seus temas não eram de modo algum orgulho e amor, embora usasse essas palavras sem cessar; da maneira que as usava, porém, elas significavam autoelogio e ódio. Falava muito, também, em Verdade, pois estava, dizia ele, "indo mais fundo que a camada de verniz de civilização."

Era uma metáfora duradoura, onipresente e ilusória, esta sobre o verniz (ou tinta, ou película, ou o que seja) cobrindo uma realidade mais nobre. A metáfora esconde mais de uma dezena de falácias de uma vez. Uma das mais perigosas é a insinuação de que a civilização, sendo artificial, vai contra as leis da natureza: de que seria o oposto do estado primitivo... É claro que não existe verniz nenhum, mas um processo de crescimento, e primitivismo e civilização são estágios da mesma coisa. Se a civilização tem um oposto, é a guerra. Das duas coisas, ou se tem uma ou outra. Não ambas. Pareceu-me, enquanto ouvia os discursos obtusos e furiosos de Tibe, que o que ele procurava fazer, através do medo e da persuasão, era forçar seu povo a alterar a escolha que fizera antes do início de sua história, a escolha entre os dois opostos.

Talvez a ocasião fosse propícia. Por mais lento que tivesse sido o avanço material e tecnológico dos karhideanos, por menos que valorizassem o "progresso" em si, haviam, finalmente, nos últimos cinco ou dez séculos, ultrapassado um pouco a Natureza. Não estavam mais à mercê do clima impiedoso; uma colheita ruim não mataria de fome uma província inteira, nem um inverno rigoroso isolaria cada cidade. Sobre essa base de estabilidade material, Orgoreyn gradualmente construíra um estado unificado, e cada vez mais eficiente e centralizado. Agora Karhide estava se organizando e fazendo o mesmo; e a maneira de forçar o país a fazê-lo não era despertando seu orgulho, ou incrementando o comércio, ou melhorando estradas, fazendas, escolas e por aí afora; nada disso; isso tudo é civilização, verniz, que Tibe descartava com escárnio. Ele estava atrás de algo mais garantido, o caminho certo, rápido e duradouro para transformar um povo numa nação: guerra. Suas ideias a respeito não tinham como ser muito precisas, mas eram bem sólidas. O único meio alternativo para mobilizar um povo de forma rápida e completa é com uma nova religião; não havia nenhuma disponível; ele teria de se virar com a guerra.

Enviei ao Regente uma comunicação em que citava a pergunta que fizera aos Videntes de Otherhord e a resposta que obtivera. Tibe não respondeu. Fui então à Embaixada orgota e solicitei permissão para entrar em Orgoreyn.

Havia menos pessoas trabalhando nos escritórios dos Estáveis do Ekumen em Hain do que na embaixada de um pequeno país em outro, e todos eles estavam armados com metros de fitas sonoras e registros. Eram lentos, meticulosos; nada do desleixo arrogante e dos súbitos rodeios que marcavam a burocracia karhideana. Aguardei alguns dias, enquanto preenchiam os formulários.

A espera tornou-se um tanto incômoda. O número de Guardas do Palácio e policiais nas ruas de Erhenrang parecia multiplicar-se a cada dia; estavam armados, e até desenvolveram uma espécie de farda. O ânimo da cidade havia esfriado, embora os negócios andassem bem, a prosperidade fosse geral e o clima, agradável. Ninguém queria muito contato comigo. Minha "senhoria" não mostrava mais meu quarto a ninguém, mas, em vez disso, reclamava por estar sendo importunada pelas "pessoas do Palácio". Tratava-me cada vez menos como uma respeitável aberração de circo e cada vez mais como um suspeito de crime político. Tibe fez um discurso sobre uma incursão no Vale Sinoth: "corajosos fazendeiros karhideanos, verdadeiros patriotas", haviam cruzado a fronteira sul de Sassinoth, atacado e incendiado uma aldeia orgota, matado nove aldeões, arrastando depois seus corpos e jogando-os no Rio Ey. "Tal é a cova", disse o Regente, "para onde irão todos os inimigos de nossa pátria!" Ouvi esta transmissão no refeitório de minha ilha. Algumas pessoas pareceram horrorizadas enquanto ouviam, outras não demonstraram interesse, outras pareceram satisfeitas, mas nessas variadas expressões havia um elemento comum, um pequeno tique ou contração facial que não existia antes, um ar de ansiedade.

Naquela noite, um homem veio até meu quarto, meu primeiro visitante desde que retornara a Erhenrang. Era franzino, de pele lisa, modos tímidos e usava o colar dourado dos Videntes, um dos Celibatários. – Sou amigo de alguém que se tornou seu amigo – disse ele, com a brusquidão dos tímidos. – Vim lhe pedir um favor, em nome dele.

– Quer dizer Faxe...?

– Não. Estraven.

Minha expressão solícita deve ter se alterado. Houve uma pequena pausa, após a qual o estranho disse: – Estraven, o traidor. Talvez se lembre dele.

Sua raiva substituiu a timidez, e ele ia começar o jogo de shifgrethor comigo. Se quisesse jogar, meu lance seria dizer algo como "não tenho certeza; fale alguma coisa sobre ele". Mas não queria entrar no jogo, e a essa altura estava acostumado ao temperamento vulcânico dos karhideanos. Encarei sua raiva com ar de reprovação e disse:

– Claro que lembro.

– Mas não com amizade – Seus olhos escuros, oblíquos, eram diretos e incisivos.

– Bem, na verdade com gratidão, e desapontamento. Ele o enviou aqui?

– Não.

Esperei que se explicasse.

– Desculpe-me – ele disse. – Presumi errado; aceito o que a presunção me trouxe.

Detive o sujeito franzino e tenso quando se dirigiu à porta.

– Por favor, espere: não sei quem é você, ou que quer. Não me recusei, apenas não concordei. Deve me conceder o direito à cautela. Afinal, Estraven foi exilado por apoiar minha missão aqui...

– Você se considera em dívida com ele por isso?

– Bem, de certo modo. Entretanto, minha missão supera todas as dívidas e lealdades pessoais.

– Se é assim – disse o estranho, com firme convicção –, é uma missão imoral.

Aquilo me paralisou. Ele falava como um Advogado do Ekumen, e eu não tinha resposta. – Não acho que seja uma missão imoral – respondi, finalmente. – As fraquezas e defeitos estão no mensageiro, não na mensagem. Mas por favor, diga-me em que posso ajudá-lo.

– Tenho em meu poder dinheiro, aluguéis e dívidas que consegui recolher das ruínas do infortúnio de meu amigo. Quando soube que você estava de partida para Orgoreyn, pensei em lhe pedir que levasse o dinheiro a ele, caso o encontre. Como sabe, fazer isso é um crime passível de punição. Também pode ser inútil. Ele pode estar em Mishnory, ou numa daquelas Fazendas abomináveis, ou morto. Não tenho como descobrir. Não tenho nenhum amigo em Orgoreyn e nenhum, aqui, a quem me atrevesse a perguntar a respeito. Pensei em você como alguém acima da política, livre para ir e vir. Não parei para pensar que você, naturalmente, tem sua própria política. Peço desculpas pela minha estupidez.

– Bem, levarei o dinheiro para ele. Mas se ele estiver morto ou não for encontrado, a quem devo devolvê-lo?

Ele me encarou. Seu rosto se contorceu e se alterou, e prendeu a respiração num soluço. Todos os karhideanos choram com facilidade, não se envergonham das lágrimas, da mesma forma que não se envergonham do riso.

– Obrigado – ele disse. – Meu nome é Foreth. Sou Habitante do Retiro de Orgny.

– Você pertence ao clã de Estraven?

– Não. Foreth rem ir Osboth: eu era o kemmering dele.

Estraven não tinha nenhum kemmering quando o conheci, mas não pude suspeitar do sujeito. Talvez ele estivesse involuntariamente servindo aos propósitos de outrem, mas era genuíno. E acabara de me ensinar uma lição: que o shifgrethor pode ser jogado no nível da ética, e que o jogador experimentado ganha. Ele me encurralara em dois lances. Estava com o dinheiro e o entregou a mim, uma valiosa quantia em notas de crédito de Mercadores Karhideanos Reais, nada que pudesse me incriminar e, consequentemente, nada que me impedisse, simplesmente, de gastá-lo.

– Se o encontrar... – interrompeu.

– Algum recado?

– Não. Se pelo menos eu soubesse...

– Se conseguir encontrá-lo, tentarei lhe enviar notícias.

– Obrigado – disse ele, e estendeu-me ambas as mãos, um gesto de amizade que em Karhide não é feito levianamente. – Desejo sucesso à sua missão, sr. Ai. Ele... Estraven... ele acreditava que você veio para fazer o bem, eu sei. Ele acreditava firmemente nisso.

Para aquele homem, não havia nada no mundo além de Estraven. Era uma daquelas pessoas condenadas a amar apenas uma vez. Perguntei novamente: – Não quer que eu leve nenhum recado a ele?

– Diga-lhe que as crianças estão bem – respondeu. Então hesitou e disse, tranquilamente: – *Nusuth*, não importa – e foi embora.

Dois dias depois, peguei a estrada que leva para fora de Erhenrang, a estrada noroeste nesta época do ano, a pé. A permissão para entrar em Orgoreyn havia chegado muito antes do que os funcionários da Embaixada orgota me levaram a crer, ou do que eles próprios esperavam; quando fui retirar os documentos, trataram-me com uma espécie de respeito venenoso, ressentidos pelo fato do protocolo e dos regulamentos terem sido, por ordem de alguém, postos de lado no meu caso. Como Karhide não possuía absolutamente nenhum regulamento para deixar o país, parti imediatamente. Durante o verão, eu descobrira como Karhide é uma terra agradável de se percorrer a pé. Estradas e estalagens são adaptadas ao caminhante, bem como aos veículos motorizados, e onde não há estalagens suficientes pode-se, infalivelmente, contar com o código de hospitalidade. Habitantes da cidade e Co-Domínios, aldeões, fazendeiros ou o senhor de qualquer Domínio sempre dão comida e alojamento ao viajante, durante três dias, segundo o código e, na prática, por muito mais tempo; e o melhor é que você é sempre recebido sem alvoroço, saudado amavelmente, como se estivessem aguardando sua chegada.

Percorri sem pressa as esplêndidas terras inclinadas entre o Sess e o Ey, algumas manhãs alimentando-me nos campos dos grandes

Domínios, onde faziam a colheita, cada mão, ferramenta e máquina trabalhando para conseguir ceifar os campos dourados antes que o tempo mudasse. Foi tudo dourado, tudo afável e saudável naquela semana de caminhada; e à noite, antes de dormir, eu saía de onde estivesse hospedado, uma casa de fazenda escura ou um Alojamento-Lar iluminado pela lareira, e caminhava sobre o restolho seco para olhar as estrelas cintilarem como cidades distantes, na escuridão e no vento de outono.

Na verdade, relutava em deixar essas terras, que eu descobrira ser, embora tão indiferentes ao Enviado, tão gentis com o forasteiro. Tinha receio de começar tudo outra vez, tentando repetir minha notícia numa nova língua, a novos ouvintes, fracassando de novo, talvez. Perambulava mais para o norte do que para o oeste, justificando meu curso com a curiosidade em conhecer a região do Vale Sinoth, o foco da disputa entre Karhide e Orgoreyn. Embora o tempo continuasse limpo, começava a esfriar, e finalmente segui para o oeste antes de chegar a Sassinoth, lembrando-me de que havia uma cerca ao longo da fronteira, e lá talvez não conseguisse sair de Karhide com tanta facilidade. Aqui a fronteira era o Ey, um rio estreito, mas violento, alimentado por geleiras, como todos os rios do Grande Continente. Voltei alguns quilômetros ao sul até chegar a uma ponte e encontrei uma que ligava duas pequenas aldeias, Passerer, no lado de Karhide, e Siuwensin, em Orgoreyn, encarando-se calmamente em margens opostas do barulhento Ey.

O guarda karhideano da ponte perguntou-me apenas se eu planejava voltar na mesma noite e fez sinal para que eu atravessasse. No lado orgota, um Inspetor foi chamado para inspecionar meu passaporte e documentos, o que fez por cerca de uma hora, uma hora karhideana, além de tudo. Ele reteve o passaporte, dizendo que eu deveria requerê-lo na manhã seguinte, e me entregou, em substituição, uma autorização para refeições e alojamento na Casa Transitória Comensal de Siuwensin. Passei mais uma hora no escritório do superintendente da Casa Transitória, enquanto ele lia meus documentos e verificava a autenticidade da autorização telefonando para o Inspetor na Estação de Fronteira Comensal, de onde eu acabara de chegar.

Não consigo definir adequadamente a palavra da língua orgota traduzida aqui como "comensal", "comensalidade". Sua raiz é uma palavra que significa "comer junto". Seu uso inclui todas as instituições nacionais e governamentais de Orgoreyn, desde o Estado, como um todo, até os trinta e três subestados, e os distritos, municípios, fazendas comunitárias, minas, fábricas etc. que compõem esses subestados. Como adjetivo, a palavra é aplicada a tudo mencionado acima; na forma "os Comensais", geralmente significa os trinta e três Chefes de Distritos que formam o corpo governamental, executivo e legislativo, da Grande Comensalidade de Orgoreyn, mas também pode significar os cidadãos, o próprio povo. Nesta curiosa falta de distinção entre a aplicação geral e específica da palavra, em seu uso tanto para o todo quanto para a parte, o estado e o indivíduo, nesta imprecisão é que reside seu significado mais preciso.

Meus documentos e minha presença foram finalmente aprovados, e à Quarta Hora fiz minha primeira refeição desde o café da manhã, a ceia: mingau de kadik e fatias frias de pão-de-maçã. Apesar de seu batalhão de funcionários, Siuwensin era um lugar muito simples e pequeno, imerso em profundo torpor rural. A Casa Transitória Comensal era menor que seu nome. A sala de jantar tinha uma mesa, cinco cadeiras e nenhuma lareira; a comida era trazida do botequim da aldeia. O outro cômodo era o dormitório: seis camas, muito pó, um pouco de mofo. Não havia mais ninguém, além de mim. Como todo mundo em Siuwensin parecia ter ido dormir diretamente após a ceia, fiz o mesmo. Adormeci no silêncio absoluto do campo, em que se ouve o zumbido do próprio ouvido. Dormi por uma hora e despertei para um pesadelo de explosões, invasão, assassinato e conflagração.

Foi um pesadelo particularmente desagradável, do tipo em que você corre por uma rua escura, acompanhado de inúmeras pessoas sem rosto, enquanto casas ardem em labaredas, ao fundo, e crianças gritam.

Acabei chegando a um campo aberto, pisando sobre restolho, ao lado de uma sebe preta. A meia-lua, escura e avermelhada, e algumas estrelas apareciam entre as nuvens. O vento era frio e cortante. Perto de mim, um grande celeiro ou armazém elevava-se no escuro, e a distância vi saraivadas de fagulhas subindo, levadas pelo vento.

Estava com as pernas nuas e descalço, de camisa, sem culotes, hieb ou casaco; contudo, minha mochila estava comigo. Nela, carregava não apenas minhas mudas de roupa, mas também rubis, dinheiro, documentos, papéis e o ansível, e usava a mochila como travesseiro quando viajava. Evidentemente, me agarrava a ela até durante os pesadelos. Tirei dela meus sapatos, culotes e hieb de inverno, feito de peles, e me vesti ali, no silêncio campestre frio e escuro, enquanto Siuwensin ardia em chamas oitocentos metros atrás de mim. Então, saí em busca de uma estrada e logo encontrei uma, e nela, outras pessoas. Eram refugiados como eu, mas sabiam para onde ir. Eu os segui, já que não tinha meu próprio rumo, exceto para longe de Siuwensin; que, deduzi enquanto andávamos, havia sido atacada por um grupo de Passerer, do outro lado do rio.

Tinham atacado, ateado fogo e se retirado; não houvera luta. Mas, subitamente, luzes brilharam no escuro e, correndo para a margem da estrada, vimos uma caravana terrestre, vinte caminhões, vindo a toda velocidade do oeste em direção a Siuwensin, passando por nós com um lampejo de luz e um assobio de rodas, repetidos vinte vezes; depois, silêncio e escuro de novo.

Logo chegamos a um centro agrícola comunitário, onde fomos detidos e interrogados. Tentei ficar junto com o grupo que eu seguira pela estrada, mas não tive sorte; alguns deles também não teriam sorte, se não estivessem portando seus documentos de identidade. Eles e eu, como estrangeiro sem passaporte, fomos apartados da multidão e alojados separadamente num armazém para passar a noite, um enorme semiceleiro de pedra, com uma porta trancada por fora e sem janela. De vez em quando a porta era destrancada e um novo refugiado era empurrado para dentro por um policial armado com o "revólver" sônico getheniano. Com a porta fechada, o escuro era total: nenhuma luz. Os olhos, roubados da visão, lançavam no escuro estrelas e manchas faiscantes, em redemoinhos. O ar estava frio, saturado com a poeira e o cheiro de cereais. Ninguém tinha lanterna; eram pessoas que haviam sido arrancadas da cama, como eu; duas delas estavam literalmente nuas, e ganharam cobertores de outros, no caminho. Não tinham nada. Se tivessem alguma coisa, seriam documentos. Melhor estar nu do que sem documentos, em Orgoreyn.

As pessoas sentaram-se dispersas naquela cegueira oca, imensa e poeirenta. Às vezes duas delas conversavam por alguns instantes, em voz baixa. Não havia o companheirismo dos prisioneiros. Não havia queixas.

Ouvi alguém sussurrar à minha esquerda: – Eu o vi na rua, na minha porta. A cabeça dele estava despedaçada.

– Eles usam aquelas armas que atiram pedaços de metal. Revólveres de incursão.

– Tiena disse que eles não eram de Passerer, eram do Domínio Ovord, e vieram de caminhão.

– Mas não existe nenhuma disputa entre Ovord e Siuwensin...

Não compreendiam. Não reclamavam. Não protestavam por terem sido trancados num celeiro por seus próprios compatriotas, depois de terem sido expulsos de suas casas por fogo e tiros. Não buscavam entender o que lhes sucedia. Os sussurros no escuro, aleatórios e delicados, na sinuosa língua orgota que fazia o dialeto karhideano parecer pedras chacoalhando numa lata, cessaram aos poucos. Dormiram. Um bebê choramingou um pouco, ao longe, no escuro, chorando ao eco do próprio choro.

A porta abriu-se rangendo e era dia claro, luz do sol como faca nos olhos, radiante e assustadora. Saí, aos tropeços, atrás dos outros e os seguia mecanicamente quando ouvi meu nome. Não o reconhecera; um dos motivos é que os orgotas conseguiam pronunciar o *L*.

Alguém estava me chamando, de tempo em tempo, desde que a porta fora destrancada.

– Acompanhe-me, por favor, sr. Ai – disse uma pessoa apressada, vestida de vermelho, e eu não era mais um refugiado. Fui separado daquelas pessoas sem nome, com quem fugira por uma estrada escura e cuja falta de identidade compartilhara a noite toda, num cômodo escuro. Agora tinha nome, era conhecido e reconhecido; eu existia. Foi um alívio intenso. Acompanhei meu guia, alegremente.

O escritório da Centralidade Agrícola Comensal Local estava agitado e desnorteado, mas os funcionários haviam encontrado tempo para me procurar, e desculparam-se pelo desconforto da noite passada. – Se ao menos você não tivesse escolhido entrar na Comensalidade em Siuwensin! – lamentou um gordo Inspetor. – Se ao menos você tivesse usado as estradas de costume! – Não sabiam quem eu era, ou por que eu deveria receber tratamento especial; sua ignorância era evidente, mas não fazia diferença. Genly Ai, o Enviado, deveria ser tratado como uma pessoa ilustre. E foi. No meio da tarde, estava a caminho de Mishnory num carro colocado à minha disposição pela Centralidade Agrícola Comensal de Homsvashom Leste, Distrito 8. Tinha um novo passaporte, passe livre em todas as Casas Transitórias do caminho e um convite telegrafado para a residência, em Mishnory, do Primeiro Comissário de Estradas e Portos do Distrito Comensal, sr. Uth Shusgis.

O rádio do pequeno carro ligou junto com o motor, e permaneceu ligado enquanto o carro funcionou; assim, a tarde inteira, enquanto dirigia entre as grandes plantações de cereais do Orgoreyn Leste, sem nenhuma cerca (pois não existem rebanhos de animais) e com muitos córregos, ouvi o rádio. Ele me deu notícias sobre o tempo, as safras, as condições das estradas; avisou-me para dirigir com cuidado; trouxe-me notícias variadas de todos os trinta e três Distritos; o resultado da produção de várias fábricas, informações sobre o embarque em vários portos fluviais e marítimos; cantarolou cânticos yomeshitas e depois me falou sobre o tempo de novo. Foi tudo muito ameno, depois dos discursos bombásticos que ouvira no rádio em Erhenrang. Não houve menção ao ataque ocorrido em Siuwensin; o governo orgota evidentemente pretendia evitar, não provocar, agitação. Um breve boletim oficial repetido de vez em quando dizia simplesmente que a ordem estava sendo e seria mantida ao longo da Fronteira Oriental. Gostei daquilo; era tranquilizador, não provocava ninguém e tinha a obstinação comedida que eu sempre admirara nos gethenianos: a ordem será mantida... Estava feliz, agora, por estar fora de Karhide, uma terra incoerente, levada à violência por um rei paranoico e grávido e um Regente ególatra. Estava feliz por dirigir serenamente a quarenta quilômetros por hora entre plantações de cereais vastas e sequenciais, sob um céu cinzento ao cair da noite, rumo a uma capital cujo governo acreditava em Ordem.

A estrada era muito bem sinalizada (ao contrário das estradas sem placas de Karhide, nas quais era preciso pedir informações ou adivinhar o caminho), com instruções ao motorista sobre a parada na Estação de Inspeção de tal e qual Área ou Região Comensal; nessas casas de alfândega internas, deve-se mostrar a identificação e registrar a passagem. Meus documentos foram validados em todos os exames. Educadamente, acenavam-me para prosseguir, após mínima espera, e educadamente me informavam a que distância estava a Casa Transitória mais próxima, se eu quisesse comer ou dormir. A 40 km/h, é uma jornada considerável de North Fall até Mishnory, e passei duas noites no caminho. A comida nas Casas Transitórias era sem graça, mas farta, o alojamento era decente, carecendo apenas de privacidade. Até isso foi fornecido, em certa medida, pela reticência dos meus companheiros viajantes. Não travei conhecimento com ninguém, nem tive uma conversa de verdade em nenhuma dessas paradas, embora tentasse várias vezes. Os orgotas não pareciam hostis, mas não eram curiosos; eram insossos, apáticos, calados. Gostei deles. Tolerara dois anos de vivacidade, cólera e paixão em Karhide. Uma mudança seria bem-vinda.

Seguindo pela margem leste do grande Rio Kunderer, cheguei, na minha terceira manhã em Orgoreyn, a Mishnory, a maior cidade deste planeta.

À luz tênue do sol, entre as chuvas de outono, era uma cidade esquisita, cheia de paredes vazias com poucas e estreitas janelas instaladas lá no alto, ruas largas que faziam as multidões parecer pequenas, luzes de rua empoleiradas em postes altos e ridículos, telhados íngremes como mãos em prece, telhados-toldos fincados nas paredes das casas a cinco metros do chão, como prateleiras de livros altas e inúteis – uma cidade toda desproporcional, grotesca, à luz do sol. Não fora construída para a luz do sol. Fora construída para o inverno. No inverno, com três metros de neve acumulada e compactada naquelas ruas, telhados íngremes enfeitados com pingentes de gelo, trenós estacionados sob os telhados-toldos, estreitas janelas-frestas brilhando, amarelas, em meio a uma tempestade de granizo, você veria a adequação da cidade, sua economia, sua beleza.

Mishnory era mais limpa, maior, mais leve do que Erhenrang, mais ampla e grandiosa. Grandes edifícios, de pedra branco-amarelada, dominavam a cidade, quarteirões padronizados simples e imponentes, alojando os escritórios e serviços do Governo Comensal e também os principais templos da seita Yomesh, que é difundida na Comensalidade. Não havia desordem e desproporção, nenhuma sensação de estar sempre à sombra de alguma coisa alta e sombria, como em Erhenrang; era tudo simples, majestosamente concebido e ordenado. Senti-me como se tivesse saído de uma era das trevas e me arrependi por ter desperdiçado dois anos em Karhide. Este, sim, parecia um país pronto a entrar na Era Ekumênica.

Dirigi pela cidade por um tempo, devolvi o carro à Agência Comensal apropriada e fui a pé à residência do Primeiro Comissário de Estradas e Portos do Distrito Comensal. Em nenhum momento soube se o convite era um pedido ou uma ordem educada. *Nusuth*. Estava em Orgoreyn para falar em nome do Ekumen, e tanto fazia começar aqui ou em outro lugar.

Minha opinião sobre a fleuma e o autocontrole dos orgotas foi abalada pelo Comissário Shusgis, que se aproximou de mim sorrindo e falando alto, agarrou minhas mãos no gesto que os karhideanos reservavam para momentos de intensa emoção, sacudiu meus braços para cima e para baixo, como se tentasse dar ignição no meu motor, e berrou um cumprimento ao Embaixador do Ekumen dos Mundos Conhecidos em Gethen.

Isso foi uma surpresa, pois nenhum dos doze ou catorze Inspetores que haviam examinado meus documentos tinham reconhecido meu nome ou os termos Enviado e Ekumen – que tinham sido, pelo menos de modo vago, familiares a todos os karhideanos que conheci. Concluí que Karhide nunca permitira que transmissões sobre mim fossem utilizadas pelas estações de rádio orgotas; haviam tentado me manter como um segredo nacional.

– Embaixador, não, sr. Shusgis. Apenas um enviado.

– Futuro Embaixador, então. Sim, em nome de Meshe! – Shusgis, um homem corpulento e radiante, olhou-me de cima a baixo e riu de novo. – Você não é o que eu esperava, sr. Ai! Nem de perto. Alto como um poste, disseram, magro como um trilho de trenó, preto como fuligem e de olhos puxados... um ogro, um monstro, era o que eu esperava! Nada disso. Você só é mais escuro que nós.

– Cor da Terra – respondi.

– E você estava em Siuwensin na noite do ataque? Pelos seios de Meshe! Em que mundo vivemos! Você poderia ter morrido ao atravessar a ponte do Ey, depois de percorrer todo o caminho para chegar até lá. Bem! Bem! Você está aqui. E muitas pessoas querem vê-lo, ouvi-lo e dar-lhe as boas-vindas a Orgoreyn, finalmente.

Instalou-me de imediato, sem discussão, num apartamento em sua casa. Alto funcionário público e homem rico, vivia num estilo sem equivalentes em Karhide, até mesmo entre senhores de grandes Domínios. A casa de Shusgis era uma ilha inteira, alojando mais de cem empregados, criados, escreventes, consultores técnicos e por aí afora, mas nenhum parente, ninguém da família. O sistema de clãs estendidos, de Lares e Domínios, embora ainda vagamente perceptível na estrutura Comensal, foi "nacionalizado" há vários séculos em Orgoreyn. Nenhuma criança com mais de um ano de idade vive com os pais; são todos criados nos Lares Comensais. Não existe linha de descendência. Testamentos particulares não são legais: quando um homem morre, deixa sua fortuna para o Estado. Todos começam iguais.

Mas, obviamente, não continuam assim. Shusgis era rico, e generoso com suas posses. Havia luxos nos meus aposentos que eu não sabia existirem em Inverno – por exemplo, um chuveiro. Havia um aquecedor elétrico, assim como uma lareira bem abastecida. Shusgis riu.
– Me avisaram, mantenha o Enviado aquecido, ele vem de um planeta quente e não aguenta nosso frio. Trate-o como se estivesse grávido, ponha peles na cama e aquecedores no quarto, esquente a água do banho e mantenha as janelas fechadas! Está bom assim? Vai ficar confortável? Por favor, me diga o que mais gostaria de ter aqui.

Confortável! Ninguém em Karhide jamais me perguntara, em nenhuma circunstância, se eu estava confortável.

– Sr. Shusgi – respondi, emocionado –, sinto-me como se estivesse em casa.

Ele não ficou satisfeito até colocar mais um cobertor de pele de pesthry na cama e mais lenha na lareira. – Sei como é – disse ele. – Quando eu estava grávido, não conseguia me esquentar... meus pés ficavam um gelo, fiquei sentado perto da lareira durante todo aquele inverno. Já faz tempo, claro, mas eu me lembro! – Os gethenianos tendem a ter filhos ainda jovens; a maioria usa contraceptivos depois dos vinte e quatro anos, mais ou menos, e deixa de ser fértil, na fase feminina, por volta dos quarenta anos. Shusgis tinha cinquenta e poucos anos, daí seu "já faz tempo, claro!", e certamente era difícil imaginá-lo como uma jovem mãe. Era um político vigoroso, astuto e jovial, cujos atos de gentileza serviam a seu interesse e cujo interesse era ele próprio. Era um tipo universal. Havia encontrado outros como ele na Terra, em Hain, em Ollul. Acho que vou encontrá-los no Inferno.

– Está bem informado sobre minha aparência e meus gostos, sr. Shusgis. Estou lisonjeado; pensei que minha fama não me precedesse.

– Não – disse ele, entendendo-me perfeitamente. – Por eles, você teria sido enterrado debaixo de um monte de neve, lá em Erhenrang, hein? Mas deixaram você sair de lá, deixaram você sair: foi aí que percebemos, aqui, que você não era só mais um lunático karhideano, mas autêntico.

– Acho que não o compreendo.

– Ora, Argaven e sua turma tinham medo de você, sr. Ai, e ficaram felizes em vê-lo pelas costas. Tinham medo de que, se o tratassem mal ou o silenciassem, houvesse retaliação. Um ataque do espaço, hein! Então não se atreveram a tocar em você. E tentaram calar sua voz. Pois eles têm medo de você, e do que você traz a Gethen!

Era um exagero; eu certamente não fora censurado nos noticiários karhideanos, pelo menos enquanto Estraven estivera no poder. Mas já tinha tido a impressão de que, por algum motivo, as notícias a meu respeito não haviam se espalhado muito em Orgoreyn, e Shusgis confirmou minha suspeita.

– Então vocês não têm medo do que eu trago a Gethen?

– Não, não temos, senhor!

– Às vezes, eu tenho.

Ele optou por rir jovialmente disso. Não moderei minhas palavras. Não sou vendedor, não estou vendendo Progresso aos nativos. Temos de nos reunir como iguais, com entendimento mútuo e honestidade, antes que minha missão possa sequer começar.

– Sr. Ai, há muitas pessoas esperando para conhecê-lo, figurões e anônimos, e com algumas delas você vai querer conversar, as que tomam as decisões. Pedi para ter a honra de recebê-lo porque tenho uma casa grande e porque sou conhecido como um sujeito do tipo neutro, não faço parte da Dominação, nem do Comércio Aberto, sou só um modesto Comissário que faz seu trabalho. Assim, você será poupado de críticas ou fofocas pelo fato de estar hospedado com esta ou aquela figura. – Ele riu. – Mas isso significa que vai comer bastante, se não se importa.

– Estou à sua disposição, sr. Shusgis.

– Então hoje haverá um pequeno jantar com Vanake Slose.

– Comensal de Kuwera... Terceiro Distrito, não é? – Naturalmente, eu havia feito a lição de casa antes de chegar. Ele se mostrou encantado com o fato de eu ter sido condescendente ao ponto de dignar-me a aprender algo sobre seu país. A etiqueta aqui era, com certeza, diferente da de Karhide; lá, seu encanto teria aviltado seu próprio shifgrethor ou ofendido o meu; não sei ao certo, mas causaria uma das duas coisas – praticamente tudo causava.

Precisava de roupas apropriadas para o jantar, já que perdera meu melhor traje no ataque em Siuwensin; então, durante a tarde, tomei um táxi do Governo até o centro da cidade e comprei algumas roupas orgotas. O hieb e a camisa eram muito parecidos com os de Karhide, mas em vez de culotes de verão eles usavam perneiras na altura das coxas, largas e incômodas; as cores eram azul ou vermelho berrante, e o tecido, o corte e o feitio eram um pouco inferiores. Era um trabalho padronizado. As roupas me mostraram o que faltava àquela cidade impressionante e sólida: elegância. Elegância é um preço baixo a pagar por esclarecimento, e eu estava feliz em pagá-lo. Voltei à casa de Shusgis e me refestelei no chuveiro, onde jatos de água vinham de todos os lados, numa espécie de massagem vaporosa. Pensei nas tinas de latão no Karhide Leste, onde tremi e bati os dentes no último verão, e na bacia – com gelo nas bordas – do meu quarto em Erhenrang. Aquilo era elegância? Viva o conforto! Vesti meu figurino vermelho vistoso e acompanhei Shusgis ao jantar em seu carro particular, guiado por um motorista. Há mais criados, mais serviços em Orgoreyn do que em Karhide. Isso porque todos os orgotas são funcionários do Estado; o Estado deve encontrar trabalho para todos os cidadãos, e encontra. Essa, pelo menos, é a explicação aceita, embora, como todas as explicações econômicas, sob certos pontos de vista, pareça omitir o ponto principal.

O salão de festas do Comensal Slose era alto, branco e feericamente iluminado. Havia vinte ou trinta convidados, três deles Comensais e todos, evidentemente, notáveis de um tipo ou de outro. Era mais do que um grupo de orgotas curiosos para ver "o alienígena". Eu não era uma curiosidade, como tinha sido durante um ano inteiro em Karhide; não era uma aberração; não era um enigma. Era, aparentemente, uma chave.

Que porta esperavam que eu abrisse? Alguns deles faziam ideia, os políticos e autoridades que me cumprimentaram efusivamente, mas eu não fazia ideia nenhuma.

Não consegui descobrir durante o jantar. Em todo o planeta Inverno, até mesmo entre os bárbaros do gelado Perunter, considera-se falar de negócios à mesa uma vulgaridade execrável. Como o jantar foi servido prontamente, adiei minhas perguntas e dei atenção a um delicioso peixe, ao anfitrião e aos demais convidados. Slose era uma pessoa bastante jovem e frágil, com olhos de brilho e clareza singulares, e uma voz intensa, abafada; parecia uma alma idealista e dedicada. Gostei de suas maneiras, mas fiquei imaginando a que ele se dedicaria. À minha esquerda sentava-se outro Comensal, um sujeito de rosto gordo chamado Obsle. Era grosseiro, alegre e inquiridor. Ao terceiro gole de sopa estava me perguntando se diabos eu tinha nascido mesmo em outro planeta, como era lá, se era mais quente do que Gethen, como todos diziam, e quanto mais quente.

– Bem, nesta mesma latitude, na Terra, nunca neva.

– Nunca neva? Nunca? – Ele riu com prazer genuíno, como uma criança ri diante de uma boa mentira, encorajando outras a rirem também.

– Nossas regiões subárticas são bem parecidas com sua zona habitável; é que saímos há mais tempo que vocês de nossa última Era Glacial, mas ainda não estamos totalmente fora dela. Fundamentalmente, a Terra e Gethen são muito parecidos. Todos os mundos habitáveis são parecidos. O homem consegue viver somente em estreitos limites ambientais; Gethen está num dos extremos...

– Então existem planetas mais quentes que o seu?

– A maioria é mais quente. Alguns são bem quentes; Gde, por exemplo. É quase todo um deserto de areia e rochas. Já era quente, e uma civilização predatória destruiu seu equilíbrio natural cinquenta ou sessenta mil anos-atrás, queimou as florestas para fazer lenha, por assim dizer. Ainda existem pessoas lá, mas o planeta se parece, se entendi bem o Texto, com a descrição yomeshita do lugar para onde vão os ladrões após a morte.

Isso provocou em Obsle um sorriso malicioso, um silencioso sorriso de aprovação que me fez subitamente rever minha avaliação do homem.

– Alguns praticantes da seita sustentam que esses Intervalos Após a Morte são, na verdade, fisicamente localizados em outros mundos, outros planetas do universo real. Já teve de enfrentar essa crença, sr. Ai?

– Não; já fui descrito de várias maneiras, mas ninguém ainda me definiu como um fantasma. – Enquanto falava, olhei por acaso para a minha direita e, ao dizer "fantasma", deparei com um. Escuro, em roupas escuras, imóvel e sombrio, ao meu alcance, o espectro da festa.

A atenção de Obsle voltara-se ao seu outro vizinho, e a maior parte das pessoas parou para ouvir Slose, na cabeceira da mesa. Eu disse, em voz baixa: – Não esperava vê-lo aqui, Senhor Estraven.

– O inesperado é o que torna a vida possível – disse ele.

– Confiaram-me uma mensagem a você.

Olhou-me, inquisitivo.

– Vem em forma de dinheiro, em parte seu próprio dinheiro. Quem manda é Foreth rem ir Osboth. Está comigo, na casa do sr. Shusgis. Vou providenciar para que chegue às suas mãos.

– É muita gentileza sua, sr. Ai.

Ele estava calado, quieto, subjugado – um homem banido, vivendo de expedientes numa terra estrangeira. Parecia pouco inclinado a falar comigo, e fiquei feliz em não falar com ele. Todavia, de vez em quando, durante a longa festa, enfadonha e cheia de conversa, embora toda a minha atenção estivesse voltada para os orgotas, complexos e poderosos, que pretendiam me ajudar ou me usar, eu mantinha uma consciência aguda de sua presença, de seu silêncio, de seu rosto escuro e esquivo. E passou pela minha cabeça, embora descartasse a ideia como infundada, que eu não viera a Mishnory comer peixe assado com os Comensais por livre e espontânea vontade; nem eles me haviam trazido até ali. *Ele* havia me trazido.

9

ooooo

Estraven, o Traidor

Uma história do Karhide Leste, conforme narrada em Gorinhering por Tobord Chorhawa e registrado por G.A. A história é conhecida em várias versões, e uma peça baseada nela faz parte do repertório das trupes itinerantes do leste do Kargav.

Há muito tempo, antes da época do Rei Argaven I, que unificou o reinado de Karhide, havia uma rixa de sangue entre o Domínio de Stok e o Domínio de Estre, na Terra de Kerm. A rixa era sustentada com saques e emboscadas há três gerações, sem tréguas, pois se tratava de uma disputa por terra. Terras férteis são escassas em Kerm, e o orgulho de um Domínio está na extensão de suas fronteiras, e os senhores da Terra de Kerm são homens orgulhosos, soturnos, que projetam sombras escuras.

Deu-se que o herdeiro carnal do Senhor de Estre, um jovem que esquiava pelo Lago Sopé do Gelo no mês de Irrem, caçando pesthry, passou sobre gelo quebradiço e caiu no lago. Mesmo conseguindo usar um dos esquis como alavanca, apoiado numa borda de gelo firme, para se retirar da água, ele se viu numa situação quase tão ruim fora do lago quanto dentro dele, pois estava encharcado, o ar era kurem* e a noite se aproximava. Ele não viu esperança de chegar a Estre, a doze quilômetros dali e morro acima, e então se pôs a caminho da

* *Kurem*, tempo úmido, -17 a -28º C.

aldeia de Ebos, na margem norte do lago. À medida que a noite caía, a neblina desprendeu-se da geleira e passou a fluir, espalhando-se pelo lago, de forma que ele não via mais o caminho, nem onde apoiava seus esquis. Devagar ele prosseguiu, temendo o gelo quebradiço, mas com pressa, porque o frio chegara a seus ossos e, em breve, não poderia mais se mover. Finalmente, viu uma luz à frente, em meio à noite e à neblina. Descartou os esquis, porque a margem do lago era um terreno irregular e sem neve em alguns trechos. As pernas já não o suportavam muito bem em pé, e ele avançou com dificuldade, o melhor que pôde, rumo à luz. Havia se desviado bastante do caminho para Ebos. Esta era uma pequena casa solitária, numa floresta de thores, as únicas árvores dos bosques da Terra de Kerm, e que cresciam por todos os lados da casa, mas não mais altas que o telhado. Bateu na porta com as mãos, chamando em voz alta, e alguém abriu a porta e o trouxe para a luz da lareira.

Não havia mais ninguém ali, somente essa pessoa. Tirou as roupas do estraven, que pareciam feitas de ferro por causa do gelo, colocou-o nu entre peles, e com o calor do próprio corpo eliminou o rigor gélido que tomava os pés, as mãos e o rosto do estraven, e lhe ofereceu cerveja quente para beber. Finalmente, o jovem recuperou-se e viu a pessoa que cuidara dele.

Era um estranho, tão jovem quanto ele. Olharam-se. Ambos eram graciosos, fortes em constituição e belos em feições, aprumados e morenos. O estraven viu o fogo do kemmer no rosto do outro.

– Sou Arek de Estre – disse ele.

– Eu sou Therem de Stok – disse o outro.

Então o estraven riu, pois ainda estava fraco, e disse: – Você me aqueceu e salvou minha vida para poder me matar, stokven?

– Não – disse o outro.

Estendeu a mão e tocou a mão do estraven, como se quisesse se certificar de que não estava mais enregelada. Embora estivesse ainda a um ou dois dias de seu kemmer, ao ser tocado o estraven sentiu o fogo acender dentro de si. Assim, por alguns instantes, os dois ficaram imóveis, de mãos dadas.

– São iguais – disse o stokven, e a palma de sua mão, pousada na palma da mão do estraven, mostrou que de fato as mãos eram iguais em comprimento e forma, dedo a dedo, igualando-se como as duas mãos de um mesmo homem, palma a palma.

– Nunca o vi antes – disse o stokven. – Somos inimigos mortais. – Levantou-se, atiçou o fogo na lareira e voltou a sentar-se ao lado do estraven.

– Somos inimigos mortais – disse o estraven. – Eu juraria kemmering com você.

– E eu com você – disse o outro. Então juraram kemmering um ao outro, e na Terra de Kerm, naquele tempo como agora, esse juramento de fidelidade não deve ser quebrado, nem substituído. Naquela noite, e o dia seguinte, e a noite seguinte, eles passaram na cabana da floresta, ao lado do lago congelado. Na manhã que se seguiu, um grupo de homens de Stok chegou à cabana. Um deles conhecia o jovem estraven de vista. Não disse uma palavra, não deu uma advertência: tirou sua faca e ali, diante dos olhos do stokven, apunhalou o estraven na garganta e no peito, e o jovem caiu em frente à lareira e em seu sangue, morto.

– Ele era o herdeiro de Estre – disse o assassino.

– Ponham-no no trenó e levem-no a Estre para ser enterrado – ordenou o stokven.

Ele retornou a Stok. Os homens partiram com o corpo do estraven no trenó, mas deixaram-no no interior da floresta de thores, para ser devorado pelas animais selvagens, e voltaram na mesma noite para Stok. Therem compareceu diante de seu genitor carnal, Senhor Harish rem ir Stokven, e disse aos homens: – Fizeram o que ordenei?

– Sim – responderam.

– Vocês estão mentindo – disse Therem –, pois nunca teriam voltado vivos de Estre. Estes homens desobedeceram à minha ordem e mentiram para esconder sua desobediência. Solicito que sejam banidos. – O Senhor Harish deu sua permissão, e eles foram postos para fora do lar e da lei.

Logo depois disso, Therem deixou o Domínio, dizendo que desejava habitar no Retiro de Rotherer por um tempo, e só retornou a Stok um ano depois.

No Domínio de Estre, procuraram por Arek nas montanhas e nas planícies, e então guardaram luto por ele: luto triste e ininterrupto por todo o verão e o outono, pois ele era o único filho carnal do senhor. Mas, ao final do mês de Thern, quando o inverno derrama todo seu peso sobre a terra, um homem subiu a encosta da montanha em seus esquis e entregou ao guarda no Portal de Estre um pacote embrulhado em peles, dizendo:

– Este é Therem, o filho do filho de Estre. – Então desceu a montanha nos esquis, como uma pedra saltando sobre a água, e sumiu antes que pensassem em detê-lo.

No embrulho de peles havia um bebê recém-nascido, chorando. Levaram a criança ao Senhor Sorve e repetiram-lhe as palavras do forasteiro; e o velho senhor, cheio de pesar, viu no bebê seu filho morto, Arek. Ordenou que a criança fosse criada como filho do Lar e que recebesse o nome de Therem, embora fosse um nome jamais usado pelo clã de Estre.

A criança cresceu graciosa, bela e forte; era sombria por natureza e calada, contudo todos viam nela alguma semelhança com o falecido Arek. Quando Therem tornou-se adulto, o Senhor Sorve, na obstinação da velhice, nomeou-o herdeiro de Estre. Então os corações encheram-se de inveja no peito dos demais filhos de Sorve, que não eram de sua carne, todos homens fortes, no auge da juventude, que vinham aguardando havia tempos pelo título de Senhor de Estre. Armaram uma emboscada para o jovem Therem quando ele saiu sozinho para caçar pesthry, no mês de Irrem. Mas ele estava armado e não foi pego de surpresa. Em dois de seus irmãos de lar atirou, na espessa névoa que cobria o Lago Sopé do Gelo na época do degelo, e com o terceiro lutou à faca e finalmente o matou, embora ele próprio tenha se ferido com profundos cortes no peito e no pescoço. Então levantou-se sobre o corpo do irmão, na bruma acima do gelo, e viu que estava anoitecendo. Sentiu-se cada vez mais fraco e enfermo, à medida que o sangue escorria de seus ferimentos, e pensou em ir à aldeia de Ebos para pedir socorro; mas, na escuridão crescente, desviou-se do caminho, indo parar na floresta de thores na margem leste do lago. Ali, vendo uma cabana abandonada, entrou e, fraco demais para acender o fogo, caiu na pedra fria em frente à lareira, e lá ficou com as feridas abertas.

Alguém chegou à noite, um homem sozinho. Parou no vão da porta e, imóvel, olhou para o homem ensanguentado em frente à lareira. Então entrou rapidamente e fez uma cama com as peles que tirou de um antigo baú, acendeu o fogo, limpou as feridas de Therem e cobriu-as com ataduras. Quando viu o jovem olhando para ele, disse: – Sou Therem de Stok.

– Sou Therem de Estre.

Houve silêncio entre eles por um instante. Então, o jovem sorriu e disse: – Você me fez curativos para me matar, stokven?

– Não – disse o mais velho.

O estraven perguntou: – Como pode você, o Senhor de Stok, estar aqui sozinho nas terras em litígio?

– Venho sempre aqui – respondeu o stokven.

Tomou o pulso do jovem e pegou em sua mão para ver se estava com febre, e por um momento pôs a palma de sua mão na palma do estraven e, dedo a dedo, as duas mãos se igualaram, como as duas mãos do mesmo homem.

– Somos inimigos mortais – disse o stokven.

– Somos inimigos mortais – respondeu o estraven. – E, no entanto, nunca o vi antes.

O stokven virou o rosto. – Eu o vi uma vez, há muito tempo – disse. – Gostaria que houvesse paz entre nossas casas.

– Jurarei paz com você – disse o estraven.

Assim, fizeram esse juramento e não mais conversaram, e o homem ferido adormeceu. Pela manhã, o stokven já tinha partido, mas um grupo de pessoas da aldeia de Ebos veio à cabana e levou o estraven para casa, em Estre. Lá, ninguém mais se atreveu a opor-se à vontade do velho senhor, cuja justiça estava inscrita claramente no sangue de três homens no gelo do lago; e, após a morte de Sorve, Therem tornou-se Senhor de Estre. Em um ano ele acabou com a velha rixa, abrindo mão da metade das terras do Domínio de Stok. Por isso, e pelo assassinato de seus três irmãos de lar, foi chamado de Estraven, o Traidor. Contudo, seu nome, Therem, ainda é dado a crianças daquele Domínio.

10

ooooo

Colóquios em Mishnory

No dia seguinte, enquanto eu terminava o café da manhã, servido tarde em minha suíte na mansão de Shusgis, o interfone emitiu um toque educado. Quando atendi, a pessoa do outro lado falou em karhideano:
– Aqui é Therem Harth. Posso subir?

– Claro.

Estava feliz em levar logo a confrontação a cabo. Era óbvio que nenhum relacionamento tolerável poderia existir entre mim e Estraven. Muito embora sua desgraça e exílio tivessem ocorrido, ao menos nominalmente, por minha causa, eu não poderia ser responsabilizado pela situação, não poderia me sentir culpado; ele não me esclarecera seus atos e motivações em Erhenrang, e eu não podia confiar no sujeito. Gostaria que ele não estivesse envolvido com esses orgotas que tinham, por assim dizer, me adotado. Sua presença era uma complicação e um constrangimento.

Foi trazido ao meu quarto por um dos muitos criados da casa. Pedi que se sentasse numa das grandes cadeiras estofadas e ofereci-lhe cerveja-do-desjejum. Recusou. Sua conduta não era tensa – deixara a timidez para trás há muito tempo, se é que um dia já tinha sido tímido –, mas contida: hesitante, reservada.

– A primeira neve de verdade – disse ele e, vendo meu olhar de relance para a janela fechada com pesadas cortinas: – Ainda não olhou lá fora?

Olhei pela janela e vi a neve densa rodopiando num vento brando e caindo na rua, nos telhados brancos; havia nevado cinco ou seis centímetros durante a noite. Era Odarhad Gor, o 17º dia do primeiro mês de outono. – A neve chegou cedo – respondi, atraído pelo encanto da paisagem por um instante.

– Há previsão de um inverno rigoroso este ano.

Deixei a cortina aberta. A luz fria e serena de fora iluminou seu rosto escuro. Parecia mais velho. Havia passado por maus bocados desde que o vira na Residência Vermelha da Esquina, no Palácio de Erhenrang, ao lado de sua lareira.

— Tenho aqui o que me pediram para lhe entregar — disse, e entreguei-lhe o pacote de dinheiro embrulhado em uma folha metálica, que deixara à mão sobre uma mesa depois do chamado no interfone. Apanhou-o e agradeceu discretamente. Eu não me sentara. Após alguns instantes, ainda segurando o embrulho, levantou-se.

Senti um leve prurido na consciência, mas não cocei. Queria desencorajá-lo a me procurar de novo. Infelizmente, isto envolvia humilhá-lo.

Olhou-me direto nos olhos. Era mais baixo do que eu, naturalmente, de pernas curtas e compacto, mais baixo até do que algumas mulheres de minha raça. No entanto, quando olhou para mim, não parecia estar olhando para cima. Não olhei nos olhos dele. Examinei o rádio na mesa, demonstrando um interesse distraído.

– Não se pode acreditar em tudo o que se ouve no rádio, por aqui – disse ele, amavelmente. – Ainda assim, parece-me que aqui, em Mishnory, você vai precisar de informações e conselhos.

– Creio haver um bom número pessoas bem preparadas para me fornecer as duas coisas.

– E há segurança em números, não é? Dez são mais confiáveis do que um. Desculpe, esqueci, não deveria estar falando em karhideano. – Prosseguiu, em orgota: – Exilados nunca devem usar a língua materna; sai amarga da boca. E acho que esta língua é mais conveniente a um traidor; sai pingando dos dentes, como mel. Sr. Ai, tenho o direito de lhe agradecer. Você fez um favor tanto a mim quanto a meu velho amigo e kemmering Ashe Foreth, e em meu nome e no dele reivindico este direito. Meu agradecimento vem na forma de um conselho. — Fez uma pausa; eu não disse nada. Nunca o tinha visto usar uma mesura tão áspera e elaborada, e não fazia ideia de seu significado. Prosseguiu: – Você é, em Mishnory, o que não foi em Erhenrang. Lá disseram que você era, aqui vão dizer que não é. Você é o instrumento de uma facção. Aconselho que tome cuidado com a maneira como se permitirá usar. Aconselho que descubra qual é a facção inimiga, quem são eles, e nunca os deixe usá-lo, pois não o usarão bem.

Parou. Estava prestes a lhe pedir para ser mais específico, mas ele disse: – Adeus, sr. Ai –, virou-se e foi embora. Fiquei amortecido. O homem era como um choque elétrico – pegava a pessoa totalmente desprevenida.

Ele certamente havia arruinado o espírito de autocongratulação com que tomara meu café da manhã. Fui até a estreita janela e olhei para fora. A neve diminuíra um pouco. Estava linda, flutuando em flocos e cachos brancos como pétalas de cerejeira caindo dos pomares da minha terra, quando sopra um vento primaveril nas ladeiras de Borland, onde nasci: na Terra, cálida Terra, onde as árvores dão flores na primavera. Subitamente, vi-me dominado por uma mistura de saudade e depressão. Dois anos eu passara neste maldito planeta, e o terceiro inverno havia começado antes do outono terminar – meses e meses de frio incessante, granizo, gelo, vento, chuva, neve, frio, frio aqui dentro, frio lá fora, frio até os ossos, até a medula. E todo esse tempo sozinho, alienígena e isolado, sem uma alma em quem confiar. Pobre Genly, vamos chorar? Vi Estraven sair da casa em direção à rua abaixo de mim, uma figura escura, reduzida, no branco-cinza sereno e indistinto da neve. Olhou em volta, ajustando o cinto frouxo de seu hieb – não estava usando casaco. Começou a andar pela rua com uma graça hábil, exata, e uma vivacidade que o fizeram parecer, naquele instante, a única coisa viva em toda a cidade de Mishnory.

Voltei ao quarto aquecido. Seus confortos eram sufocantes e abafados, o aquecedor, as cadeiras estofadas, a cama amontoada com peles, os tapetes, cortinas, tudo embrulhado, empacotado.

Vesti meu casaco de inverno e saí para uma caminhada, com humor desagradável, num mundo desagradável.

Deveria almoçar naquele dia com os Comensais Obsle e Yegey e outros que conhecera na noite anterior, e ser apresentado a mais alguns. O almoço é geralmente servido num bufê e come-se em pé, talvez para não termos a impressão de que passamos dia inteiro sentados diante de uma refeição. Entretanto, para esta ocasião formal, foram marcados lugares à mesa, e o bufê era enorme, dezoito ou vinte pratos frios e quentes, a maior parte variações de ovo-de-sube e pão-de-maçã. Ao lado do aparador, antes que fosse aplicado o tabu sobre conversas à mesa, Obsle comentou comigo, enquanto enchia o prato com omelete de ovos-de-sube: – O sujeito chamado Mersen é espião de Erhenrang, e Gaum ali, você sabe, é um notório agente do Sarf. – Falou descontraidamente, riu como se eu tivesse dado uma resposta divertida e afastou-se para servir-se de peixe em conserva.

Eu não tinha a menor ideia do que era o Sarf.

Quando o grupo começava a sentar-se, um jovem entrou e falou com o anfitrião, Yegey, que então se dirigiu a nós: – Notícias de Karhide – disse ele. – Hoje de manhã nasceu o filho do Rei Argaven, e morreu depois de uma hora.

Houve uma pausa, depois um murmúrio, e então o belo jovem chamado Gaum riu e ergueu sua caneca de cerveja: – Que todos os Reis de Karhide tenham vidas igualmente longas! – gritou. Alguns brindaram com ele; a maioria, não.

– Em nome de Meshe, rir da morte de uma criança – disse um homem velho e gordo, vestido de púrpura, sentado pesadamente ao meu lado, as perneiras amarradas em volta das coxas como saias, o rosto cheio de repugnância.

Surgiu a discussão sobre qual dos demais filhos Argaven nomearia seu herdeiro – pois ele havia muito passara dos quarenta anos, e agora seguramente não teria mais filhos carnais – e por quanto tempo deixaria Tibe como Regente. Alguns achavam que a regência terminaria imediatamente, outros tinham dúvidas. – O que você acha, sr. Ai? – perguntou-me o homem chamado Mersen, a quem Obsle identificara como um agente karhideano e, portanto, presumivelmente, um dos próprios homens de Tibe. – Você acaba de chegar de Erhenrang, o que dizem por lá sobre esses boatos de que Argaven na verdade abdicou sem proclamação, e passou o trenó para o primo?

– Bem, eu ouvi os boatos, sim.

– Acha que têm algum fundamento?

– Não faço ideia – respondi, e neste ponto o anfitrião interveio com uma observação sobre o tempo, pois os convidados tinham começado a comer.

Depois que criados retiraram os pratos e os imensos destroços de assados e conservas do bufê, sentamo-nos em volta da longa mesa; um licor forte foi servido em pequenos copos; chamavam-no de água-vital, como homens frequentemente chamam as bebidas; e me fizeram perguntas.

Desde que fora examinado por médicos e cientistas de Erhenrang eu não enfrentava um grupo de pessoas querendo respostas minhas para suas perguntas. Poucos karhideanos, nem mesmo os pescadores e fazendeiros com quem passei meus primeiros meses, tinham mostrado disposição para satisfazer a curiosidade – que era quase sempre intensa – simplesmente perguntando. Eram intrincados, introvertidos, indiretos, não gostavam de perguntas e respostas... Pensei no Retiro de Otherhord, no que Faxe, o Tecelão, havia dito sobre respostas... Até os peritos haviam limitado suas perguntas a assuntos estritamente fisiológicos, tais como as funções glandulares e circulatórias nas quais eu diferia mais perceptivelmente do padrão getheniano. Nunca me perguntaram, por exemplo, como a sexualidade ininterrupta de minha raça influenciava as instituições sociais, como lidávamos com nosso "kemmer permanente". Ouviam, quando eu contava; os psicólogos ouviam quando eu contava do diálogo mental; mas nenhum deles havia tomado a iniciativa de fazer o mínimo de perguntas genéricas necessário para formar um quadro adequado da sociedade terráquea ou ekumênica – exceto, talvez, Estraven.

Aqui em Orgoreyn, não estavam tão presos às considerações de prestígio e orgulho, e as perguntas evidentemente não ofendiam a quem perguntava ou a quem respondia. Entretanto, logo percebi que alguns deles estavam ali para me pegar, para provar que eu era uma fraude. Isso me deixou desnorteado por um minuto. Naturalmente, já havia enfrentado incredulidade em Karhide, mas raramente o desejo de não acreditar. Tibe havia simulado uma elaborada demonstração de "colaboração com a fraude", no dia do desfile em Erhenrang, mas, como eu agora sabia, aquilo fazia parte de seu jogo para desacreditar Estraven, e presumi que Tibe na verdade acreditava em mim. Afinal, ele tinha visto minha nave, o pequeno módulo com o qual eu descera no planeta; ele tinha livre acesso, como qualquer um, aos relatórios dos engenheiros sobre a nave e o ansível. Nenhum destes orgotas tinha visto a nave. Mostrei-lhes o ansível, mas não foi muito convincente como Artefato Alienígena, já que, de tão incompreensível, poderia ser qualificado tanto como farsa como realidade. A Antiga Lei de Embargo Cultural proibia a importação de artefatos analisáveis e imitáveis neste estágio, portanto não havia nada comigo além da nave e do ansível, minha caixa de fotos, a indubitável peculiaridade de meu corpo e a improvável singularidade de minha mente. As fotos circularam pela mesa e foram examinadas com a expressão neutra que se vê no rosto de quem olha fotos da família alheia. O interrogatório continuou. O que, perguntou Obsle, era o Ekumen – um mundo, uma liga de mundos, um lugar, um governo?

– Bem, tudo isso e nada disso. Ekumen é a nossa palavra terráquea; na língua comum, é chamado de Família. Em karhideano, seria Lar. Em orgota, não tenho certeza, não conheço bem a língua ainda.

Não Comensalidade, eu acho, embora sem dúvida existam semelhanças entre o Governo Comensal e o Ekumen. Mas o Ekumen não é essencialmente um governo, de maneira alguma. É uma tentativa de reunificar o místico e o político e como tal, naturalmente, é quase um completo fracasso; mas seu fracasso fez mais pela humanidade, até agora, do que os sucessos de seus predecessores. É uma sociedade e possui, pelo menos potencialmente, uma cultura. É uma forma de educação; num aspecto, é um tipo de escola muito grande... bem grande, de fato. A comunicação e a cooperação são a essência de suas motivações e, portanto, num outro aspecto, ele é uma liga ou união de mundos, possuindo um grau de organização centralizada convencional. É este aspecto, a Liga, que represento aqui. O Ekumen, como entidade política, funciona por meio de coordenação, não governo. Ele não impõe leis; as decisões são tomadas por assembleia e consentimento, não por consenso ou pela força. Como entidade econômica, é imensamente ativo, cuidando da comunicação interplanetária, mantendo o equilíbrio do comércio entre os Oitenta Planetas. Oitenta e quatro, para ser exato, se Gethen entrar para o Ekumen...

– O que você quer dizer com "não impõe leis"? – perguntou Slose.

– O Ekumen não tem leis. Os estados-membros seguem suas próprias leis; quando elas são conflitantes, o Ekumen intervém como mediador, tentando fazer um ajuste, um cotejo, uma escolha legal ou ética. Agora, se o Ekumen, como experiência no superorgânico, vier a fracassar, terá de se tornar uma força de paz, desenvolver uma polícia e assim por diante. Mas, no momento, não há necessidade. Todos os planetas centrais estão ainda se recuperando de uma era desastrosa de alguns séculos atrás, reavivando habilidades e ideias perdidas, aprendendo a conversar de novo... – Como eu poderia explicar a Era do Inimigo e seus efeitos a um povo que não tinha sequer uma palavra para guerra?

– Isso é absolutamente fascinante, sr. Ai – disse o anfitrião, o Comensal Yegey, um sujeito delicado, elegante, de fala arrastada e olhar perspicaz. – Mas não consigo ver o que eles poderiam querer conosco. Quer dizer, que vantagem particular teriam com um octogésimo quarto planeta? E, creio eu, um planeta não muito inteligente, pois não temos Naves Estelares e outras coisas que todos têm.

– Nenhum de nós tinha, até que o hainianos e os cetianos chegaram. E alguns foram proibidos de ter naves durante séculos, até o Ekumen estabelecer os princípios fundamentais para o que vocês chamam aqui de Comércio Aberto, eu acho. – Isso provocou um riso geral, pois era o nome do partido ou facção de Yegey dentro da Comensalidade. – Comércio aberto é, realmente, meu objetivo aqui. Comércio não apenas de bens, é claro, mas de tecnologias, ideias, filosofias, arte, medicina, ciência, teoria... Duvido que Gethen viesse a fazer muitas viagens físicas a outros mundos. Aqui, estamos a dezessete anos-luz do Mundo Ekumênico mais próximo, Ollul, um planeta da estrela que vocês chamam de Asyomse; o mais distante está a duzentos e cinquenta anos-luz e vocês não conseguem nem enxergar a estrela dele. Com o comunicador ansível, poderiam conversar com esse planeta como se falassem pelo rádio com a cidade vizinha. Mas duvido que um dia conhecessem alguém de lá... O tipo de comércio de que estou falando pode ser altamente vantajoso, mas consiste basicamente em simples comunicação, não transporte. Meu trabalho aqui, na verdade, é descobrir se vocês estão dispostos a se comunicar com o resto da humanidade.

– "Vocês" – repetiu Slose, inclinando-se energicamente para a frente. – Isso significa Orgoreyn? Ou significa Gethen como um todo?

Hesitei por um instante, pois não esperava esse tipo de pergunta.

– Aqui e agora, significa Orgoreyn. Mas o contrato não pode ser exclusivo. Se Sith, ou as Nações Insulares, ou Karhide decidirem entrar para o Ekumen, eles podem. É uma questão de escolha individual, um de cada vez. Daí, o que geralmente acontece, num planeta altamente desenvolvido como Gethen, é que os diversos antrotipos, ou regiões ou nações, acabam estabelecendo um grupo de representantes para funcionar como coordenador deste planeta para com outros planetas – uma Estabilidade local, como diríamos. Poupa-se muito tempo quando começamos assim; e dinheiro, pela divisão das despesas. Se vocês decidissem desenvolver uma nave espacial própria, por exemplo.

– Pelo leite de Meshe! – disse o gordo Humery ao meu lado. – Você quer que *nós* nos lancemos ao Vácuo? Hah! – E emitiu um chiado, como as notas agudas de um acordeão, em sinal de aversão e diversão.

Gaum falou: – Onde está a *sua* nave, sr. Ai? – Fez a pergunta com delicadeza, sorrindo um pouco, como se a questão fosse extremamente sutil e ele quisesse que a sutileza fosse notada. Era um ser humano extremamente bonito, por quaisquer padrões e em qualquer sexo, e não pude evitar contemplá-lo enquanto respondia, e também me perguntei novamente o que seria o Sarf. – Ora, não é nenhum segredo; falou-se muito sobre isso no rádio em Karhide. O foguete que aterrissou comigo na Ilha de Horden está agora na Oficina de Fundição Real da Escola de Artesãos; uma boa parte dele, pelo menos; acho que muitos peritos levaram pedaços do foguete depois de examiná-lo.

– Foguete? – indagou Humery, pois eu usara a palavra orgota para rojão.

– É uma descrição sucinta do método de propulsão do barco de aterrissagem, senhor.

Humery chiou mais um pouco; Gaum simplesmente sorriu, dizendo: – Então você não tem como retornar ao... bem, ao lugar de onde veio?

– Ah, sim. Posso falar com Ollul pelo ansível e pedir que enviem uma nave NAFAL me apanhar. Chegaria aqui em dezessete anos. Ou poderia contatar, pelo rádio, a nave estelar que me trouxe ao seu sistema solar. Ela está em órbita do seu sol neste instante. Chegaria aqui em questão de dias.

A sensação que isso causou era visível e audível, e nem Gaum conseguiu esconder a surpresa. Houve uma certa discrepância aqui. Este era o único fato importante que eu ocultara em Karhide, até mesmo de Estraven. Se, conforme fui levado a acreditar, os orgotas sabiam a meu respeito somente aquilo que Karhide decidira revelar, então essa deveria ser somente uma de muitas surpresas. Mas não foi. Foi a única e grande surpresa.

– Onde está essa nave, senhor? – Yegey interpelou.

– Em órbita do sol, em algum lugar entre Gethen e Kuhurn.

– Como você veio da nave até aqui?

– No rojão – disse o velho Humery.

– Exatamente. Só pousamos uma nave interestelar num planeta habitado depois de estabelecer uma comunicação aberta ou aliança. Então, cheguei aqui num pequeno barco-foguete e aterrissei na Ilha de Horden.

– E você pode contatar a... a grande nave usando rádio comum, sr. Ai? – Este foi Obsle.

– Sim – omiti, por ora, a menção a meu pequeno satélite retransmissor posto em órbita a partir do foguete; não quis lhes dar a impressão de que o céu deles estava atulhado com lixo meu. – É necessário um transmissor de muita potência, mas vocês têm isso de sobra.

– Então, poderíamos contatar sua nave pelo rádio?

– Sim, se tivessem o sinal adequado. As pessoas a bordo estão numa condição que chamamos de estase, hibernação se preferir, para que não percam de suas vidas os anos que passarem esperando eu terminar meu trabalho aqui. O sinal adequado, no comprimento de onda adequado, acionará o sistema que os tirará da estase; depois disso, eles me consultarão pelo rádio ou pelo ansível, usando Ollul como centro de retransmissão.

Alguém perguntou, inquieto: – Quantos deles?

– Onze.

Essa informação trouxe um som de alívio, um riso. A tensão relaxou um pouco.

– E se você nunca enviar o sinal?

– Eles sairão da estase automaticamente, daqui mais ou menos quatro anos.

– Eles viriam atrás de você aqui, então?

– Não, a menos que eu os contatasse. Consultariam os Estáveis em Ollul e Ham pelo ansível. O mais provável é que decidissem tentar de novo – mandariam outra pessoa como Enviado. Geralmente é tudo mais fácil para o Segundo Enviado do que para o Primeiro. Ele não precisa explicar tanta coisa, e é mais provável que as pessoas acreditem nele...

Obsle sorriu maliciosamente. Quase todos os outros pareciam ainda pensativos e cautelosos. Gaum assentiu, com um tênue movimento da cabeça, como se aplaudisse a presteza de minhas respostas: um assentimento de conspirador. Slose fitava, com olhos brilhantes, alguma visão interior, da qual voltou-se para mim, abruptamente. – Por que, sr. Ai, – perguntou ele – você nunca falou sobre essa outra nave, em seus dois anos em Karhide?

– Como sabemos que ele não falou? – disse Gaum, sorrindo.

– Sabemos muito bem que ele não falou, sr. Gaum – disse Yegey, também sorrindo.

– Não falei – respondi. – E este é o motivo. A ideia da nave, esperando lá fora, pode ser alarmante. Acho que alguns de vocês pensam assim. Em Karhide, nunca alcancei um nível de confiança com as pessoas com quem lidei que me permitisse arriscar falar sobre a nave. Aqui, vocês tiveram tempo para pensar a meu respeito; estão dispostos a me ouvir abertamente, em público; não são tão governados pelo medo. Arrisquei porque acho que chegou a hora de arriscar, e que Orgoreyn é o lugar certo.

– Você está certo, sr. Ai, está certo! – disse Slose, impetuosamente. – Em um mês, você pode mandar buscar essa nave e ela será bem-vinda a Orgoreyn, como um sinal visível da nova época. Ela abrirá os olhos de quem se recusa a enxergar agora!

A conversa continuou, sem pausa, até o jantar ser servido. Comemos e bebemos e fomos para casa; eu, de minha parte exausto, mas contente, no geral, com o rumo das coisas. Houve sinais de perigo e obscurantismo, é claro. Slose queria me transformar numa religião. Gaum queria que eu fingisse ser impostor. Mersen parecia querer provar que não era um espião karhideano, provando que eu era. Mas Obsle, Yegey e alguns outros trabalhavam num nível mais alto. Queriam se comunicar com os Estáveis e trazer a nave para o solo orgota, a fim de persuadir ou coagir a Comensalidade de Orgoreyn a se aliar ao Ekumen. Acreditavam que, ao fazer isso, Orgoreyn obteria uma vitória de prestígio grande e duradoura sobre Karhide, e que os Comensais responsáveis por essa vitória obteriam prestígio e poder correspondentes no governo. Sua facção, Comércio Aberto, em minoria nos Trinta e Três, opunha-se à continuação da disputa pelo Vale Sinoth e, no geral, representava uma política conservadora, não agressiva e não nacionalista. Estavam fora do poder havia muito tempo e calculavam que a maneira de voltar ao poder poderia estar, com alguns riscos, no caminho que eu apontava. O fato de não enxergarem nada além disso, de minha missão significar para eles um meio, não um fim, não era problema. Uma vez que estivessem no caminho, poderiam começar a perceber aonde os levaria. Enquanto isso, embora não enxergassem longe, eram realistas.

Obsle, falando para persuadir outros, dissera: – Ou Karhide vai ficar com medo da força que esta aliança nos dará... e Karhide está sempre com medo de novos caminhos e novas ideias, lembrem-se... e por isso vai recuar e ficar para trás; ou o Governo de Erhenrang vai criar coragem e pedir para entrar, em segundo lugar, depois de nós. Seja qual for o caso, o shifgrethor de Karhide estará abalado; seja qual for o caso, nós conduzimos o trenó. Se tivermos a inteligência de aproveitar essa vantagem agora, será uma vantagem permanente e incontestável! – Então, virando-se para mim: – Mas o Ekumen deve estar disposto a nos ajudar, sr. Ai. Temos que ter mais alguma coisa para mostrar do que apenas você, um homem, e já conhecido em Erhenrang.

– Entendo, Comensal. O senhor quer uma prova real, vistosa, e quero oferecer uma. Mas só posso descer a nave quando a segurança dela e a integridade de vocês estiverem razoavelmente asseguradas. Preciso que o consentimento e a garantia de seu governo... imagino que isso signifique toda a junta de Comensais... sejam anunciados publicamente.

Obsle parecia inflexível, mas disse: – É justo.

Voltando de carro para casa com Shusgis, que não contribuíra com nada, a não ser seu sorriso jovial, para com os trabalhos da tarde, perguntei: – Sr. Shusgis, o que é Sarf?

– Um dos Departamentos Permanentes da Administração Interna. Investiga registros falsos, viagens não autorizadas, substituições no trabalho, falsificações, esse tipo de coisa. Lixo. É o que *sarf* significa em orgota vulgar, lixo. É um apelido.

– Então os Inspetores são agentes do Sarf?

– Bem, alguns são.

– E a polícia, suponho, está até certo ponto sob a autoridade do Sarf? – Fiz a pergunta com cautela e ele me respondeu na mesma moeda: – Suponho que sim. Bem, trabalho na Administração Externa e não consigo estar a par de todas as repartições lá da Interna.

– São confusas, de fato; o que é o Departamento de Águas, por exemplo? – Assim desviei, da melhor forma possível, o assunto do Sarf. O que Shusgis não tinha dito sobre o assunto talvez não significasse nada para os homens de Hain ou, digamos, do afortunado Chiffewar; mas eu nasci na Terra. Não é de todo mal ter antepassados criminosos. Um avô incendiário pode deixar, de herança, um bom nariz para fumaça.

Fora divertido e fascinante encontrar, aqui em Gethen, governos tão parecidos com os das histórias antigas da Terra: uma monarquia e uma burocracia genuína e madura. Este novo evento também era fascinante, mas menos divertido. Foi estranho constatar que a sociedade menos primitiva era a mais sinistra.

Então Gaum, que queria que eu me passasse por mentiroso, era agente da polícia secreta de Orgoreyn. Ele sabia que Obsle sabia disso? Sabia, sem dúvida. Ele era, então, o agente provocador? Estaria trabalhando contra ou a favor da facção de Obsle? Que facções dentro do Governo dos Trinta e Três controlavam o Sarf, ou eram controladas por ele? Seria melhor eu esclarecer essas questões, mas talvez não fosse fácil. Meu curso, que por algum tempo parecia tão desimpedido e esperançoso, provavelmente iria tornar-se tortuoso e envolto em segredos, como em Erhenrang. Estava tudo indo bem até Estraven aparecer como um fantasma ao meu lado ontem à noite, pensei.

– Qual é a posição do Senhor Estraven aqui em Mishnory? – perguntei a Shusgis, quase adormecido no canto do carro, que corria suavemente.

– Estraven? Ele é chamado de Harth aqui, você sabe. Não temos títulos em Orgoreyn, todos foram derrubados com a Nova Época. Bem, ele é dependente do Comensal Yegey, pelo que sei.

– Ele mora lá?

– Acredito que sim.

Estava prestes a dizer que achava estranho ele estar presente na casa de Slose ontem à noite e não na de Yegey hoje, quando percebi que, à luz de nossa breve conversa matinal, não era tão estranho assim. Contudo, até a ideia de que mantinha distância intencionalmente deixou-me desconfortável.

– Eles o encontraram – disse Shusgis, acomodando os largos quadris no assento estofado – no Lado Sul, numa fábrica de cola, ou peixe em conserva, ou algum lugar assim, e o ajudaram a sair da sarjeta. Quer dizer, alguns da turma do Comércio Aberto. Naturalmente, ele foi útil a eles quando estava no kyorremy como Primeiro-Ministro, por isso o apoiam agora. Fazem isso principalmente para irritar Mersen, eu acho. Ha, ha! Mersen é espião de Tibe. Claro que ele pensa que ninguém sabe, mas todo mundo sabe, e ele não suporta nem olhar para Harth. Acha que ele é ou traidor ou agente duplo, não sabe qual dos dois, e não quer arriscar shifgrethor para descobrir. Ha, ha!

– Qual dos dois você acha que Harth é, sr. Shusgis?

– Um traidor, sr. Ai. Puro e simples. Entregou de mão beijada as reivindicações de seu país no Vale Sinoth para evitar a subida de Tibe ao poder, mas não conduziu a coisa com inteligência suficiente. Aqui, a punição dele seria pior do que o exílio. Pelas tetas de Meshe! Se você joga contra o seu próprio lado, perde o jogo. É isso que esses sujeitos sem patriotismo, que só pensam em si mesmos, não conseguem ver. Mas acho que Harth não liga muito para o lugar onde está, desde que possa continuar se infiltrando em algum tipo de poder. Ele não se saiu tão mal aqui em cinco meses, como pode ver.

– É, não tão mal.

– Você também não confia nele, hein?

– Não, não confio.

– Fico feliz em ouvir isso, sr. Ai. Não consigo entender por que Yegey e Obsle se agarram àquele sujeito. Ele é um traidor notório, que está aí só para se dar bem, tentando se agarrar ao seu trenó, sr. Ai, até ganhar impulso para seguir sozinho. É como vejo as coisas. Bem, não sei se lhe daria carona no meu trenó, se ele viesse me pedir! – Shusgis bufou e balançou a cabeça vigorosamente, aprovando a própria opinião, e sorriu para mim, o sorriso de um homem virtuoso para outro. O carro seguia suavemente pelas ruas largas e bem iluminadas. A neve da manhã derretera, com exceção de alguns montículos sujos ao longo das sarjetas; chovia, agora, uma chuva fina e fria.

Os grandes prédios no centro de Mishnory, escritórios governamentais, escolas, templos yomeshitas, estavam tão borrados pela chuva, sob a claridade líquida dos altos postes de luz, que pareciam estar derretendo. Seus ângulos eram vagos, suas fachadas, riscadas, escorridas, lambuzadas. Havia algo fluido, insubstancial no próprio peso desta cidade construída de monolitos, este estado monolítico que chamava a parte e o todo pelo mesmo nome. E Shusgis, meu jovial anfitrião, um homem pesado, um homem substancial, ele também era, de alguma forma, em seus ângulos e extremidades, um pouco vago, ligeiramente irreal.

Desde que eu começara a viagem de carro pelos vastos campos dourados de Orgoreyn, quatro dias antes, iniciando minha bem-sucedida jornada ao coração do poder em Mishnory, algo vinha me escapando. Mas o quê? Sentia-me segregado. Não havia passado frio, ultimamente. Os cômodos tinham uma calefação decente, aqui. Não comia com prazer, ultimamente. A comida orgota era insípida; nada de mal nisso. Mas por que as pessoas que conheci, bem ou mal intencionadas com relação a mim, também pareciam insípidas? Havia personalidades marcantes entre elas – Obsle, Slose, o bonito e detestável Gaum – e, contudo, a cada um deles faltava alguma qualidade, alguma dimensão de existência; não convenciam. Não eram totalmente sólidos.

Era como se não projetassem sombras, pensei.

Esse tipo de especulação extravagante é parte essencial de meu trabalho. Sem uma certa capacidade para tais especulações não teria me qualificado como Móvel, e recebi treinamento formal sobre isso em Hain, onde dignificam o assunto intitulando-o Conjecturação. O que se procura na conjecturação pode ser descrito como a percepção intuitiva de uma totalidade moral; desse modo, a conjectura tende a se expressar não em símbolos racionais, mas em metáforas. Nunca me destaquei como conjecturador, e naquela noite, por estar muito cansado, desconfiei de minhas próprias intuições. Quando me vi de volta ao apartamento, refugiei-me num banho quente. Mas, até ali, senti uma vaga inquietação, como se a água quente não fosse inteiramente real e confiável, e não se pudesse contar com ela.

11

ooooo

Solilóquios em Mishnory

Mishnory. Streth Susmy. Não estou esperançoso, mas todos os acontecimentos trazem motivos para esperança. Obsle pechincha e barganha com seus companheiros Comensais, Yegey usa de lisonjas, Slose faz proselitismo, e a força de seus correligionários aumenta. São homens astutos, dominam a facção. Apenas sete dos Trinta e Três são Comerciantes Abertos confiáveis; dos demais, Obsle acha que consegue o apoio garantido de dez, constituindo uma estreita maioria.

Um deles parece nutrir interesse genuíno pelo Enviado: Comensal Ithepen, do Distrito de Eynyen, curioso sobre a Missão Alienígena desde que, trabalhando para o Sarf, era encarregado de censurar as transmissões que enviávamos de Erhenrang. Parece carregar o peso daquelas supressões na consciência. Propôs a Obsle que os Trinta e Três transmitissem seu convite à Nave Estelar não apenas a seus compatriotas, mas a Karhide ao mesmo tempo, solicitando a Argaven que unisse a voz de Karhide ao convite. Um plano nobre, mas não será acatado. Não irão pedir a Karhide que se una a eles em coisa alguma.

Os homens do Sarf entre os Trinta e Três naturalmente se opõem a absolutamente qualquer consideração sobre a presença e a missão do Enviado. Quanto aos indecisos e neutros, que Obsle espera cooptar, acho que têm medo do Enviado, como tinham Argaven e a maioria da Corte; com a única diferença de que Argaven pensava que o Enviado era louco, como ele próprio, enquanto eles pensam que é mentiroso, como eles próprios. Têm medo de engolir uma grande farsa em público, uma farsa já recusada por Karhide, uma farsa talvez até inventada por Karhide. Fazem o convite publicamente; como fica seu shifgrethor, então, se a Nave Estelar não aparecer?

De fato, Genly Ai exige de nós uma confiança excessiva.

Para ele, evidentemente, não é excessiva.

E Obsle e Yegey acham que a maioria dos Trinta e Três será persuadida a confiar nele. Não sei por que estou menos esperançoso que eles; talvez, no fundo, eu não queira que Orgoreyn se mostre mais esclarecido do que Karhide, arriscando-se e triunfando, deixando Karhide na sombra. Se essa inveja for patriótica, chegou tarde demais; assim que percebi que Tibe em breve me expulsaria, fiz o que pude para assegurar a vinda do Enviado para Orgoreyn, e aqui, no exílio, faria o que pudesse para lhe angariar a simpatia.

Graças ao dinheiro que Ashe me mandou por ele, vivo por meus próprios meios de novo, como uma "unidade", não um "dependente". Não vou mais a banquetes, não sou visto em público com Obsle ou outros partidários do Enviado, e não vejo o próprio enviado há mais de meio-mês, desde seu segundo dia em Mishnory.

Ele me entregou o dinheiro de Ashe como quem paga os honorários a um assassino profissional. Não é sempre que fico tão irritado, e o insultei deliberadamente. Ele sabia que eu estava irritado, mas não tenho certeza se entendeu o insulto; pareceu *aceitar* meu conselho, apesar da maneira com que foi dado; quando me acalmei, percebi isso, e fiquei preocupado. Seria possível que, durante todo o tempo em Erhenrang, ele tenha buscado meus conselhos, não sabendo como pedi-los? Se assim foi, deve ter interpretado mal metade deles e não compreendido o resto, quando lhe falei junto à minha lareira no Palácio, na noite após a Cerimônia da Pedra Chave. Seu shifgrethor deve ser fundamentado, instituído e sustentado de maneira totalmente diversa do nosso; e, quando achei que estava sendo brusco e franco com ele, ele deve ter me achado sutil e obscuro.

Sua estupidez é ignorância. Sua arrogância é ignorância. É ignorante sobre nós: e nós, sobre ele. Ele é um completo alienígena, e eu um tolo, por deixar minha sombra atravessar a luz de esperança que ele nos traz. Controlo minha vaidade humana. Fico fora de seu caminho: pois é claramente o que ele deseja. Está certo. Um traidor karhideano exilado não é crédito nenhum à sua causa.

Em conformidade com a legislação orgota que determina que toda "unidade" deve ter um emprego, trabalho da Oitava Hora ao meio-dia numa fábrica de plásticos. Trabalho fácil: opero uma máquina que encaixa pedaços aquecidos de plástico para formar caixinhas transparentes. Não sei para que servem as caixas. À tarde, sentindo-me entediado, voltei a praticar as velhas disciplinas que aprendi em Rotherer. Fiquei contente ao constatar que não havia perdido minha habilidade em convocar a força-dothe, ou entrar em não-transe; mas o não-transe me traz poucos benefícios, e quanto às habilidades de imobilidade e jejum, bem que poderia nunca tê-las aprendido, pois estou começando tudo outra vez, como uma criança. Estou em jejum há um dia e meu estômago grita: Uma semana! Um mês!

As noites estão geladas agora; hoje à noite, um vento forte traz chuva congelada. A noite inteira, tenho pensado continuamente em Estre, e o som do vento parece o som do vento que sopra por lá. Escrevi para meu filho esta noite, uma longa carta. Enquanto escrevia, senti a presença constante de Arek, como se fosse vê-lo ali, se me virasse. Por que escrevo estes apontamentos? Para meu filho ler? Trariam poucos benefícios a ele. Escrevo para escrever em minha própria língua, talvez.

Harhahad Susmy. Nenhuma menção sobre o Enviado foi feita no rádio ainda, nenhuma palavra. Fico imaginando se Genly Ai percebe que em Orgoreyn, apesar do vasto aparato governamental visível, nada é feito visivelmente, nada é dito em voz alta. A máquina esconde as maquinações.

Tibe quer ensinar Karhide a mentir. Tira suas lições de Orgoreyn: uma boa escola. Mas acho que teremos problemas para aprender a mentir, tendo praticado por tanto tempo a arte de fazer rodeios em torno da verdade sem nunca mentir sobre ela, nem tampouco alcançá-la.

Uma grande incursão orgota ontem do outro lado do Ey; queimaram os celeiros de Tekember. Exatamente o que o Sarf quer, e o que Tibe quer. Mas onde isso vai parar?

Slose, adaptando seu misticismo yomeshita às declarações do Enviado, interpreta a chegada do Ekumen à nossa terra como a chegada do Reino de Meshe entre os homens, e perde de vista nossos objetivos. "Devemos suspender essa rivalidade com Karhide *antes* que os Novos Homens cheguem", diz ele. "Devemos purificar nossos espíritos para sua chegada. Devemos abandonar o shifgrethor, proibir todos os atos de vingança e nos unir sem inveja, como irmãos de um único Lar."

Mas como, até que eles cheguem? Como romper o círculo?

Guyrny Susmy. Slose lidera um comitê que propõe suprimir peças teatrais obscenas representadas nas casas de kemmer públicas daqui. Devem ser como as *huhuth* karhideanas. Slose se opõe a elas porque são vulgares, baixas e blasfemas.

Opor-se a algo significa mantê-lo.

Dizem aqui que "todos os caminhos levam a Mishnory". De fato, se você der as costas para Mishnory e seguir na direção contrária, ainda estará no caminho para Mishnory. Opor-se à vulgaridade é ser, inevitavelmente, vulgar. Deve-se ir a outro lugar; deve-se ter outro objetivo; só então, trilha-se um caminho diferente.

Yegey no Salão dos Trinta e Três, hoje: "Sou categoricamente contra esse bloqueio às exportações de cereais a Karhide e o espírito de competição que o norteia." Sem sombra de dúvida, mas ele não conseguirá sair de Mishnory por esse caminho. Deve oferecer uma alternativa. Orgoreyn e Karhide devem, ambos, parar de avançar no caminho em que estão, em qualquer uma das direções; devem ir a outro lugar, e romper o círculo. Acho que Yegey deveria falar apenas sobre o Enviado, e nada mais.

Ser ateu é manter Deus. Sua existência ou sua não existência são quase a mesma coisa, no plano das provas. Assim, *prova* não é uma palavra usada com frequência pelos handdaratas, que optaram por não tratar Deus como um fato, sujeito a prova ou crença: e romperam o círculo, libertaram-se.

Aprender quais perguntas são irrespondíveis e *não respondê-las*: esta habilidade é muitíssimo necessária em tempos de tensão e escuridão.

Tormenbod Susmy. Minha preocupação aumenta: ainda nenhuma palavra sobre o Enviado foi dita na Rádio da Agência Central. Nenhuma das notícias que transmitimos sobre ele em Erhenrang jamais foi usada aqui; os rumores que surgiram da recepção ilegal de rádio na fronteira e das histórias de mercadores e viajantes parecem não ter se espalhado muito. O Sarf tem um controle mais completo sobre as comunicações do que eu sabia ou pensava ser possível. A possibilidade é apavorante. Em Karhide, o rei e o kyorremy têm controle considerável sobre o que as pessoas fazem, mas muito pouco sobre o que ouvem, e nenhum sobre o que dizem. Aqui, o governo pode reprimir não apenas a ação, mas o pensamento. Sem dúvida, nenhum homem deveria ter tanto poder sobre os demais.

Shusgis e outros circulam abertamente com Genly Ai pela cidade. Será que ele percebe que esta abertura esconde o fato de que está escondido? Ninguém sabe que ele está aqui. Pergunto aos meus colegas de trabalho na fábrica, não sabem de nada e acham que estou falando de algum louco sectário yomeshita. Nenhuma informação, nenhum interesse, nada que possa favorecer a causa de Ai, ou proteger sua vida.

É uma pena que ele se pareça tanto conosco. Em Erhenrang as pessoas frequentemente o apontavam na rua, pois sabiam um pouco da verdade, falavam dele e sabiam que estava lá. Aqui, onde sua presença é mantida em segredo, passa despercebido. Sem dúvida o veem como eu o via no início: um jovem surpreendentemente alto, forte e escuro, entrando no kemmer. Estudei os relatórios dos médicos sobre ele no ano passado. As diferenças entre ele e nós são profundas. Não são superficiais. É necessário conhecê-lo para saber que é alienígena.

Por que, então, o escondem? Por que um dos Comensais não impõe a questão e fala sobre ele num discurso público, ou no rádio? Por que até Obsle está quieto? Por medo.

Meu rei temia o Enviado, esses sujeitos temem uns aos outros.

Acho que eu, um estrangeiro, sou a única pessoa em quem Obsle confia. Ele tem certo prazer em minha companhia (e eu na dele) e várias vezes pôs de lado o shifgrethor e pediu francamente minha opinião. Mas quando recomendo que fale, para despertar o interesse do público e como defesa contra intrigas partidárias, ele não me ouve.

– Se a Comensalidade inteira tivesse os olhos voltados ao Enviado, o Sarf não ousaria tocar nele – digo – ou em você.

Obsle suspira. – Sim, sim, mas não podemos fazer isso, Estraven. O rádio, as publicações impressas, os periódicos científicos, estão todos nas mãos do Sarf. O que eu vou fazer? Discursos numa esquina, feito um pregador fanático?

– Bem, pode-se conversar com as pessoas, lançar boatos; tive de fazer algo assim no ano passado, em Erhenrang. Levar as pessoas a fazer perguntas para as quais você tenha a resposta, ou seja, o próprio Enviado.

– Se ao menos ele trouxesse a maldita Nave para cá, para que tivéssemos alguma coisa a mostrar para o povo! Mas do jeito que está...

– Ele só vai trazer a Nave quando souber que estamos agindo de boa-fé.

– E não estou? – grita Obsle, inchando como um peixe grande. – Não passei todas as horas do último mês nesse negócio? Boa-fé! Ele espera que acreditemos em qualquer coisa que diga, mas não confia em nós!

– Deveria confiar?

Obsle bufa e não replica.

Ele está mais próximo da honestidade do que qualquer outro funcionário do governo orgota que conheço.

Odgetheny Susmy. Para se tornar agente do Sarf deve-se possuir, aparentemente, alguma forma complexa de estupidez. Gaum é um bom exemplo. Ele me encara como um agente karhideano tentando levar Orgoreyn a uma tremenda perda de prestígio, persuadindo o país a acreditar na farsa do Enviado do Ekumen; acha que passei meu tempo como Primeiro-Ministro preparando essa farsa. Por Deus, tenho coisas melhores a fazer do que jogar shifgrethor com a ralé. Mas isso é algo elementar que ele não está qualificado para entender. Agora que Yegey aparentemente me expulsou, Gaum acha que posso ser comprado, e então se preparou para me comprar à sua própria e curiosa maneira. Vigiou-me ou mandou me vigiar de perto, portanto sabia que eu entraria no kemmer no Posthe ou Tormenbod; então, apareceu ontem à noite em pleno kemmer, sem dúvida induzido por hormônios, pronto a me seduzir. Um encontro casual na Rua Pyenefen.

– Harth! Não o vejo há meio-mês, onde tem se escondido ultimamente? Venha, vamos tomar uma cerveja.

Escolheu uma taberna ao lado de uma Casa de Kemmer Pública Comensal. Não pediu cerveja, mas água-vital. Ele não queria perder tempo. Depois do primeiro copo, colocou a mão sobre a minha e aproximou o rosto, sussurrando: – Não nos encontramos por acaso, estava à sua espera: desejo você como kemmering hoje à noite – e me chamou pelo primeiro nome. Só não lhe cortei a língua porque, desde que parti de Erhenrang, não carrego uma faca. Disse-lhe que pretendia me abster enquanto estivesse no exílio. Protestou suavemente, murmurou e segurou minhas mãos. Estava entrando rapidamente em plena fase de mulher. Gaum é muito bonito no kemmer e contou com sua beleza e insistência sexual, sabendo, suponho, que eu, sendo da Handdara, provavelmente não usaria drogas de redução do kemmer e faria questão de encarar a abstinência como um desafio. Esqueceu que aversão faz tanto efeito quanto qualquer droga. Livrei-me de seu toque que, naturalmente, estava causando algum efeito em mim, e o deixei, sugerindo que utilizasse a casa de kemmer pública ao lado. Ao ouvir isso, olhou-me com ódio e desprezo, pois estava, por mais falso que fosse seu propósito, realmente no kemmer, e profundamente excitado.

Ele realmente achou que eu me venderia por alguns trocados? Deve pensar que sou muito inseguro; o que, de fato, me deixa inseguro.

Malditos sejam, esses homens impuros. Não existe um único puro entre eles.

Odsordny Susmy. Esta tarde, Genly Ai falou no Salão dos Trinta e Três. Não permitiram plateia ou transmissão. Mais tarde, porém, Obsle me recebeu e mostrou sua própria fita da sessão. O Enviado falou bem, com sinceridade e insistência comoventes. Existe uma inocência nele que eu achava simplesmente estrangeira e tola; contudo, em outro momento, essa aparente inocência revela uma disciplina de conhecimento e uma grandeza de propósito que me assombram. Através dele fala um povo sagaz e magnânimo, um povo que teceu numa só sabedoria uma experiência de vida profunda, antiga, terrível e inimaginavelmente diferente. Mas ele, em si, é jovem: impaciente, inexperiente. Está num patamar mais alto que nós, vê mais longe, mas tem, em si, apenas a estatura de um homem.

Fala melhor agora do que falava em Erhenrang, com mais simplicidade e sutileza; aprendeu seu ofício na prática, como todos nós.

Seu discurso era interrompido muitas vezes por membros da facção Dominação, exigindo que o Presidente calasse aquele lunático, que o expulsasse e continuasse com a ordem do dia. O Comensal Yemenbey foi o mais estrepitoso e provavelmente o mais espontâneo: – Você está engolindo essa *gichy-michy?* – vociferava a todo instante, na direção de Obsle. As interrupções ensaiadas, que tornaram difícil acompanhar certas partes da fita, foram planejadas e conduzidas, segundo Obsle, por Kaharosile. De memória:

Alshel (presidindo): Sr. Enviado, achamos essas informações e as propostas feitas pelos senhores Slose, Ithepen, Yegey e outros muito interessantes, muito estimulantes. Precisamos, entretanto, de um pouco mais para continuar. (Risos) Já que o Rei de Karhide está com sua... com o veículo no qual você chegou, e trancados aqui não podemos vê-lo, não seria possível, como sugerido, que você trouxesse sua... Nave Estelar? Como você a chama?

Ai: Nave Estelar é um bom nome, senhor.

Alshel: É? Mas como vocês a chamam?

Ai: Bem, tecnicamente, é uma NAFAL-20 interestelar tripulada de Desenho Cetiano.

Voz: Tem certeza de que não é o trenó do São Pethethe? (Risos)

Alshel: Por favor. Sim. Bem, você pode trazer essa nave para a nossa terra... terra firme, quero dizer... para que possamos ter alguma coisa, digamos, substancial?

Voz: Substancial como tripa de peixe!

Ai: Quero muito pousar a nave, sr. Alshel, como prova e testemunho de nossa boa-fé recíproca. Aguardo apenas o anúncio público do evento.

Kaharosile: Os senhores não veem, Comensais, o que significa tudo isso? Não é apenas uma brincadeira estúpida. Sua intenção é ridicularizar publicamente nossa ingenuidade, nossa estupidez... engendrada, com incrível descaramento, por essa pessoa aqui na nossa frente, hoje. Os senhores sabem que ele vem de Karhide. Sabem que é um agente karhideano. Os senhores veem que é um tipo de aberração sexual que, em Karhide, devido à influência da Seita das Trevas, não é curada, e às vezes é até criada artificialmente para as orgias dos Videntes. E, contudo, quando ele diz "sou do espaço sideral", alguns dos senhores de fato fecham os olhos, rebaixam seus intelectos e *acreditam*! Nunca pensei que isso fosse possível etc. etc.

A julgar pela fita, Ai suportou a zombaria e a agressão com paciência. Obsle diz que ele se saiu bem. Fiquei aguardando do lado de fora do Salão, para vê-los sair após a Sessão dos Trinta e Três. Ai estava com um olhar severo e meditativo. E com razão.

Minha impotência é intolerável. Fui eu que coloquei essa máquina para funcionar e, agora, não consigo controlar seu funcionamento.

Ando às escondidas pelas ruas, com meu capuz puxado para a frente, para ver de relance o Enviado. Por esta vida inútil e furtiva joguei fora meu poder, meu dinheiro e meus amigos. Como você é idiota, Therem.

Por que nunca consigo almejar o possível?

Odeps Susmy. O aparelho de comunicação que Genly Ai entregou agora aos Trinta e Três, aos cuidados de Obsle, não vai mudar a ideia de ninguém. Sem dúvida o aparelho faz o que ele diz fazer, mas se em Karhide o Matemático Real Shorst conseguiu apenas dizer "não compreendo os princípios", aqui nenhum matemático ou engenheiro orgota fará melhor, e nada será comprovado ou refutado. Um resultado admirável, se este mundo fosse um Retiro da Handdara, mas, ai de mim, devemos seguir adiante, maculando a neve intocada, provando e refutando, perguntando e respondendo.

Mais uma vez pressionei Obsle sobre a possibilidade de Ai contatar a Nave Estelar, despertar as pessoas a bordo e pedir-lhes para falar diretamente com os Comensais, pelo rádio conectado ao Salão dos Trinta e Três. Desta vez, Obsle tinha uma resposta pronta para não o fazer:

– Ouça, Estraven, meu caro, a esta altura o Sarf controla todo o rádio, você já sabe disso. Não tenho ideia, nem mesmo eu, de quais homens das Comunicações são do Sarf; a maioria deles, sem dúvida, pois sei que de fato eles controlam os transmissores e receptores em todos os níveis, até os técnicos e os operários. Poderiam bloquear e bloqueariam... ou falsificariam... qualquer transmissão que recebêssemos, se é que receberíamos alguma! Pode imaginar a cena no Salão? Nós, amigos dos "seres espaciais", vítimas de nossa própria farsa, prendendo a respiração e ouvindo o barulho de estática e nada mais... nenhuma resposta, nenhuma Mensagem?

– E você não tem dinheiro para contratar técnicos leais, ou comprar alguns dos deles? – perguntei; mas não adiantou. Ele teme pelo próprio prestígio. Seu comportamento comigo já mudou. Se cancelar a recepção para o Enviado desta noite, as coisas estarão indo por um mau caminho.

Odarhad Susmy. Ele cancelou a recepção.

Hoje de manhã fui ver o Enviado, no apropriado estilo orgota. Não abertamente, na casa de Shusgis, que está infiltrada de agentes do Sarf, inclusive o próprio Shusgis, mas em segredo, por acaso, à maneira de Gaum, furtiva e sorrateiramente.

– Sr. Ai, pode me ouvir por um instante?

Olhou em volta, surpreso e, ao me reconhecer, assustou-se. Após um momento, desabafou:

– De que adianta, sr. Harth? Sabe que não posso confiar no que diz, desde Erhenrang...

A reação foi sincera, ainda que não perspicaz; no entanto, foi perspicaz, também: ele percebeu que eu queria adverti-lo e não lhe pedir nada, e falou para resguardar meu orgulho.

– Estamos em Misgnory, não em Erhenrang – eu disse –, mas o perigo que você corre é o mesmo. Se não conseguir persuadir Obsle ou Yegey a deixá-lo contatar sua nave pelo rádio, para que as pessoas a bordo possam, enquanto permanecem seguras, sustentar suas declarações, acho que deveria usar seu próprio instrumento, o ansível, e chamar a nave imediatamente. O risco que ela correrá é menor do que o risco que você corre agora, sozinho.

– Os debates dos Comensais a respeito de minhas mensagens foram mantidos em segredo. Como sabe sobre minhas "declarações", sr. Harth?

– Porque saber tornou-se a ocupação de minha vida...

– Mas não é sua ocupação aqui, senhor. É dos Comensais de Orgoreyn.

– Afirmo que sua vida corre perigo, sr. Ai.– Ele não respondeu nada, e eu o deixei.

Deveria ter falado com ele há dias. É tarde demais. O medo condena sua missão e minha esperança, mais uma vez. Não medo do alienígena, do sobrenatural, não aqui. Esses orgotas não têm sabedoria nem grandeza espiritual para temer o que é realmente estranho. Nem sequer conseguem vê-lo. Olham para um homem de outro planeta e o que veem? Um espião de Karhide, um pervertido, um agente, uma mísera Unidade política como eles próprios.

Se ele não mandar buscar a nave imediatamente, será tarde demais; talvez já seja tarde demais. A culpa é minha. Não fiz nada certo.

12

ooooo

O Tempo e a Escuridão

Dos Provérbios de Tuhulme, o Sumo Sacerdote, *um livro do Cânone Yomeshita escrito no Orgoreyn Norte há 900 anos.*

Meshe é o Centro do Tempo. O instante de sua vida em que viu claramente todas as coisas ocorreu quando vivia na terra há trinta anos e, depois do instante, viveu na terra por mais trinta anos, para que a Visão sucedesse no centro de sua vida. E todas as eras até a Visão foram tão longas quanto serão as eras após a Visão, que sucedeu no Centro do Tempo. E no Centro não existe tempo passado, nem tempo futuro. O Centro está em todo o tempo passado. E está em todo o tempo futuro. Não foi e nem será. É. O Centro é tudo.

Nada é invisível.

O homem pobre de Sheney veio até Meshe lamentando-se por não ter comida para dar aos filhos de sua carne, nem grãos para semear, pois as chuvas haviam apodrecido a semente no chão, e todo o povo de seu lar passava fome. Meshe disse:

– Cave os campos pedregosos de Tuerresh e encontrará um tesouro de prata e pedras preciosas; pois vejo um rei enterrá-lo lá, há dez mil anos, quando um rei vizinho impôs hostilidades sobre ele.

O homem pobre de Sheney cavou nas morenas de Tuerresh e descobriu, no local indicado por Meshe, um grande tesouro de joias antigas e, ao vê-lo, gritou de alegria. Mas Meshe, que estava a seu lado, chorou quando viu as joias, dizendo:

– Vejo um homem matar seu irmão por uma dessas pedras entalhadas. Isso se dará daqui a dez mil anos, e os ossos do homem assassinado vão jazer nesta cova onde jaz o tesouro. Ó, homem de Sheney, sei também onde é sua cova: vejo-o jazendo nela.

A vida de todos os homens está no Centro do Tempo, pois todos foram vistos na Visão de Meshe, e estão em seu Olho. Somos as pupilas de seu Olho. Nossos feitos são sua Visão: nossa existência, seu Conhecimento.

Uma árvore hemmen, no coração da Floresta de Ornen, que tem duzentos quilômetros de comprimento e duzentos quilômetros de largura, era antiga e muito grande, com cem galhos, e em cada galho mil ramos, e em cada ramo cem folhas. A árvore disse, em sua existência enraizada:
– Todas as minhas folhas são visíveis, exceto uma, esta na escuridão projetada por todas as outras. Esta única folha, mantenho em segredo. Quem a verá na escuridão de minhas folhas? E quem contará quantas folhas tenho?

Meshe atravessou a Floresta de Ornen enquanto vagava, e daquela árvore arrancou aquela folha.

Nenhum pingo da chuva que cai nas tempestades de outono já caiu antes, e a chuva caiu, e cai, e cairá em todos os outonos, de todos os anos. Meshe viu cada pingo, onde caiu, e cai, e cairá.

No Olho de Meshe estão todas as estrelas e a escuridão entre as estrelas: e tudo brilha.

Na resposta à Pergunta do Senhor de Shorth, no momento da Visão, Meshe viu todo o céu como se fosse um sol. Sobre a terra e sob a terra, toda a esfera celeste brilhava como a superfície do sol, e não havia escuridão. Pois ele viu não o que era, nem o que será, mas o que é. As estrelas que fogem e levam consigo sua luz estavam todas presentes em seu olho, e toda a luz brilhou naquele instante.*

---

* Esta é uma manifestação mística de uma das teorias utilizadas para sustentar a hipótese do universo em expansão, apresentada pela primeira vez pela Escola Matemática de Sith há mais de 4 mil anos e largamente aceita por cosmólogos posteriores, muito embora as condições meteorológicas em Gethen impeçam as observações astronômicas. A taxa de expansão (a constante de Hubble; constante de Rerherek) na verdade pode ser estimada através da quantidade de luz observada no céu noturno; a questão envolvida aqui é que, se o universo não estivesse se expandindo, o céu noturno não seria escuro.

A escuridão é apenas o olho mortal, que acha que vê, mas não vê. Na Visão de Meshe não existe escuridão.

Portanto, os que invocam a escuridão* são tolos, e Meshe cospe-os de sua boca, pois dão nome ao que não é, chamando-o de Princípio e Fim.

Não existe princípio nem fim, pois todas as coisas estão no Centro do Tempo. Assim como todas as estrelas podem se refletir num pingo redondo de chuva caindo na noite, também todas as estrelas refletem o pingo de chuva. Não existe escuridão nem morte, pois todas as coisas existem na luz do Instante, e seu fim e seu início são um.

Um centro, uma visão, uma lei, uma luz. Olhe agora no Olho de Meshe!

---

* Os handdaratas.

13

ooooo

Preso na Fazenda

Alarmado pelo súbito reaparecimento de Estraven, sua familiaridade com meus negócios e a urgência ameaçadora de suas advertências, fiz sinal para um táxi e fui direto à ilha de Obsle, com a intenção de perguntar como Estraven sabia tanta coisa e por que surgira de repente, do nada, insistindo para que fizesse exatamente o que Obsle, ontem, havia me aconselhado a não fazer. O Comensal não estava, e o porteiro não sabia onde encontrá-lo, ou quando voltaria. Fui à casa de Yegey, mas também não tive sorte. Caía uma neve intensa, a mais intensa do outono até o momento; meu motorista recusou-se a me levar além da casa de Shusgis, pois não tinha correntes nos pneus. À noite, não consegui falar com Obsle, Yegey ou Slose por telefone.

No jantar, Shusgis me explicou: estava havendo um festival yomeshita, a Solenidade dos Santos e Sustentáculos do Trono, e esperava-se que altos funcionários da Comensalidade fossem vistos nos templos. Também explicou o comportamento de Estraven, com bastante perspicácia, como o de um homem que já foi poderoso e agora está arruinado, e que se agarra a qualquer chance de influenciar pessoas ou eventos – de modo cada vez menos racional e mais desesperado, à medida que o tempo passa e ele se vê afundando no anonimato, impotente. Concordei que isso explicaria a conduta ansiosa, quase desvairada de Estraven. A ansiedade, entretanto, havia me contagiado. Senti-me vagamente incomodado durante a longa e aborrecida refeição. Shusgis falava sem parar comigo e com os muitos empregados, assistentes e bajuladores que se sentavam à sua mesa todas as noites; nunca o tinha visto tão maçante, tão incansavelmente jovial. Quando terminou o jantar, já era muito tarde para sair de novo e, de qualquer forma, a Solenidade iria manter todos os Comensais ocupados, segundo Shugsis, até após a meia-noite. Decidi não cear e fui para a cama cedo. Em algum momento entre a meia-noite e a alvorada, fui despertado por desconhecidos, informado que estava sendo preso e levado por um guarda armado à Prisão Kundershaden.

Kundershaden é antiga, uma das poucas construções muito antigas que restam em Mishnory. Já observara o prédio algumas vezes, ao circular pela cidade; um lugar feio, encardido e cheio de torres, destacando-se entre os pesados e desajeitados edifícios Comensais. É o que parece ser e o que carrega no nome. Uma cadeia. Não é a frente de alguma outra coisa, uma fachada, não é um pseudônimo. É real, a coisa real, a coisa por trás das palavras.

Os guardas – um grupo grande, sólido e robusto – empurraram-me pelos corredores e deixaram-me sozinho numa pequena sala, muito suja e muito iluminada. Em poucos minutos, um outro amontoado de guardas chegou, escoltando um homem de rosto magro, com ar de autoridade. Ele dispensou todos os guardas, exceto dois. Perguntei-lhe se me permitiriam enviar um recado ao Comensal Obsle.

– O Comensal sabe de sua prisão.

– Sabe? – perguntei, estupidamente.

– Meus superiores agem, naturalmente, sob as ordens dos Trinta e Três. Você agora será submetido a interrogatório.

Os guardas agarraram meus braços. Resisti e disse, indignado: – Estou disposto a responder suas perguntas, não precisam me intimidar! – O homem de rosto magro não me deu atenção e chamou outro guarda. Os três me amarraram sobre uma mesa reclinável, me despiram e me injetaram, suponho, um soro da verdade.

Não sei quanto tempo durou o interrogatório, nem o que me

perguntaram, pois estava fortemente dopado todo o tempo e não me recordo de nada. Quando voltei a mim, não tinha ideia de quanto tempo estivera detido em Kundershaden: quatro ou cinco dias, julgando pelas minhas condições físicas, mas não tinha certeza. Durante um tempo fiquei sem saber qual era o dia do mês, o próprio mês e, na verdade, só muito lentamente comecei a me dar conta do ambiente ao redor.

Estava num caminhão de caravana, muito semelhante ao caminhão que me levara a Rer cruzando o Kargav, mas no compartimento de carga, e não na cabine do motorista. Havia mais vinte ou trinta pessoas comigo, difícil dizer quantas, uma vez que não havia janela e a luz entrava apenas por uma fresta na porta traseira, filtrada por quatro camadas de malha de aço. Era evidente que já viajávamos há algum tempo quando recobrei a consciência, pois o lugar de cada pessoa estava mais ou menos definido, e o cheiro de fezes, vômito e suor atingira um ponto em que não havia como piorar ou melhorar. Ninguém se conhecia. Ninguém sabia para onde estavam nos levando. Havia pouca conversa. Era a segunda vez que me trancafiavam no escuro com orgotas conformados e desanimados. Agora compreendia o sinal que recebera em minha primeira noite neste país. Eu ignorara aquele celeiro escuro e fora procurar a substância de Orgoreyn na superfície, à luz do dia. Não é à toa que nada parecia real.

Senti que o caminhão rumava para o leste, e não consegui me livrar desta sensação nem quando ficou evidente que ia para o oeste, avançando cada vez mais para o interior de Orgoreyn. Os subsentidos magnéticos e direcionais de uma pessoa ficam totalmente fora de ordem em outros planetas; quando o intelecto recusa-se a compensar esta desordem, ou não consegue fazê-lo, o resultado é uma confusão total, uma sensação de que tudo se tornou, literalmente, vago e indefinido.

Uma das pessoas que o caminhão levava como carga morreu à noite. Havia sido espancada e chutada no abdome, e morreu sangrando pelo ânus e pela boca. Ninguém fez nada por ela; não havia nada a se fazer. Um jarro plástico com água nos fora empurrado algumas horas antes, mas estava vazio havia muito tempo. Por acaso, o moribundo estava ao meu lado, à minha direita, e coloquei sua cabeça em meus joelhos para facilitar-lhe a respiração; assim morreu. Estávamos todos nus, mas depois disso seu sangue serviu-me de roupa, em minhas pernas, coxas e mãos: uma vestimenta seca, dura, marrom, sem calor.

A noite tornou-se cada vez mais fria, e tivemos de nos aproximar uns dos outros para nos aquecer. O cadáver, não tendo nada a oferecer, foi afastado do grupo, excluído. Ficamos amontoados em bloco, balançando aos solavancos num só movimento, a noite inteira. A escuridão era total dentro de nossa caixa de aço. Estávamos em alguma estrada rural, e nenhum caminhão nos acompanhava; mesmo com o rosto colado à malha de aço, não se via nada lá fora pela fresta da porta, exceto a escuridão e o vulto indistinto de neve caída.

Neve caindo; neve recém-caída; neve caída faz tempo; neve depois da chuva; neve recongelada... Os orgotas e os karhideanos têm uma palavra para cada uma delas. Em karhideano (que conheço melhor do que orgota) eles têm, pelas minhas contas, sessenta e duas palavras para os variados tipos, estados, idades e qualidades de neve; isto é, neve caída. Existe um outro conjunto de palavras para as variedades de nevascas; outro para gelo; um conjunto de vinte e tantas palavras que define a variação de temperatura, a força do vento e que tipo de precipitação está ocorrendo, tudo junto. Sentei-me e tentei compor listas mentais dessas palavras, naquela noite. Cada vez que me lembrava de uma nova palavra, repetia as listas, inserindo a palavra em seu lugar na ordem alfabética.

Muito depois da aurora, o caminhão parou. As pessoas gritaram, pela fresta, que havia um cadáver no caminhão: venham retirá-lo! Cada um de nós gritava e berrava. Batíamos juntos nas paredes e na porta, fazendo um pandemônio tão medonho dentro da caixa de aço, que nem nós mesmos conseguíamos suportar. Ninguém veio. O caminhão ficou parado por algumas horas. Finalmente, ouvimos vozes do lado de fora; o caminhão cambaleou, derrapando numa porção de gelo, e partiu de novo. Podia-se ver, pela fresta, que era uma manhã ensolarada e que seguíamos por colinas cobertas de bosques.

Assim prosseguiu o caminhão por mais três dias e noites – quatro ao todo, desde que recobrei a consciência. Não fez nenhuma parada em Postos de Inspeção, e acho que não passou por nenhuma cidade, de qualquer tamanho. Seu percurso era errático, furtivo. Havia paradas para a troca de motorista e recarga das baterias; havia outras paradas, mais longas, por motivos que não puderam ser observados de dentro do baú. Em dois dos dias, o caminhão permaneceu parado do meio-dia até o anoitecer, como se tivesse sido abandonado, e então retomou a jornada à noite. Uma vez ao dia, por volta do meio-dia, um grande jarro de água era passado por um alçapão na porta.

Contando o cadáver, havia vinte e seis pessoas ali, duas vezes treze. Os gethenianos frequentemente pensam na base de treze – treze, vinte e seis, cinquenta e dois – sem dúvida por causa do ciclo lunar de 26 dias, que compõe seus meses invariáveis e se aproxima de seu ciclo sexual. O cadáver foi empurrado para junto das portas de aço que formavam a parede traseira de nossa caixa, onde se manteria mais frio. O restante de nós sentava, deitava, agachava, cada um em seu lugar, seu território, seu Domínio, até à noite, quando o frio aumentava tanto que, pouco a pouco, nos juntávamos e nos fundíamos em uma única entidade, ocupando um só espaço, quente no meio, frio na periferia.

Havia bondade. Eu e alguns outros, um velho e um com muita tosse, fomos reconhecidos como os menos resistentes ao frio, e toda noite ficávamos no centro do grupo, a entidade de vinte e cinco, onde era mais quente. Não brigamos por aquele lugar quente, simplesmente ficamos nele, todas as noites. É uma coisa terrível, essa bondade que os seres humanos não perdem. Terrível porque, quando finalmente estamos nus, no escuro e no frio, é tudo o que nos resta. Nós que somos ricos, tão cheios de força, acabamos ficando só com essa pequena moeda. Não temos mais nada a oferecer.

Apesar de nossas noites juntos, comprimidos e amontoados, havia distância entre nós, no caminhão. Alguns estavam entorpecidos por drogas, outros provavelmente já eram deficientes mentais ou sociais, todos maltratados e assustados; no entanto, é estranho que nenhum dos vinte e cinco tenha, jamais, se dirigido a todos os outros ao mesmo tempo, nem mesmo para xingá-los. Havia bondade e tolerância, mas em silêncio, sempre em silêncio. Apinhados na escuridão amarga de nossa mortalidade compartilhada, continuamente batíamos, aos solavancos, uns contra os outros, caíamos uns sobre os outros, respirávamos o mesmo ar, juntávamos o calor de nossos corpos como lenhas na lareira – mas permanecemos estranhos. Nunca soube o nome de nenhum deles no caminhão.

Um dia, creio que no terceiro dia, quando o caminhão ficou parado por horas e eu já imaginava se haviam simplesmente nos abandonado para apodrecer em algum lugar deserto, um deles começou a conversar comigo. Contou-me uma longa história sobre uma fábrica no Orgoreyn Sul, onde havia trabalhado, e como tinha se metido em encrencas com um inspetor. Falava sem parar, com a voz suave e monótona, pondo a mão sobre a minha como se quisesse se certificar de minha atenção. O sol deslocou-se para oeste em relação a nós, quando fizemos uma curva na estrada, e um raio de luz entrou pela fresta; de repente, mesmo no fundo da caixa, era possível enxergar. Vi uma moça, uma moça imunda, bonita, estúpida e frágil, olhando para meu rosto enquanto falava, sorrindo timidamente em busca de consolo. O jovem orgota estava no kemmer e havia sido atraído por mim. Foi a única vez que alguém me pediu algo, e não pude lhe dar. Levantei-me e fui até a fresta, como se precisasse respirar e olhar para fora, e não voltei a meu lugar por um bom tempo.

Durante aquela noite o caminhão subiu e desceu longas ladeiras. De vez em quando, parava, inexplicavelmente. A cada parada, havia um silêncio ininterrupto, congelado, do lado de fora do aço de nossa caixa, o silêncio das vastidões, das alturas. O jovem no kemmer continuava no lugar ao meu lado, e ainda procurava me tocar. Mais uma vez, levantei-me e mantive-me em pé por um bom tempo, com o rosto pressionado contra a fresta na malha de aço, respirando um ar puro que cortava, como lâmina, garganta e pulmões. Minhas mãos, comprimidas contra a porta de metal, ficaram dormentes. Percebi que tinham, ou logo teriam, queimaduras de frio. Minha respiração formara uma pequena ponte de gelo entre meus lábios e o metal. Tive de quebrar essa ponte com os dedos, antes de voltar ao meu lugar. Quando me amontoei com os outros, comecei a tremer de frio, um tipo de tremor que ainda não experimentara, sacudindo-me em espasmos, como convulsões febris. O caminhão deu a partida novamente. Barulho e movimento criavam a ilusão de calor, dispersando aquele absoluto silêncio glacial, mas ainda sentia frio demais para dormir, naquela noite. Pareceu-me que havíamos passado quase toda a noite a uma altitude considerável, mas era difícil dizer, pois não se podia confiar na respiração, nas batidas do coração e no nível de energia como indicadores, dadas as circunstâncias.

Soube mais tarde que atravessávamos as Sembensyen naquela noite, e suponho que subimos a quase três mil metros de altitude nos desfiladeiros.

A fome não me incomodava muito. A última refeição que me lembrava de ter ingerido tinha sido o longo e tedioso jantar na casa de Shusgis; devo ter sido alimentado em Kundershaden, mas não me recordo. Comer parecia não fazer parte da existência dentro da caixa de aço, e não pensava nisso com frequência. Sede, por outro lado, era uma das condições permanentes da vida. Uma vez por dia o alçapão, evidentemente instalado da porta traseira para esse fim, era desaferrolhado; um de nós empurrava o jarro de plástico para fora e ele logo era empurrado de volta cheio, junto com uma breve lufada de ar gelado. Não havia como racionar a água entre nós. O jarro passava e cada um tomava três ou quatro goles antes do próximo estender a mão para pegá-lo. Nenhuma pessoa, ou grupo, atuava como distribuidor ou guardião; ninguém cuidava para que sobrasse bebida para o homem com tosse, embora ele estivesse, agora, com febre alta. Sugeri uma vez que se fizesse isso, e os que estavam à minha volta concordaram com a cabeça, mas não o fizeram. A água era dividida de modo mais ou menos equitativo – ninguém jamais tentou pegar mais do que sua parte – e acabava em minutos. Uma vez, os três últimos, sentados contra a parede dianteira da caixa, ficaram sem uma gota; o jarro chegou vazio até eles. No dia seguinte, dois deles insistiram para ser os primeiros da fila, e foram. O terceiro estava deitado, encolhido e inerte em seu canto lá na frente, e ninguém cuidou para que ele recebesse sua parte. Por que não tentei fazê-lo? Não sei. Aquele foi o quarto dia no caminhão. Se tivesse ficado sem água, não tenho certeza se teria feito algum esforço para pegar minha parte. Estava tão ciente de sua sede e sofrimento, do homem doente e dos demais, como de minha própria penúria. Não podia fazer nada para aplacar esse sofrimento e, portanto, aceitei-o, como eles, placidamente.

Sei que as pessoas podem se comportar de forma muito diferente nas mesmas circunstâncias. Estes eram orgotas, treinados desde o nascimento em uma disciplina de cooperação, obediência e submissão aos objetivos do grupo, objetivos impostos de cima para baixo. As qualidades de independência e decisão haviam se enfraquecido neles. Não tinham muita capacidade de sentir raiva. Formavam um todo, e eu fazia parte dele; e era um verdadeiro refúgio e conforto na noite, o todo amontoado, cada um extraindo vida dos outros. Mas era um todo sem porta-voz, sem líder, passivo.

Homens cujas personalidades tivessem sido moldadas para tomar decisões talvez se saíssem melhor: teriam conversado mais, dividido a água com mais justiça, proporcionado mais tranquilidade ao doente e mantido o moral do grupo. Não sei. Só sei como foi dentro do caminhão.

Na quinta manhã, se minha conta estiver correta, após o dia em que acordei no caminhão, ele parou. Ouvimos conversa e chamados do lado de fora, para lá e para cá. As portas de aço traseiras foram desaferrolhadas por fora e escancaradas.

Um a um, movemo-nos lentamente até a extremidade aberta da caixa de aço, alguns engatinhando, e pulamos ou rastejamos até o chão. Vinte e quatro saíram. Dois mortos, o cadáver antigo e um novo, o que não bebera água por dois dias, foram arrastados para fora.

Estava frio do lado de fora, tão frio e tão claro com a luz branca do sol refletida sobre a neve branca, que sair do abrigo fétido do caminhão foi muito difícil, e alguns choraram. Ficamos em pé, em grupo, ao lado do grande caminhão, todos nus e fedendo, nosso pequeno todo, nossa entidade noturna exposta à luz cruel do dia. Fomos separados, enfileirados e conduzidos a um prédio a poucos metros de distância. As paredes metálicas e o telhado do prédio coberto de neve, a planície nevada ao redor, a grande cadeia de montanhas sob o sol nascente, o vasto céu, tudo parecia vibrar e cintilar com o excesso de luz.

Colocaram-nos em fila para nos lavarmos num enorme cocho dentro de uma cabana; todos começaram bebendo a água do banho. Em seguida, fomos conduzidos ao prédio principal e nos deram camisetas, camisas de feltro cinza, culotes, perneiras e botas de feltro. Um guarda conferia nossos nomes numa lista, enquanto marchávamos em fila para o refeitório, onde, com mais de uma centena de outras pessoas vestidas de cinza, sentamo-nos junto a mesas parafusadas no chão e tomamos o café da manhã: mingau de cereais e cerveja. Depois todo o grupo, prisioneiros novos e antigos, foi dividido em turmas de doze. Minha turma foi levada a uma pequena serraria a algumas centenas de metros atrás do prédio principal, do lado de dentro da cerca. Do lado de fora da cerca, e não muito longe dela, havia o início de uma floresta que cobria as colinas, em direção ao norte, até onde a vista alcançava. Sob o comando de nosso guarda, começamos a carregar e empilhar tábuas, serradas na serraria, num imenso galpão, onde a madeira era estocada durante o inverno.

Não era fácil andar, abaixar e erguer peso, depois dos dias passados no caminhão. Não nos deixavam ficar ociosos, mas também não forçavam o ritmo do trabalho. No meio do dia nos serviam uma xícara de cerveja não fermentada de cereais, orsh; antes do pôr do sol, levavam-nos de volta ao alojamento e nos serviam o jantar, mingau com vegetais e cerveja. Ao anoitecer, éramos trancados no dormitório, que permanecia com as luzes acesas a noite inteira. Dormíamos em prateleiras de um metro e meio de profundidade, fixadas em dois níveis ao longo de todas as paredes do quarto. Prisioneiros antigos disputavam a parte de cima, a mais agradável, já que o calor tende a subir. Como roupa de cama, cada homem recebia, na porta, um saco de dormir. Eram sacos grosseiros e pesados, imundos com o suor de outros homens, mas de bom isolamento térmico e quentes. O inconveniente, para mim, era o fato de serem curtos. Um getheniano de estatura média caberia dentro do saco com cabeça e tudo, mas eu não; nem conseguia me esticar completamente na prateleira de dormir. O nome do lugar era Terceira Fazenda Voluntária e Agência de Assentamento da Comensalidade de Pulefen. Pulefen, Distrito Trinta, fica no extremo noroeste da zona habitável de Orgoreyn, fazendo divisa com as Montanhas Sembensyen, com o Rio Esagel e com o litoral. A área é esparsamente povoada, sem grandes cidades. A cidade mais próxima de nós era um lugar chamado Turuf, vários quilômetros a sudoeste; nunca a vi. A Fazenda ficava no início de Tarrenpeth, uma região florestal grande e desabitada. Localizada muito ao norte para as árvores maiores, hemmens, seremeiras ou vates pretas, a floresta tinha apenas uma espécie de árvore, uma conífera retorcida e atrofiada de três, três metros e meio de altura e com galhos cinza, chamada thore. Embora o número de espécies nativas, plantas ou animais, em Inverno seja geralmente pequeno, a população de cada espécie é muito grande: havia milhares de quilômetros quadrados de árvores-thores, e quase mais nada, só naquela floresta. Neste planeta, até o deserto é cuidadosamente administrado com economia e, embora a floresta viesse sendo usada como fonte de madeira há séculos, não havia ali devastação, nenhuma área desolada e reduzida a tocos, nenhuma encosta erodida. Parecia que cada árvore era aproveitada e nenhum grão de serragem em nossa serraria ficava sem uso. Havia uma pequena fábrica na Fazenda e, quando o mau tempo impedia a saída dos prisioneiros para a floresta, trabalhávamos na serraria ou na fábrica, tratando e prensando lascas, cascas de árvore e serragem em vários formatos, e extraindo dos galhos secos dos thores uma resina utilizada em plástico.

O trabalho era genuíno, e não éramos sobrecarregados. Se tivessem nos concedido um pouco mais de comida e roupas melhores, muito do trabalho teria sido prazeroso, mas estávamos com muita fome e frio a maior parte do tempo para sentir qualquer prazer. Os guardas raramente eram severos, e jamais cruéis. Tendiam a ser apáticos, desleixados, abatidos e, aos meus olhos, efeminados – não no sentido de delicadeza etc., mas no sentido exatamente oposto: uma corpulência grosseira, imperturbável, uma apatia bovina, sem finalidade ou eficácia. Entre meus companheiros de prisão, tive, pela primeira vez em Inverno, a clara sensação de ser um homem entre mulheres, ou entre eunucos. Os prisioneiros tinham essa mesma tibieza e aspereza. Era difícil distingui-los; seu tom emocional parecia sempre baixo; sua conversa, banal. No início, achei que a inércia e a monotonia eram efeitos da privação de alimento, de calor e de liberdade, mas logo descobri que era um efeito mais específico do que esse: era resultado das drogas aplicadas a todos os prisioneiros, para mantê-los fora do kemmer.

Sabia da existência de drogas que reduziam ou virtualmente eliminavam a fase de potência do ciclo sexual gétheniano; eram utilizadas quando a conveniência, a medicina ou a moralidade impunham abstinência. Podia-se então pular um ou vários kemmers sem efeitos prejudiciais. O uso voluntário de tais drogas era comum e aceito. Não me ocorrera que poderiam ser aplicadas a uma pessoa contra sua vontade.

Havia bons motivos. Um prisioneiro no kemmer seria um elemento perturbador em sua turma de trabalho. Se dispensado do trabalho, o que seria feito dele? Especialmente se nenhum outro prisioneiro estivesse no kemmer na mesma ocasião, o que era possível, já que éramos apenas uns 150. Atravessar o kemmer sem um parceiro é muito difícil para um getheniano; melhor, então, simplesmente suprimir o sofrimento, o desperdício de tempo de trabalho e não atravessar o kemmer. Assim, evitavam-no.

Prisioneiros que estavam lá há vários anos tinham se adaptado psicologicamente e, até certo ponto, fisicamente, creio, a esta castração química. Eram tão assexuados quanto bois castrados. Não sentiam vergonha ou desejo; eram como anjos. Mas não é humano não ter vergonha ou desejo.

Por ser tão estritamente limitado pela natureza, o ímpeto sexual dos gethenianos não sofre realmente muita interferência da sociedade; há menos sexo codificado, canalizado e reprimido do que em qualquer sociedade bissexual que eu conheça. Abster-se é uma decisão inteiramente voluntária; entregar-se ao prazer é um ato inteiramente aceitável. Medo e frustração sexuais são ambos extremamente raros. Este era o primeiro caso que eu via de um propósito social indo de encontro ao impulso sexual. Por ser uma supressão, e não meramente uma repressão, não causava frustração, mas algo mais funesto, talvez, com o decorrer do tempo: passividade.

Não há insetos sociais em Inverno. Os gethenianos não partilham sua terra, como os terráqueos, com essas sociedades mais antigas, as inúmeras cidades de pequenos operários assexuados que não têm nenhum instinto exceto o da obediência ao grupo, ao todo. Se houvesse formigas em Inverno, os gethenianos talvez tivessem tentado imitá-las há muito tempo. O regime de Fazendas Voluntárias é relativamente recente, limitado a um país do planeta e literalmente desconhecido em outras partes. Mas é um sinal funesto da direção que pode tomar uma sociedade constituída por pessoas tão vulneráveis ao controle sexual.

Em Pulefen, éramos, como já disse, mal alimentados para o trabalho que fazíamos, e nossas roupas, particularmente nossos calçados, eram totalmente inadequados para aquele clima invernal. As condições dos guardas, a maioria prisioneiros em regime condicional, não eram muito melhores. A finalidade do lugar e seu regime eram de punição, mas não de destruição, e penso que teria sido tolerável, não fossem as drogas e os interrogatórios.

Alguns dos prisioneiros eram submetidos ao interrogatório em grupos de doze; simplesmente recitavam uma espécie de confissão e catecismo, tomavam sua injeção antikemmer e eram liberados para trabalhar. Outros, os prisioneiros políticos, eram submetidos, a cada cinco dias, a interrogatório sob ação de drogas.

Não sei quais drogas usavam. Não sei qual o propósito dos interrogatórios. Não faço ideia do que me perguntavam. Recobrava a consciência no dormitório, após algumas horas, já deitado na prateleira de dormir, junto com outros seis ou sete, alguns acordando como eu, outros ainda inertes e pálidos, sob o efeito da droga. Quando todos conseguíamos ficar em pé, os guardas nos levavam à fábrica para trabalhar; mas, após o terceiro ou quarto desses interrogatórios, não fui capaz de me levantar. Deixaram-me deitado e, no dia seguinte, pude sair com minha turma, embora me sentisse fraco. Depois do interrogatório seguinte, fiquei incapacitado por dois dias. Os hormônios antikemmer ou os soros da verdade exerciam um evidente efeito tóxico no meu sistema nervoso não-getheniano, e o efeito era cumulativo.

Lembro-me de ter planejado como argumentaria com o Inspetor no próximo interrogatório. Começaria prometendo responder com a verdade qualquer coisa que me perguntasse, sem drogas; e depois lhe diria: "Senhor, não percebe como é inútil saber a resposta à pergunta errada?" Então o Inspetor se transformaria em Faxe, com o colar do

Vidente em volta do pescoço, e teria com ele longas conversas, muito agradáveis, enquanto controlava o gotejamento de ácido de um tubo para um tonel de lascas de madeira triturada. É claro que, quando cheguei à pequena sala onde nos interrogavam, o assistente do Inspetor abriu meu colarinho e me aplicou a injeção antes que eu pudesse falar, e daquela sessão só me recordo, ou talvez seja a lembrança de uma sessão anterior, do Inspetor, um jovem orgota de aspecto cansado e unhas sujas, dizendo monotonamente: – Você tem de responder às minhas perguntas em orgota, não pode falar nenhuma outra língua. Tem que falar em orgota.

Não havia enfermaria. O princípio da Fazenda era trabalhar ou morrer; mas havia tolerância, na prática – intervalos entre o trabalho e a morte, fornecidos pelos guardas. Como disse, eles não eram cruéis, tampouco bondosos. Eram displicentes e não se importavam muito com nada, desde que não arrumassem problemas para si mesmos. Deixaram que eu e outro prisioneiro ficássemos no dormitório, simplesmente nos deixaram lá, em nossos sacos de dormir, como que por descuido, quando viram que não conseguiríamos ficar em pé. Eu tinha passado muito mal após o último interrogatório; o outro, um sujeito de meia-idade, tinha algum desarranjo ou doença nos rins, e estava morrendo. Como não podia morrer de imediato, foi autorizado a passar um tempo ali, na prateleira de dormir.

Lembro-me mais claramente dele do que qualquer outra coisa em Pulefen. Fisicamente, era um típico getheniano do Grande Continente, de compleição compacta, pernas e braços curtos, com uma espessa camada de gordura subcutânea que lhe conferia, mesmo na doença, uma redondeza de corpo lisa e lustrosa. Tinha pés e mãos pequenos, quadris largos e um tórax fundo, os peitos ligeiramente mais desenvolvidos do que nos machos de minha raça. A pele era escura, marrom-avermelhada, o cabelo, fino, semelhante a pelo de animal. Seu rosto era largo, com traços pequenos e marcados, as maçãs do rosto, salientes. Um tipo não muito diferente dos vários grupos isolados da Terra que vivem em grandes altitudes, ou em regiões árticas. Seu nome era Asra; era carpinteiro. Conversávamos.

Asra não estava, creio eu, morrendo a contragosto, mas tinha medo da morte; procurava distrair-se para afastar o medo.

Tínhamos pouco em comum além da proximidade da morte, e não era sobre isso que queríamos conversar; assim, na maior parte do tempo, não nos entendíamos muito bem. Isso não lhe importava. Eu, mais jovem e cético, teria apreciado algum entendimento, compreensão, explicação. Mas não havia explicação alguma. Conversávamos.

À noite, o dormitório ficava iluminado, lotado e barulhento. Durante o dia, desligavam as luzes, e o grande quarto ficava na penumbra, vazio, silencioso. Deitávamos perto um do outro na prateleira de dormir e conversávamos em voz baixa. Asra gostava muito de contar longas histórias intrincadas sobre sua juventude numa Fazenda Comensal no Vale Kunderer, aquela planície ampla e esplêndida que atravessei de carro, da fronteira do país até Mishnory. Seu dialeto era marcante, e ele utilizava muitos nomes de pessoas, lugares, costumes e ferramentas cujo significado eu desconhecia, então raramente chegava a entender pouco mais do que a essência de suas reminiscências. Quando estava se sentindo melhor, geralmente por volta do meio-dia, pedia-lhe que me contasse uma lenda ou uma história. A maioria dos gethenianos tem um bom repertório delas. Sua literatura, embora exista em forma escrita, é uma viva tradição oral, e as histórias, nesse sentido, são todas literárias. Asra conhecia as narrativas principais, Os Contos de Meshe, a história de Parsid, trechos dos grandes épicos e a saga novelesca dos Mercadores do Mar. Contava essas histórias e um pouco do folclore local que recordava da infância, em seu dialeto suave e fluido, e então, cansado, pedia-me para contar uma história. – O que eles contam em Karhide? – perguntava, esfregando as pernas que o atormentavam com dores e pontadas, e virava o rosto para mim com seu sorriso tímido, furtivo e paciente.

Uma vez, respondi: – Conheço uma história sobre pessoas que vivem em outro mundo.

– Que tipo de mundo seria esse?

– Parecido com este, de maneira geral; mas não gira em torno do sol. Gira em torno da estrela que vocês chamam de Selemy. É uma estrela amarela como o sol, e naquele mundo, sob aquele sol, vivem outras pessoas.

– Isso está nos ensinamentos do Sanovy, isso sobre outros mundos. Havia um velho pregador louco, Sanovy, que costumava vir ao meu Lar quando eu era pequeno e contava às crianças tudo sobre isso, para onde vão os mentirosos depois que morrem, para onde vão os suicidas, os ladrões... É para lá que nós vamos quando morrermos, eu e você, hein, para um desses lugares?

– Não, não estou falando de um mundo espiritual. É real. As pessoas que vivem lá são reais, vivas, como as daqui. Mas muito-tempo-atrás aprenderam a voar. – Asra deu um sorriso malicioso. – Não batendo os braços como asas. Voavam em máquinas, como carros. – Mas era difícil explicar em orgota, que não possui uma palavra que signifique exatamente "voar"; o mais próximo que se pode chegar tem mais o sentido de "deslizar".

– Bem – continuei –, eles aprenderam a construir máquinas que andavam no ar, como o trenó anda na neve. E depois de um tempo, aprenderam como fazer essas máquinas irem mais longe e mais depressa, até que voaram como uma pedra atirada com estilingue, saindo da terra e indo para as nuvens, para o ar e para outro mundo, girando em torno de outro sol. E quando chegaram àquele mundo, o que encontraram lá senão outros homens...

– Deslizando no ar?

– Às vezes sim, às vezes não... Quando chegaram ao meu mundo, já sabíamos nos locomover no ar. Mas eles nos ensinaram a ir de um mundo a outro. Não tínhamos, ainda, as máquinas para isso.

Asra ficou confuso com a introdução do narrador na narrativa. Eu estava febril, incomodado com as dores provocadas pelas drogas em meus braços e tórax, e não me lembrava de como tinha planejado elaborar a história.

– Continue – disse ele, tentando dar sentido ao que ouvia. – O que mais eles faziam, além de andar no ar?

– Ah, eles faziam muitas coisas, como as pessoas daqui. Mas ficam no kemmer o tempo todo.

Soltou uma risadinha. Naturalmente, não havia como esconder nada, na rotina daquela Fazenda, e meu apelido entre os prisioneiros e guardas era, inevitavelmente, "o Pervertido". Mas onde não há desejo nem vergonha, ninguém, por mais anômalo que seja, é excluído; e acho que Asra não fez nenhuma ligação entre a história e minhas peculiaridades. Ele a via apenas como a variação de um velho tema, então deu uma risadinha e disse: – No kemmer o tempo todo... É um lugar de recompensa, então? Ou um lugar de punição?

– Não sei, Asra. Qual deles é este mundo?

– Nenhum dos dois, meu jovem. Este aqui é apenas um mundo, ele é o que é. Você nasce nele e... as coisas são como são...

– Eu não nasci aqui. Vim para cá. Eu o escolhi.

Havia sombra e silêncio à nossa volta. Lá longe, no silêncio campestre para além das paredes do alojamento, só havia um som distante, um serrote rangendo: nada mais.

— Ah, bom... Se foi assim... — murmurou Asra, e suspirou, esfregando as pernas com um fraco gemido, que nem ele mesmo percebeu. — Nós não temos escolha — disse ele.

Uma noite ou duas depois disso entrou em coma e logo morreu. Nunca soube por que fora enviado à Fazenda Voluntária, o crime, transgressão ou irregularidade em seus documentos de identificação. Sabia, apenas, que estava na Fazenda de Pulefen havia menos de um ano.

Um dia após a morte de Asra, fui chamado para interrogatório; dessa vez tive de entrar carregado, e não me lembro de mais nada.

14

ooooo

A Fuga

Quando Obsle e Yegey saíram da cidade, e o porteiro de Slose impediu minha entrada, vi que era hora de recorrer a meus inimigos, pois já não podia contar com os amigos. Fui até o Comissário Shusgis e fiz chantagem. Não tendo dinheiro suficiente para comprá-lo, tive de gastar minha reputação. Entre os pérfidos, o epíteto de traidor é um patrimônio em si. Disse-lhe que eu estava em Orgoreyn como agente da Facção dos Nobres em Karhide, que planejava o assassinato de Tibe, e que ele fora designado como meu contato no Sarf; caso se recusasse a me passar informações, iria dizer aos meus amigos em Erhenrang que ele era agente duplo, trabalhando para a Facção Comércio Aberto, e essa informação, é claro, voltaria a Mishnory e ao Sarf: e o maldito idiota acreditou em mim. Contou-me, rapidamente, o que eu queria saber; até perguntou se eu aprovava.

Meus amigos Obsle, Yegey e os outros não ofereciam perigo imediato. Haviam comprado segurança sacrificando o Enviado e acreditavam que eu não causaria problemas para eles ou para mim mesmo. Até meu encontro com Shusgis, ninguém no Sarf, exceto Gaum, havia me considerado digno de atenção, mas agora estariam firmes no meu encalço. Preciso liquidar logo meus assuntos e sumir de vista. Não tendo como contatar diretamente ninguém em Karhide, já que a correspondência seria lida e telefonemas ou transmissões de rádio seriam interceptados, fui pela primeira vez à Embaixada Real. Sardon rem ir

Chenewich, que eu conhecera bem na corte, trabalhava lá. Concordou imediatamente em enviar uma mensagem a Argaven, informando o que acontecera ao Enviado e onde ele estaria preso. Eu sabia que Chenewich, uma pessoa inteligente e honesta, conseguiria enviar a mensagem sem que fosse interceptada, mas o que Argaven iria pensar ou fazer a respeito, quando recebesse a notícia, eu não podia adivinhar. Queria que Argaven tivesse as informações caso a Nave Estelar de Ai realmente surgisse de repente caindo das nuvens; pois, naquele momento, ainda guardava esperança de que Ai tivesse contatado a nave antes de ser preso pelo Sarf.

Agora eu estava em perigo e, se tivessem me visto entrar na Embaixada, em perigo iminente. Fui direto da porta da Embaixada para o cais de caravanas no Lado Sul e, antes do meio-dia daquele dia, Odstreth Susmy, saí de Mishnory da mesma forma que entrara: como carregador, num caminhão. Trazia comigo as antigas autorizações, um pouco alteradas para se adaptarem ao novo emprego. Em Orgoreyn, é arriscado falsificar documentos, pois eles são verificados cinquenta e duas vezes ao dia, mas, embora arriscado, não é raro, e meus velhos camaradas da Ilha do Peixe haviam me ensinado todos os truques. Usar nome falso é algo que me mortifica, mas nada mais iria me salvar ou me dar passagem livre no extenso território entre Orgoreyn e o litoral do Mar Ocidental.

Meus pensamentos estavam todos lá no oeste, enquanto a caravana trepidava ao atravessar a Ponte Kunderer, na saída de Mishnory. O outono já se transformava em inverno, e eu precisava chegar ao meu destino antes que as estradas fossem fechadas para tráfego rápido e enquanto ainda havia motivo para chegar lá. Já inspecionara uma Fazenda Voluntária, na época em que trabalhava na Administração do Sinoth, e já conversara com ex-prisioneiros das Fazendas. O que vira e ouvira me afligia agora. O Enviado, tão vulnerável ao frio que usava casaco mesmo quando a temperatura estava acima de 0º, não sobreviveria ao inverno em Pulefen. Portanto, a necessidade me apressava, mas a caravana me atrasava, serpenteando de cidade em cidade, ao norte e ao sul da estrada, carregando e descarregando; assim, levei meio-mês para chegar até Ethwen, na foz do Rio Esagel.

Em Ethwen, tive sorte. Conversando com alguns homens na Casa Transitória, ouvi falar do comércio de peles rio acima, e de como caçadores licenciados, que caçam os animais com armadilhas, subiam e desciam o rio de trenó ou barco quebra-gelo, atravessando a Floresta de Tarrenpeth, quase até o Gelo. Dessas conversas veio-me a ideia de caçar. Existem pesthrys de pelo branco na Terra de Kerm, assim como nas Terras Internas de Gobrin; eles gostam de lugares próximos à geleira. Eu os caçara quando jovem, nas florestas de thores de Kerm. Por que não caçá-los agora, nas florestas de thores de Pulefen?

No noroeste de Orgoreyn, nas vastas terras agrestes a oeste das Sembensyen, homens vêm e vão livremente, pois não há Inspetores suficientes para mantê-los todos confinados. Lá, algo da antiga liberdade sobrevive na Nova Época. Ethwen é um porto cinzento, construído sobre as rochas cinzentas da Baía de Esagel; um vento do mar, carregado de chuva, sopra nas ruas, e o povo é constituído de marujos austeros, de fala franca e direta. Lembro-me com gratidão de Ethwen, onde minha sorte mudou.

Comprei esquis, raquetes de neve, armadilhas e provisões, consegui minha licença de caçador, minha autorização e identificação na Agência Comensal e parti a pé, subindo o Esagel, com um grupo de caçadores liderado por um velho chamado Mavriva. O rio ainda não estava congelado, e os veículos ainda trafegavam pelas estradas, pois chovia mais do que nevava nessa encosta litorânea, até mesmo agora, no último mês do ano. A maioria dos caçadores esperava até o pleno inverno, e no mês de Thern subiam o Esagel de barco quebra-gelo, mas Mavriva planejava chegar cedo ao extremo norte e caçar os pesthrys logo que descessem à floresta, em sua migração. Mavriva conhecia melhor do que ninguém as Terras Internas, as Sembensyen do Norte e as Montanhas de Fogo, e nos dias em que subimos o rio aprendi com ele muita coisa que me seria útil mais tarde.

Na cidade chamada Turuf, simulei uma doença e me separei do grupo. Eles seguiram para o norte, e eu segui sozinho para noroeste, em direção às altas colinas no sopé das Sembensyen. Passei alguns dias reconhecendo o terreno e então, depois de esconder toda a bagagem num vale oculto a dezenove ou vinte quilômetros de Turuf, voltei à cidade, chegando novamente pelo sul, e desta vez entrei e me hospedei na Casa Transitória. Como se estivesse me preparando para uma caçada, comprei esquis, raquetes de neve e provisões, um saco de peles e roupas de inverno, tudo de novo. Também comprei um fogareiro Chabe, uma barraca de poliskin e um trenó leve para carregar tudo isso. Depois, nada a fazer senão esperar a chuva se transformar em neve, e a lama, em gelo: não por muito tempo, pois tinha passado mais de um mês no caminho entre Mishnory e Turuf. Em Arhad Thern, o inverno estava congelado, e a neve que eu vinha aguardando caía.

Passei pelas cercas eletrificadas de Fazenda de Pulefen no início da tarde, e a neve que caía logo recobriu os rastros e pegadas atrás de mim. Deixei o trenó numa pequena vala, formada por um córrego, na mata fechada a leste da Fazenda e, carregando apenas uma mochila e usando raquetes de neve, voltei à estrada; seguindo por ela, fui parar em frente ao portão principal da Fazenda. Ali, mostrei os documentos que havia forjado de novo enquanto aguardava em Turuf. Agora, tinham o "selo azul", identificando-me como Thener Benth, condenado em regime condicional e, anexado aos documentos, uma ordem de me apresentar a Eps Thern, na Terceira Fazenda Voluntária da Comensalidade de Pulefen para o serviço de dois anos como guarda. Um Inspetor perspicaz teria desconfiado daqueles papéis amarrotados, mas havia poucas pessoas perspicazes ali.

Nada mais fácil do que entrar na prisão. Fiquei um pouco mais confiante quanto a sair de lá.

O chefe dos guardas de serviço repreendeu-me por ter chegado um dia depois do especificado em minhas ordens, e mandou-me ao alojamento. O jantar tinha terminado e, por sorte, já era muito tarde para me fornecerem as botas e o uniforme regulamentares e confiscarem minha própria roupa – muito melhor. Não me deram arma nenhuma, mas encontrei uma à mão enquanto parasitava na cozinha, bajulando o cozinheiro para conseguir uma refeição. O cozinheiro mantinha sua arma pendurada num prego atrás dos fornos. Furtei-a. Não tinha carga letal; talvez nenhuma arma dos guardas tivesse. Não matam pessoas nas Fazendas: deixam que a fome, o inverno e o desespero se encarreguem do crime.

Havia trinta ou quarenta carcereiros e cento e cinquenta ou cento e sessenta prisioneiros, nenhum deles em boas condições, a maioria dormindo em sono profundo, embora não passasse muito da Quarta Hora. Pedi a um jovem guarda que desse uma volta comigo pelo lugar e me mostrasse os prisioneiros que dormiam. Vi-os sob a claridade ofuscante no enorme quarto que ocupavam, e por pouco não perdi a esperança de agir naquela mesma noite, antes que alguém suspeitasse de mim. Estavam todos escondidos em suas camas, dentro de sacos de dormir, como bebês no útero, invisíveis, indistinguíveis. Todos menos um, ali, muito comprido para se esconder, o rosto escuro como uma caveira, olhos fechados e fundos, um emaranhado de cabelos longos e fibrosos.

A sorte que havia virado em Ethwen agora virava o mundo consigo, ao alcance da minha mão. Nunca tive nenhum dom, a não ser um: saber quando tocar na grande roda do destino, saber e agir. Achei que tinha perdido o talento, no ano passado em Erhenrang, perdido para nunca mais recuperá-lo. Foi um grande deleite sentir aquele certeza outra vez, saber que podia guiar meu destino e o acaso do mundo como guiaria um trenó de corrida em descida íngreme e perigosa.

Já que continuava a perambular e a fazer perguntas, no meu papel de sujeito inquieto, parvo e curioso, designaram-me para o último turno: à meia-noite todos dormiam, exceto eu e outro guarda no mesmo turno. Prossegui com minha ronda desajeitada do lugar, passeando, de tempos em tempos, para cima e para baixo, junto às camas. Estabeleci meu plano e comecei a preparar a mente e o corpo para entrar em dothe, pois minha própria força nunca seria suficiente sem o auxílio das forças da Escuridão. Pouco antes da alvorada entrei no dormitório mais uma vez e, com a arma do cozinheiro, disparei um tiro de tonteio de um centésimo de segundo no cérebro de Genly Ai. Então o levantei, com saco de dormir e tudo, e o carreguei sobre meu ombro até a sala dos guardas. – O que está fazendo? – perguntou o outro guarda, sonolento. – Deixa-o!

– Ele está morto.

– Outro morto? Pelas entranhas de Meshe, e mal começou o inverno. – Virou a cabeça de lado para olhar o rosto do Enviado pendurado em minhas costas. – Esse aí, o Pervertido? Pelo Olho! Não acreditava no que diziam sobre os karhideanos, até que dei uma olhada nele; que aberração feia! Passou a semana inteira na cama, gemendo e suspirando, mas não pensei que fosse morrer tão rápido assim. Bem, joga lá fora, onde ele vai ficar até o dia clarear, não fica aí parado como se fosse um carregador com um saco cheio de merda...

Parei no Escritório de Inspeção no meu caminho pelo corredor e, sendo guarda, ninguém me impediu de entrar e olhar, até encontrar o painel na parede que continha os alarmes e interruptores. Nenhum deles estava etiquetado, mas os guardas haviam arranhado letras ao lado dos interruptores, como lembretes, no caso de uma emergência; interpretando "C.c." como "cercas", apertei o interruptor para cortar a corrente elétrica das defesas externas da Fazenda e então prossegui, agora puxando Genly Ai pelos ombros. Cheguei ao guarda de plantão na vigia ao lado da porta. Fingi estar tendo muito trabalho para puxar a carga morta, pois a força-dothe era total em mim e não queria que vissem com que facilidade, de fato, eu era capaz de carregar o peso de um homem maior que eu.

– Um prisioneiro morto – disse eu. – Me mandaram tirar ele do dormitório. Onde eu ponho?

– Não sei. Leva pra fora. Debaixo de um telhado, pra ele não acabar enterrado na neve e começar a flutuar e feder no degelo na primavera. Está nevando *peditia*. – Ele quis dizer aquilo que chamamos de *neve-sove*, uma nevasca espessa e úmida, a melhor notícia que eu poderia ter.

– Certo, certo – respondi, e arrastei minha carga para fora, virando a esquina do alojamento, longe de sua vista. Coloquei Ai sobre o ombro novamente, caminhei a nordeste por algumas centenas de metros, escalei a cerca desligada e atirei meu fardo do outro lado; pulei livre para baixo, peguei Ai mais uma vez e fugi para o rio, o mais rápido que pude. Não estava longe da cerca quando um apito começou a soar e os holofotes dispararam. A nevasca me escondeu, mas não o suficiente para encobrir meu rastro em minutos. No entanto, quando cheguei ao rio, ainda não estavam me perseguindo. Fui para o norte, pelo terreno desimpedido sob as árvores, e pela água, quando não havia terreno desimpedido; o rio, um afluente pequeno e rápido do Esagel, ainda não congelara. Estava tudo ficando mais claro na alvorada, e eu corria. Em pleno dothe, não achei o Enviado pesado, embora fosse comprido e desajeitado para carregar. Seguindo a correnteza floresta adentro, cheguei ao barranco onde estava meu trenó e amarrei nele o Enviado com uma correia, ajeitando minhas coisas em torno e em cima dele até que ficasse bem escondido, e cobri tudo com um pano; então troquei de roupa e comi um pouco da comida que trazia na bagagem, pois a grande fome que se sente em dothe prolongado já me corroía. Depois parti para o norte, na Estrada Florestal principal. Não demorou muito e dois esquiadores me alcançaram.

Estava agora vestido e equipado como caçador, e disse a eles que tentava encontrar o grupo de Mavriva, que fora para o norte nos últimos dias de Grende. Conheciam Mavriva e aceitaram minha história, depois de darem uma olhada em minha licença de caçador. Não esperavam que os fugitivos rumassem para o norte, pois não há nada ao norte de Pulefen, exceto floresta e o Gelo; talvez nem estivessem interessados em encontrar os fugitivos. Por que estariam? Prosseguiram, e só uma hora mais tarde passaram por mim de novo, em seu caminho de volta à Fazenda. Um deles era o sujeito que fizera a ronda noturna comigo. Não prestara atenção no meu rosto, embora o tivesse diante dos olhos metade da noite.

Quando tive certeza de que haviam realmente desaparecido de vista, saí da estrada e, durante todo o dia, descrevi um longo semicírculo de volta, através da floresta e das colinas a leste da Fazenda, chegando finalmente ao vale isolado e oculto acima de Turuf, onde guardara meu equipamento sobressalente. Foi difícil viajar de trenó pelo terreno acidentado, tendo de puxar mais do que o meu próprio peso, mas a neve era espessa e já se tornava firme, e eu estava em dothe. Tinha de manter esse estado, pois, uma vez que se deixa o dothe passar, não se consegue fazer absolutamente mais nada. Nunca antes havia mantido dothe por mais de uma hora, mas sabia que alguns Velhos conseguiam se manter em plena força por um dia e uma noite, ou até mais, e minha necessidade provou ser um bom complemento para meu treinamento. Em dothe, a pessoa não se preocupa com nada, e a ansiedade que eu sentia era pelo Enviado, que já deveria ter acordado, há muito, da leve dose sônica que lhe aplicara. Ele não se mexera, e eu não tinha tempo para cuidar dele. Seria seu corpo tão alienígena que o que para nós não passa de mera paralisia, para ele significava a morte? Quando a roda do destino gira sob sua mão, deve-se ter cuidado com as palavras: e por duas vezes eu dissera que ele estava morto, e o carreguei como se carregam os mortos. Como resultado, veio o pensamento de que era um homem morto que eu arrastava pelas colinas, e de que minha sorte e sua vida haviam se perdido, afinal. Transpirei e praguejei, e a força-dothe parecia esvair-se de mim como a água de um jarro quebrado. Mas continuei, e a força não me abandonou até eu alcançar o esconderijo ao pé das montanhas, montar a barraca e fazer o que podia por Ai. Abri uma caixa de cubos de hipercomida e devorei quase tudo, mas separei uma parte e fiz um caldo para ele, pois parecia estar quase morto de fome. Havia feridas em seus braços e peito, mantidas abertas pela imundície do saco de dormir em que se deitava. Quando as chagas foram limpas e ele se deitou, aquecido, no saco de peles, tão bem protegido quanto possível do inverno e da imensidão selvagem, não havia mais nada que eu pudesse fazer. Anoitecera, e a escuridão maior, o pagamento pela invocação voluntária da plena força física, começava a me oprimir; à escuridão devo confiar a mim e ele. Dormimos. Nevava. Deve ter nevado durante toda a noite, dia e noite do meu sono-thangen, não uma tempestade, mas a primeira grande nevada do inverno.

Quando finalmente despertei, levantei e olhei para fora, a barraca estava enterrada até a metade. Os reflexos de luz solar e sombras azuis repousavam, vívidos, na neve. No alto e ao longe, a leste, uma grande nuvem cinza obscurecia o brilho do céu: a fumaça de Udenushreke, o ponto das Montanhas de Fogo mais próximo de nós. Em torno da pequena ponta da barraca havia neve, montículos, morros, elevações, declives, tudo branco, imaculado.

Estando ainda no período de recuperação, sentia-me muito fraco e sonolento, mas sempre que conseguia me levantar, dava o caldo a Ai, um pouco de cada vez; e ao anoitecer daquele dia ele voltou à vida, embora não ao juízo. Sentou-se e começou a chorar como se estivesse aterrorizado. Quando me ajoelhei ao seu lado, debateu-se para me afastar, e como o esforço foi demais para ele, desmaiou. Falou muito durante a noite, numa língua que eu não conhecia. Foi estranho, no silêncio escuro daquele lugar deserto, ouvi-lo murmurar palavras de uma língua aprendida em outro planeta. O dia seguinte foi difícil, pois sempre que tentava ajudá-lo ele me tomava, creio, por um dos guardas da Fazenda e ficava aterrorizado, pensando que lhe daria alguma droga. Gritava em orgota e karhideano, tudo balbuciado em tom lamentoso, suplicando-me para "não fazer aquilo", e lutava comigo com a força do pânico. Isso aconteceu várias vezes, e como eu ainda estava em thangen, sem forças e sem ânimo, parecia não conseguir fazer nada por ele. Naquele dia achei que não o haviam apenas drogado, mas alterado sua mente, deixando-o louco ou imbecilizado. Então, desejei que ele tivesse morrido no trenó, na floresta de thores, ou que eu nunca tivesse tido sorte alguma, tivesse sido preso quando partia de Mishnory e enviado a alguma Fazenda para cumprir minha própria danação.

Acordei de meu sono, e ele me observava.

– Estraven? – falou num sussurro fraco e surpreso.

Então meu coração se alegrou. Poderia agora tranquilizá-lo e cuidar de suas necessidades; e à noite ambos dormimos bem.

No dia seguinte ele estava muito melhor, e sentou-se para comer. As feridas de seu corpo estavam cicatrizando. Perguntei o porquê daquelas feridas.

– Não sei. Acho que foram causadas pelas drogas; eles me davam injeções...

– Para evitar o kemmer? – Era um dos relatos que ouvira dos homens que haviam fugido ou sido libertados das Fazendas Voluntárias.

– Sim. E outras, não sei quais, soros da verdade de algum tipo. Fiquei doente por causa dessas drogas, mas eles continuaram a aplicá-las em mim. O que tentavam descobrir? O que eu poderia ter dito?

– Talvez não o estivessem interrogando, mas domesticando.

– Domesticando?

– Tornando-o dócil, viciado, à força, em um dos derivados da orgrevy. Essa prática não é desconhecida em Karhide. Ou talvez estivessem realizando uma experiência com você e os outros. Já ouvi dizer que eles testam, nos prisioneiros das Fazendas, drogas e técnicas que alteram a mente. Duvidei, quando ouvi essa história; agora não duvido mais.

– Vocês têm essas Fazendas em Karhide?

– Em Karhide? Não.

Esfregou a testa, contrariado. – Suponho que, em Mishnory, eles também diriam que não existem tais lugares em Orgoreyn.

– Pelo contrário. Iriam se gabar e lhe mostrar fitas e fotos das Fazendas Voluntárias, onde os transviados se reabilitam e grupos tribais em extinção se refugiam. Talvez o levassem para conhecer a Fazenda Voluntária do Primeiro Distrito, próxima a Mishnory, um belo mostruário, pelas descrições que ouvi. Se acredita que temos Fazendas em Karhide, sr. Ai, está nos superestimando seriamente. Não somos um povo sofisticado.

Ele estava deitado, contemplando a incandescência do fogareiro Chabe, que eu ligara no máximo, até obter um calor sufocante. Então olhou para mim.

– Eu sei que você já me contou hoje de manhã, mas acho que a minha mente estava confusa. Onde estamos? Como chegamos aqui? – Contei-lhe de novo.

– Você simplesmente... saiu de lá andando comigo?

– Sr. Ai, qualquer um dos prisioneiros, ou todos eles juntos, poderiam sair andando daquele lugar, em qualquer noite, se não estivessem famintos, exaustos, desmoralizados e drogados; e se tivessem roupas de inverno; e se tivessem para onde ir... Aí está a cilada. Aonde iriam? A uma cidade? Sem documentos, estariam perdidos. Para a floresta? Sem abrigo, estariam perdidos. No verão, acredito que trazem mais guardas para a Fazenda de Pulefen. No inverno, usam o próprio inverno como guarda.

Ele mal ouvia. – Você não conseguiria me carregar nem por trinta metros, Estraven, quanto mais correr me carregando por quilômetros na mata e no escuro...

– Eu estava em dothe.

Hesitou. – Induzido voluntariamente?

– Sim.

– Você é... um dos handdaratas?

– Fui criado na Handdara e habitei dois anos o Retiro de Rotherer. Na Terra de Kerm, a maioria das pessoas dos Lares Internos é handdarata.

– Pensei que depois do período de dothe e o extremo esgotamento de energia, fosse preciso ter uma espécie de colapso...

– Sim; chamamos de thangen, o sono escuro. Dura bem mais que o período de dothe e, depois que você entra no período de recuperação, é muito perigoso tentar resistir a ele. Dormi duas noites seguidas. Ainda estou em thangen; não consegui subir a colina. E a fome também faz parte. Comi quase toda a comida que eu tinha trazido para uma semana.

– Tudo bem – disse ele, com uma pressa impertinente. – Entendo, acredito em você. O que posso fazer, senão acreditar? Aqui estou eu, aí está você... Mas não compreendo o porquê de você fazer tudo isso.

Ao ouvir isso, perdi o equilíbrio emocional e fixei o olhar na faca quebra-gelo ao lado de minha mão, sem olhar para ele e sem responder, até que controlasse minha raiva. Felizmente, não havia ainda muito calor ou vivacidade em meu coração, e disse a mim mesmo que ele era um homem ignorante, um estrangeiro maltratado e fraco. Então voltei à razão e disse, finalmente:

– Sinto que, em parte, foi culpa minha você ter vindo a Orgoreyn e, consequentemente, ter sido preso na Fazenda de Pulefen. Estou tentando reparar minha falha.

– Você não teve nada a ver com minha vinda para Orgoreyn.

– Sr. Ai, enxergamos os mesmos eventos com olhos diferentes; eu, equivocadamente, pensei que os eventos nos parecessem iguais. Deixe-me voltar à última primavera. Comecei a encorajar o Rei Argaven a aguardar, a não tomar nenhuma decisão sobre você ou sua missão, cerca de meio-mês antes da Cerimônia da Pedra Chave. A audiência já tinha sido marcada, e parecia melhor levá-la adiante, mas sem esperar nenhum resultado dela. Pensei que você tivesse entendido tudo isso, e foi aí que errei. Tomei por certo muita coisa; não queria ofendê-lo, dar-lhe conselhos; pensei que você tivesse entendido o perigo da súbita ascensão de Pemmer Harge rem ir Tibe ao kyorremy. Se Tibe tivesse encontrado um bom motivo para temê-lo, teria acusado você de servir a uma facção, e Argaven, que é facilmente movido pelo medo, provavelmente teria mandado matar você. Eu queria você desprestigiado, mas a salvo, enquanto Tibe estivesse no auge, e poderoso. Por contingência, me desprestigiei junto com você. Minha queda era certa, mas não sabia que seria exatamente na noite em que conversamos; contudo, ninguém é primeiro-ministro de Argaven por muito tempo. Depois que recebi a Ordem de Exílio, não pude me comunicar com você, com receio de contaminá-lo com minha desgraça, e assim aumentar o risco que sua vida corria. Vim aqui para Orgoreyn. Tentei sugerir a você que também viesse para Orgoreyn. Pressionei os homens de quem eu desconfiava menos, entre os Trinta e Três Comensais, a permitirem sua entrada; você não teria conseguido sem a interferência deles. Eles viram em você, e eu os encorajei, uma via de acesso ao poder, uma via para longe da rivalidade crescente com Karhide e de retorno ao livre comércio entre os dois países; uma chance, talvez, de quebrar o poder do Sarf. Mas são homens extremamente cautelosos, têm medo de agir. Em vez de apregoar sua chegada, esconderam você, e assim perderam a chance, e entregaram você ao Sarf para salvar a própria pele. Confiei demais neles, portanto a culpa é minha.

– Mas com que propósito... toda essa intriga, esse mistério, essa conspiração e busca por poder... por que tudo isso, Estraven? O que você pretendia?

– Pretendia o mesmo que você: a aliança do meu mundo com seus mundos. O que você pensou que fosse?

Encarávamos um ao outro à luz incandescente do fogareiro, como dois bonecos de madeira.

– Quer dizer, mesmo se fosse Orgoreyn que fizesse a aliança...?

– Mesmo se fosse Orgoreyn. Karhide logo teria acompanhado. Você acha que eu iria me preocupar com shifgrethor com tanta coisa em jogo para todos nós, todos os meus semelhantes? Que importa qual seja o país a despertar primeiro, desde que todos despertem?

– Como diabo posso acreditar em uma palavra do que está dizendo? – explodiu Ai. A fraqueza física fazia sua indignação soar angustiada e chorosa. – Se tudo isso é verdade, você poderia ter explicado alguma coisa antes, na última primavera, e nos poupado dessa viagem a Pulefen. Seus esforços em meu nome...

– Falharam. E lhe causaram dor, vergonha e risco. Eu sei. Mas se eu tivesse tentado lutar contra Tibe por sua causa, você não estaria aqui agora, estaria numa sepultura em Erhenrang. E se há umas poucas pessoas em Karhide, e outras em Orgoreyn, que acreditam na sua história, é porque me ouviram. Essas pessoas ainda podem servi-lo. Meu maior erro, como você diz, foi não ter sido claro com você. Não estou acostumado com isso. Não estou acostumado a dar ou aceitar conselhos ou reprimendas.

– Não tenho a intenção de ser injusto, Estraven...

– No entanto, está sendo. É estranho. Sou o único homem em todo o planeta Gethen que confia inteiramente em você, e sou o único homem em Gethen em quem você se recusa a confiar.

Ele pôs a cabeça entre as mãos. Enfim, disse: – Desculpe, Estraven. – Foi um pedido de desculpa e uma confissão.

– A verdade – eu disse – é que você é incapaz de acreditar, ou não quer acreditar, no fato de que confio em você. – Levantei-me, pois minhas pernas estavam dormentes, e descobri que tremia de raiva e fadiga. – Ensine-me seu diálogo mental – eu disse, tentando falar com tranquilidade e sem rancor –, sua linguagem que não contém mentiras. Ensine-me, e então me pergunte por que fiz o que fiz.

– Eu iria gostar muito disso, Estraven.

15

ooooo

Rumo ao Gelo

Acordei. Até este momento tinha parecido estranho, inacreditável, acordar dentro de um cone escuro e quente e ouvir a razão me explicar que era uma barraca, que eu estava deitado dentro dela, vivo, que não estava mais na Fazenda de Pulefen. Dessa vez, porém, não houve estranheza quando acordei, mas um grato sentimento de paz. Sentando-me, bocejei, e com os dedos tentei pentear para trás os cabelos emaranhados. Olhei para Estraven, espichado e dormindo profundamente em seu saco de dormir, a menos de um metro. Vestia apenas culotes; estava com calor. O rosto escuro e misterioso repousava exposto à luz, ao meu olhar. Estraven, dormindo, parecia um pouco estúpido, como toda pessoa adormecida: um rosto redondo e forte, relaxado e distante, pequenas gotas de suor no lábio superior e sobre as sobrancelhas espessas. Lembrei-me de como ele suava no palanque do desfile em Erhenrang, em sua armadura de poder e luz solar. Agora, via-o indefeso e seminu sob uma luz mais fria e, pela primeira vez, via-o como ele era.

Acordou tarde, e seu despertar foi lento. Finalmente levantou-se, cambaleando e bocejando, vestiu a camisa, enfiou a cabeça para fora para avaliar o tempo e então perguntou se eu queria uma xícara de orsh. Quando descobriu que eu já havia me arrastado até o fogareiro e preparado a cerveja com a água congelada que ele deixara na panela na noite anterior, aceitou uma xícara, agradeceu-me formalmente e sentou-se para beber.

– Para onde vamos daqui, Estraven?

– Depende de para onde você quiser ir, sr. Ai. E do tipo de viagem que conseguirá fazer.

– Qual o caminho mais curto para sair de Orgoreyn?

– Oeste. Pelo litoral. Uns cinquenta quilômetros.

– E depois?

– Os portos estarão congelando, ou já congelados. De qualquer modo, nenhum navio vai muito longe, no inverno. Seria o caso de aguardarmos escondidos em algum lugar até a próxima primavera, quando os grandes navios mercantes vão para Sith e Perunter. Nenhum irá para Karhide, se o embargo comercial continuar. Poderemos trabalhar num desses navios, para pagar a passagem. Estou sem dinheiro, infelizmente.

– Há alguma alternativa?

– Karhide. Por terra.

– Qual a distância? Mil e quinhentos quilômetros?

– Sim, por estrada. Mas não podemos ir pelas estradas. Não conseguiríamos passar do primeiro Inspetor. Nosso único caminho seria seguir para o norte pelas montanhas, depois para o leste, atravessando o Gobrin, e então descer até a fronteira, na Baía de Guthen.

– Atravessar o Gobrin... quer dizer, o lençol glacial?

Ele confirmou com a cabeça.

– Não é possível no inverno, é?

– Acho que sim; com sorte, como em todas as jornadas no inverno. De certa forma, é melhor atravessar a Geleira durante o inverno. Você sabe, o bom tempo costuma ser estável sobre as grandes geleiras, onde o gelo reflete o calor do sol; as tempestades acabam empurradas para as áreas periféricas. Daí as lendas sobre o Lugar dentro da Nevasca. Isso pode ser um ponto a nosso favor. Quase mais nada.

– Então você está pensando seriamente...

– Não teria sentido tirar você de Pulefen sem pensar nisso.

Ele ainda estava tenso, formal, austero. A conversa da noite anterior havia abalado a nós dois.

– E suponho que você considere atravessar o Gelo um risco menor do que esperar aqui até a primavera e fazer a travessia pelo mar.

Ele concordou com a cabeça. – Solidão – explicou, lacônico.

Pensei naquilo por alguns instantes. – Espero que tenha levado em consideração minhas inadequações. Não tenho tanta resistência ao frio quanto você, não chego nem perto. Não sou nenhum especialista em esquis. Não estou em boa forma... embora tenha melhorado muito, nos últimos dias.

Novamente, concordou com a cabeça. – Acho que podemos conseguir – disse ele, com a simplicidade completa que eu, por tanto tempo, tomara por ironia.

– Muito bem.

Olhou-me de relance e terminou de beber sua xícara de chá. Chá é uma definição mais adequada; fervida com grãos de *perm* torrados, orsh é uma bebida escura, agridoce, cheia de vitaminas A e C, açúcar e um agradável estimulante da família da lobelina. Onde não existe cerveja em Inverno, existe orsh; onde não existe nem cerveja nem orsh, não existe gente.

– Vai ser difícil – disse ele, descansando a xícara. – Muito difícil. Sem sorte, não vamos conseguir.

– Melhor morrer no Gelo do que no esgoto de onde você me tirou.

Cortou um pedaço de pão-de-maçã desidratado, ofereceu-me uma fatia e sentou-se pensativo, mastigando. – Vamos precisar de mais comida – disse.

– O que vai acontecer se realmente conseguirmos chegar até Karhide... com você, quero dizer? Ainda está banido.

Olhou-me com seus olhos escuros de lontra. – Sim. Suponho que terei de ficar do lado de cá.

– E quando descobrirem que você ajudou um dos prisioneiros deles a fugir...?

– Não precisam descobrir. – Sorriu, desanimado, e disse: – Primeiro, temos de atravessar o Gelo.

Desabafei: – Escute, Estraven, me perdoe pelo que eu disse ontem...

– *Nusuth*. – Levantou-se, ainda mastigando, vestiu o hieb, o casaco, calçou as botas e escorregou, feito uma lontra, para fora da porta valvulada de fechamento automático. De fora, enfiou a cabeça de volta para dentro: – Posso chegar tarde, ou ficar fora a noite toda. Você consegue se virar por aqui?

– Sim.

– Certo. – Com isso, foi-se. Nunca conheci uma pessoa que reagisse de modo tão rápido e completo a uma mudança de situação quanto Estraven. Estava me recuperando e disposto a partir; ele estava fora do thangen; no instante em que tudo isso ficou claro, partiu. Nunca se precipitava ou se apressava, mas estava sempre pronto. Era o segredo, sem dúvida, da carreira política extraordinária que havia jogado fora por minha causa; era também a explicação de sua confiança em mim e sua devoção à minha missão. Quando cheguei, ele estava pronto. Ninguém mais em Inverno estava.

No entanto, considerava-se um homem lento, ineficiente em emergências.

Uma vez me contou que, por ser tão lento em raciocínio, precisava guiar seus atos por uma intuição genérica que lhe apontava o rumo que sua "sorte" estava tomando, uma intuição que raramente falhava. Falou sério; talvez fosse verdade. Os Videntes dos Retiros não são as únicas pessoas em Inverno que conseguem antever as coisas. Eles domaram e treinaram a intuição, mas não aumentaram a certeza. Nessa questão, os yomeshitas também têm uma característica: o dom talvez não se restrinja simplesmente a prever o futuro, mas a poder ver (mesmo que num lampejo) *tudo ao mesmo tempo*: ver o todo.

Mantive o fogareiro-aquecedor no máximo enquanto Estraven esteve fora e, assim, fiquei completamente aquecido pela primeira vez em... quanto tempo? Imaginei que já devíamos estar em Thern, o primeiro mês do inverno e de um novo Ano Um, mas havia perdido a conta em Pulefen.

O fogareiro era um daqueles aparelhos excelentes e econômicos aperfeiçoados pelos gethenianos em seu esforço milenar para vencer o frio. Apenas o uso de uma pilha de fusão nuclear como fonte de energia seria capaz de aprimorá-lo. Sua bateria biônica durava catorze meses em uso contínuo; a produção de calor era intensa; funcionava ao mesmo tempo como fogareiro, aquecedor e lanterna, e pesava cerca de dois quilos. Jamais teríamos percorrido oitenta quilômetros sem ele. Devia ter custado a Estraven um bocado de dinheiro, o dinheiro que eu lhe entregara, com arrogância, em Mishnory. A barraca, confeccionada com plásticos desenvolvidos para resistir às intempéries e projetada para resolver, ao menos em parte, o problema da água condensada em seu interior, a praga das barracas em tempo frio; os sacos de dormir, feitos de pele de pesthry; as roupas, esquis, trenós, alimentação – tudo era de primeira qualidade, leve, durável, caro. Se ele havia saído para buscar mais comida, com que dinheiro iria comprá-la?

Só retornou ao anoitecer do dia seguinte. Eu saíra várias vezes, usando raquetes de neve, reunindo forças e praticando, andando feito um pato pelas rampas do vale nevado que escondia nossa barraca. Era competente com os esquis, mas não muito bom com as raquetes. Não me atrevi a ir além do topo das colinas, com receio de perder o caminho de volta; era uma região selvagem, íngreme, cheia de córregos e ravinas, que se elevava abruptamente para as montanhas cobertas de nuvens, a leste. Tive tempo de imaginar o que faria nesse lugar esquecido se Estraven não voltasse.

Como uma ave de rapina, ele veio descendo vertiginosamente a colina mal iluminada pelo crepúsculo – era um esquiador magnífico – e parou ao meu lado, sujo, cansado e carregado. Trazia nas costas um enorme saco coberto de fuligem e cheio de embrulhos: Papai Noel, descendo pelas chaminés da velha Terra. Os embrulhos continham germe de kardik, pão-de-maçã desidratado, chá e tabletes de um açúcar duro, vermelho e com gosto de terra que os gethenianos refinam de um de seus tubérculos.

– Como conseguiu tudo isso?

– Roubei – disse o ex-Primeiro-Ministro de Karhide, estendendo as mãos acima do fogareiro, cuja temperatura ele ainda não reduzira. Ele – até ele – estava com frio. – Em Turuf. Aqui perto. – Foi tudo o que fiquei sabendo. Não se orgulhava da façanha e não era capaz de rir do que havia feito. Roubar é um crime desprezível em Inverno; na verdade, o único homem mais desprezado que o ladrão é o suicida.

– Vamos usar estas coisas primeiro – ele disse, enquanto eu colocava uma panela com gelo para derreter no fogareiro. – É muito peso. – A maior parte do alimento que ele servira antes eram rações de "hipercomida", uma mistura fortificada e desidratada de alimentos, prensada em cubos e altamente energética. O nome orgota dessa ração é *gichy-michy*, e era assim que a chamávamos, embora, é claro, conversássemos em karhideano. Tínhamos o suficiente para sessenta dias, em consumo mínimo padrão: 500 gramas ao dia para cada um. Depois de se lavar e comer, Estraven sentou-se por um bom tempo ao lado do fogareiro, à noite, calculando com precisão nossas provisões e como e quando deveríamos usá-las. Não tínhamos balança, e ele teve de fazer uma estimativa utilizando uma caixa de 500 gramas de gichy-michy como medida. Ele sabia, como muitos gethenianos sabem, o valor calórico e nutritivo de cada alimento; conhecia suas próprias necessidades sob condições variadas e calculou as minhas com precisão considerável. Tal conhecimento tem alto valor de sobrevivência em Inverno.

Quando finalmente terminou de planejar nossas rações, enrolou-se em seu saco de dormir e pegou no sono. Durante a noite, ouvi-o falando sobre números em seus sonhos: pesos, dias, distâncias...

Tínhamos de percorrer aproximadamente 1.300 quilômetros. Os primeiros cento e cinquenta seriam para o norte ou nordeste, atravessando a floresta e as últimas montanhas ao norte da cordilheira de Sembensyen, até chegar à grande geleira, o lençol de gelo que cobre o Grande Continente em toda a extensão acima do paralelo 45, e em alguns lugares chega quase até o 35. Um desses braços ao sul é a região das Montanhas de Fogo, os últimos picos das Sembensyens, e essa região seria nossa primeira meta. Lá, entre as montanhas, Estraven ponderou, poderemos chegar ao lençol de gelo descendo por uma das encostas ou escalando o flanco de uma das geleiras defluentes. Depois, viajaríamos no Gelo em si, no sentido leste, por uns mil quilômetros. Onde a extremidade do Gelo inclina-se novamente para o norte, próximo à Baía de Guthen, poderíamos sair do lençol e cortar caminho a sudeste – os últimos cento e cinquenta ou duzentos quilômetros – pelos Pântanos de Shenshey, que deverão estar cobertos com uma camada de cinco ou seis metros de neve, até a fronteira de Karhide.

Essa rota manteria a ambos, do início ao fim, longe de regiões habitadas ou habitáveis. Não toparíamos com nenhum Inspetor. Isso, sem dúvida, era da maior importância. Eu não tinha documentos, e Estraven disse que os dele não aguentariam novas falsificações. De qualquer forma, embora pudesse me fazer passar por um getheniano quando alguém não esperava outra coisa, não poderia me disfarçar diante de olhos atentos que buscassem por mim. Nesse aspecto, portanto, o caminho proposto por Estraven era muito prático.

Sob todos os outros aspectos, o caminho parecia uma loucura completa.

Não expressei minha opinião, pois estava falando sério quando disse que preferia morrer fugindo, se tivesse de escolher como morrer. Estraven, entretanto, ainda estudava alternativas. No dia seguinte, que passamos empacotando cuidadosamente as coisas e carregando o trenó, ele disse: – Se você chamasse a Nave Estelar, em quanto tempo ela chegaria aqui?

– A qualquer momento entre oito dias e meio-mês, dependendo de onde ela estiver na órbita solar, em relação a Gethen. Talvez esteja do outro lado do sol.

– Não antes disso?

– Não antes disso. A força motriz NAFAL não pode ser usada dentro de um sistema solar. A nave só poderá vir em impulso de foguete, o que a coloca a pelo menos oito dias de distância. Por quê?

Puxou um cordão com força e deu um nó antes de responder.

– Estava pensando se não seria sensato tentar pedir ajuda a seu planeta, já que o meu não parece muito promissor. Há um sinalizador de rádio em Turuf.

– É potente?

– Não muito. O transmissor mais próximo seria em Kuhumey, uns seiscentos quilômetros ao sul daqui.

– Kuhumey é uma cidade grande, não é?

– Duzentas e cinquenta mil almas.

– Teríamos, primeiro, de dar um jeito de usar esse transmissor de rádio; e depois nos esconder por pelo menos oito dias, com o Sarf em alerta... Não teríamos muita chance.

Ele concordou, com um movimento da cabeça.

Arrastei o último saco de germe de kardik para fora da barraca, ajustei-o em seu lugar junto à carga no trenó e disse: – Se eu tivesse chamado a nave aquela noite em Mishnory... a noite em que você me falou para fazer isso... a noite em que fui preso... Mas Obsle estava com meu ansível; está com ele ainda, suponho.

– Ele pode usá-lo?

– Não. Nem mesmo por acaso, remexendo no aparelho. Os ajustes das coordenadas são extremamente complexos. Mas se eu tivesse usado o ansível!

– E se eu soubesse que o jogo tinha acabado naquela noite – respondeu, e sorriu. Ele não era dado a arrependimentos.

– Acho que você já sabia. Mas não acreditei.

Quando terminamos de carregar o trenó, ele insistiu para que passássemos o resto do dia sem fazer nada, poupando energia. Deitou-se na barraca, escrevendo num pequeno caderno, com sua caligrafia karhideana, pequena, rápida e vertical, o relato que aparece no capítulo anterior.

Não tinha conseguido atualizar o diário no último mês, o que o aborrecia; era muito metódico com relação ao diário. Acho que os textos eram tanto uma obrigação quanto um elo com sua família, o Lar de Estre. Só soube disso depois, entretanto; na ocasião, não sabia o que ele escrevia e fiquei ali sentado, engraxando os esquis, ou simplesmente não fazendo nada. Assobiei uma música, mas parei no meio. Tínhamos apenas uma barraca, e se iríamos compartilhá-la sem um levar o outro à loucura, uma certa dose de autocontrole ou de boas maneiras era evidentemente necessária... Estraven, de fato, me olhara de relance enquanto eu assobiava, mas não com irritação. Olhou para mim com um ar sonhador e disse:

– Se eu soubesse dessa sua Nave o ano passado... Por que mandaram você para cá sozinho?

– O Primeiro Enviado a um planeta sempre vai sozinho. Um alienígena é considerado uma curiosidade, dois são uma invasão.

– Vende-se barato a vida do Primeiro Enviado.

– Não; o Ekumen não considera nenhuma vida barata. Consequentemente, é melhor arriscar uma só do que duas, ou vinte. É também muito caro, e toma muito tempo enviar pessoas em grandes saltos temporais. De qualquer modo, fui eu que quis a missão.

– No perigo, a honra – disse, evidentemente citando um provérbio, pois acrescentou, em tom afável: – Estaremos cheios de honra quando chegarmos a Karhide...

Quando falou, peguei-me acreditando que iríamos de fato chegar a Karhide, cruzando 1.300 quilômetros de montanha, ravina, fenda, vulcão, geleira, lençol de gelo, pântano congelado ou baía congelada, tudo desolado, sem abrigo e sem vida, sob as tempestades de inverno no meio de uma Era Glacial. Lá estava ele, sentado, escrevendo seus apontamentos com a mesma maneira paciente, meticulosa e obstinada que eu vira num rei louco sobre um andaime, rejuntando uma pedra, e ele disse "*quando* chegarmos a Karhide..."

Seu *quando* tampouco era mera esperança sem data. Pretendia chegar a Karhide no quarto dia do quarto mês do inverno, Arhad Anner.

Partiríamos no dia seguinte, o décimo terceiro dia do primeiro mês, Tormenbod Thern. Nossas rações, da melhor forma que pudemos calcular, poderiam durar, no máximo, três meses gethenianos, 78 dias; assim, percorreríamos vinte quilômetros por dia, por setenta dias, e chegaríamos a Karhide no Arhad Anner. Estava tudo preparado. Nada mais a fazer, agora, senão ter uma boa noite de sono.

Partimos na alvorada, de raquetes, em meio a uma nevada fina, sem vento. A superfície nas colinas estava *bessa*, macia e não compactada, o que os esquiadores terráqueos chamam, creio, de neve "selvagem". O trenó estava bastante carregado; Estraven estimou o peso total a ser puxado em algo em torno de 140 quilos. Era difícil puxar o trenó na neve fofa, embora fosse tão fácil de manejar quanto um pequeno barco bem projetado; seus patins eram uma maravilha, revestidos com um polímero que reduzia a resistência a quase zero, mas é claro que isso não adiantava nada quando o trenó inteiro atolava na neve. Numa superfície como aquela, e ainda com subidas e descidas, achamos melhor que um de nós puxasse pelos arreios e o outro fosse atrás, empurrando. A neve caiu, fina e branda, o dia inteiro. Paramos duas vezes para fazer refeições rápidas. Em toda aquela vasta região montanhosa, não se ouvia nenhum som. Prosseguimos e, de repente, já era crepúsculo. Paramos para descansar num vale semelhante ao que havíamos deixado pela manhã, um pequeno vão entre colinas de corcovas brancas. Eu estava tão cansado que cambaleava, mas não podia acreditar que o dia terminara. Tínhamos percorrido, segundo o marcador do trenó, quase vinte e cinco quilômetros.

Se podíamos nos sair tão bem em neve macia, com carga completa, por um terreno íngreme onde colinas e vales corriam perpendiculares ao nosso caminho, então com certeza poderíamos nos sair melhor sobre o Gelo, com neve endurecida, um caminho plano e carga cada vez menor. Minha confiança em Estraven tinha sido mais fruto de força de vontade do que um sentimento espontâneo; mas agora acreditava totalmente nele. Poderíamos chegar a Karhide em setenta dias.

– Já viajou assim antes? – perguntei.

– De trenó? Várias vezes.

– Longas distâncias?

– Viajei duzentos quilômetros no Gelo de Kerm no outono, anos-atrás.

A extremidade mais baixa da Terra de Kerm, a península montanhosa mais ao sul do semicontinente karhideano, é, como o norte, coberta de gelo. A humanidade, no Grande Continente de Gethen, vive numa faixa de terra entre duas muralhas brancas. Calcula-se que um decréscimo de mais 8% na radiação solar provocaria a lenta união das duas muralhas; não haveria mais homens ou terras; só gelo.

– Para quê?

– Curiosidade, aventura. – Hesitou e sorriu levemente. – O aumento da complexidade e intensidade do campo da vida inteligente – disse ele, citando uma das minhas frases Ekumênicas.

– Ah! Você estava exercitando conscientemente a tendência evolucionária inerente ao Ser, da qual a exploração é uma das manifestações. – Estávamos ambos contentes, sentados na barraca aquecida, bebendo chá quente e aguardando o mingau de germe de kardik ferver.

– Isso mesmo – disse ele – Éramos seis. Todos muito jovens. Meu irmão e eu de Estre, e quatro amigos nossos de Stok. Não havia objetivo nenhum na viagem. Queríamos ver a Teremander, uma montanha imponente fora do Gelo, lá de baixo. Poucas pessoas viram essa montanha a partir do chão.

O mingau ficou pronto, bem diferente da papa dura de farelo da Fazenda de Pulefen; tinha o gosto das castanhas torradas da Terra e aquecia a boca esplendidamente. Revigorado, aquecido e benevolente, disse:

– A melhor comida que comi em Gethen foi sempre em sua companhia, Estraven.

– Não no banquete em Mishnory.

– Não, é verdade... Você odeia Orgoreyn, não?

– Pouquíssimos orgotas sabem cozinhar. Se odeio Orgoreyn?

Não, como poderia? Como se pode odiar, ou amar, um país? Tibe fala sobre isso; não tenho essa habilidade. Conheço pessoas, conheço cidades, fazendas, montanhas, rios e rochas, sei como o sol poente do outono se esparrama pela face de um certo tipo de terra arada nas montanhas; mas qual o sentido de impor uma fronteira a isso tudo, dar-lhe um nome e deixar de amar o lugar onde o nome não se aplica? O que é o amor pelo seu país? É o ódio pelo seu não-país? Então, não é uma coisa boa. É apenas amor-próprio? Isso é bom, mas não se deve fazer dele uma virtude ou uma profissão de fé... Na mesma medida em que amo a vida, amo as montanhas do Domínio de Estre, mas esse tipo de amor não tem uma fronteira traçada com ódio. E para além disso, sou ignorante, espero...

Ignorante no sentido handdarata: ignorar a abstração, agarrar-se rapidamente à coisa real. Havia, nessa atitude, algo feminino, uma recusa ao abstrato, ao ideal, uma submissão à realidade que me desagradava um pouco.

No entanto, acrescentou, escrupuloso: – Um homem que não detesta um mau governo é idiota. E se houvesse um bom governo nesta terra, seria um grande prazer servi-lo.

Aí nos entendemos.

– Conheço um pouco desse prazer – respondi.

– É; assim julguei.

Enxaguei nossas tigelas com água quente e joguei a água e os resíduos fora, pela porta valvulada da barraca. Lá fora, escuridão total; a neve caía, fina e delicada, visível apenas no tênue feixe oval de luz da porta. Lacrados novamente no calor seco da barraca, estendemos nossos sacos de dormir. Ele disse qualquer coisa como "me dê as tigelas, sr. Ai", ou algum comentário parecido, e eu disse: – Vai me chamar de "sr. Ai" durante toda a travessia do Gelo?

Olhou para mim e sorriu. – Não sei como chamá-lo.

– Meu nome é Genly Ai.

– Eu sei. Você usa meu título.

– Também não sei como chamá-lo.

– Harth.

– Então sou Ai. Quem se trata pelo primeiro nome?

– Irmãos de Lar, ou amigos – respondeu e, ao dizê-lo, parecia distante, fora de alcance, embora estivesse a meio metro de mim, numa barraca de dois metros e meio de largura. Não respondi nada. O que é mais arrogante do que a honestidade? Esfriado, entrei no meu saco de peles. – Boa noite, Ai. – disse o alienígena, e o outro alienígena respondeu: – Boa noite, Harth.

Amigo. O que é um amigo, num mundo onde qualquer amigo pode ser um amante quando muda a fase da lua? Não eu, trancado em minha virilidade: não era amigo de Therem Harth, ou de qualquer outro de sua raça. Nem homem nem mulher, nenhum dos dois e ambos, cíclicos, lunares, metamorfoseando-se sob o toque das mãos, crianças defeituosas colocadas no berço da humanidade, não eram carne da minha carne, não eram meus amigos; não haveria amor entre nós.

Dormimos. Acordei uma vez e ouvi a neve macia e espessa batendo na barraca.

Ao alvorecer, Estraven estava em pé, tomando café da manhã. O dia raiou luminoso. Empacotamos nossas coisas e partimos, enquanto o sol dourava as copas dos arbustos atrofiados que bordejavam o vale, Estraven puxando os arreios e eu como propulsor e leme, na popa. A neve começava a formar uma crosta no chão; nas descidas desimpedidas, deslizávamos como uma parelha de cães, correndo juntos. Nesse dia contornamos e, depois, adentramos a floresta que faz fronteira com a Fazenda de Pulefen, a floresta de árvores-thores, anãs, atarracadas, retorcidas e barbadas de gelo. Não ousamos utilizar a estrada principal para o norte, mas as trilhas onde as árvores são derrubadas, cortadas e transportadas nos indicaram a direção por algum tempo, e como a floresta era mantida livre de árvores derrubadas e vegetação rasteira, avançávamos bem. Depois que chegamos a Tarrenpeth houve menos ribanceiras ou barrancos íngremes. O marcador do trenó, à noite, acusou trinta e dois quilômetros de viagem no dia, e estávamos menos cansados que na noite anterior.

Um paliativo do inverno em Inverno é que os dias permanecem claros. O planeta inclina-se poucos graus em relação ao plano da eclíptica, o que é insuficiente para provocar uma grande diferença sazonal nas baixas latitudes. As estações não são um efeito hemisférico, mas global, resultado da órbita elipsoide. Na extremidade mais distante e lenta da órbita, conforme o planeta se aproxima e depois se afasta do afélio, há uma perda de radiação solar suficiente apenas para perturbar os padrões climáticos já instáveis, para congelar o que já é frio e transformar o verão úmido e cinzento em inverno branco e rigoroso. Mais seco que o restante do ano, o inverno poderia ser mais agradável, não fosse o frio intenso. O sol, quando aparece, brilha alto; não existe a lenta transição da luz para a escuridão, como nas inclinações polares da Terra, onde o frio e a noite chegam juntos.

Gethen conta com um inverno luminoso, implacável, terrível – e luminoso.

Passamos três dias atravessando a Floresta de Tarrenpeth. No último dia, Estraven parou e armou acampamento mais cedo, a fim de montar armadilhas. Ele queria pegar pesthrys. São um dos maiores animais terrestres de Inverno, aproximadamente do tamanho de uma raposa, ovíparo vegetariano, com uma esplêndida cobertura de pelo cinza ou branco. Estraven estava atrás da carne, pois os pesthrys são comestíveis. Migravam para o sul em grande número; são tão ágeis e solitários que vimos apenas dois ou três durante a viagem, mas, agora, em cada clareira da floresta de thores a neve aparecia coberta de incontáveis pequenas pegadas estreladas, todas rumando para o sul. As arapucas de Estraven estavam cheias em uma ou duas horas. Limpou e retalhou os seis animais, pendurou parte da carne para congelar e cozinhou outra parte para a nossa refeição da noite. Os gethenianos não são caçadores, pois há muito pouco a caçar – nenhum grande herbívoro, logo nenhum grande carnívoro, exceto nos mares prolíficos. Eles pescam e plantam. Nunca tinha visto um getheniano com sangue nas mãos.

Estraven olhou as peles brancas. – Aqui está uma semana de casa e comida para um caçador, e vai tudo para o lixo – disse, e estendeu uma das peles para eu apalpar. O pelo era tão longo e macio que não se podia ter certeza de quando a mão começava a senti-lo. Nossos sacos de dormir, casacos e capuzes eram forrados com essa mesma pele, um isolante incomparável e muito bonito de se ver. – Quase não vale a pena – comentei –, por um guisado.

Estraven lançou-me seu olhar rápido e soturno e disse: – Precisamos de proteína – e jogou fora as peles, onde durante a noite a *russy*, uma feroz serpente-rato, iria devorá-las, assim como as vísceras e os ossos, e lamber e limpar a neve ensanguentada.

Ele estava certo, geralmente estava certo. Um pesthry continha cerca de um quilo de carne comestível. Comi minha metade do guisado à noite e poderia ter comido a metade dele, sem perceber. Na manhã seguinte, quando começamos e subir as montanhas, eu tinha o dobro de energia para puxar o trenó que tivera até então.

Subimos um bocado naquele dia. A nevada benéfica e o *kroxet* – tempo sem vento, entre -17º C e -6º C –, que nos escoltaram pela Tarrenpeth, mantendo-nos fora do alcance de uma provável perseguição, agora se dissolviam desgraçadamente em chuva e temperaturas acima de zero. Eu começava a entender por que os gethenianos se queixam quando a temperatura sobe no inverno e comemoram quando cai. Na cidade, a chuva é uma inconveniência; para o viajante, é uma catástrofe. A manhã inteira arrastamos o trenó montanha acima, nos flancos das Sembensyens, num mingau de neve fria, funda e encharcada de chuva. À tarde, nas subidas mais íngremes, a maior parte da neve já havia sido arrastada. Chuvas torrenciais, quilômetros de lama e cascalho. Substituímos os patins do trenó por rodas e continuamos a subir. Como carrinho de rodas, ele era uma desgraça, atolando e tombando a todo momento.

Escureceu antes de encontrarmos abrigo em um rochedo ou caverna onde armar a barraca; então, apesar de todo nosso cuidado, tudo ficou molhado. Estraven dissera que uma barraca como a nossa nos acomodaria confortavelmente sob quaisquer condições climáticas, desde que a mantivéssemos seca por dentro. "Se não consegue secar a sua bagagem, você perde muito calor corporal durante a noite e não dorme bem. Nossas rações de comida são muito pequenas para nos permitir isso. Não podemos contar com o sol para secar as coisas, então não podemos deixar que se molhem." Eu prestara atenção e fora tão cuidadoso quanto ele em manter a neve e a água fora da barraca, para que houvesse apenas a evaporação da umidade inevitável do cozimento e de nossos poros e pulmões. Mas, nessa noite, ficou tudo molhado antes de conseguirmos montar a barraca. Soltando vapor, aconchegamo-nos junto ao fogareiro Chabe, e logo tínhamos um guisado de carne de pesthry para comer, quente e sólido, quase bom o suficiente para compensar tudo o mais. O marcador do trenó, ignorando o árduo esforço de subida do dia todo, dizia que havíamos percorrido apenas catorze quilômetros.

– É o primeiro dia que ficamos abaixo da nossa meta – comentei.

Estraven concordou com um movimento da cabeça e, com perícia, partiu o osso de uma perna do pesthry, para tirar o tutano. Ele havia tirado a roupa molhada e sentava-se apenas de camisa e culotes, descalço, colarinho aberto. Eu sentia ainda muito frio para tirar o casaco, o hieb e as botas. Ali estava ele, sentado e partindo ossos com tutano, hábil, resistente, firme, o cabelo macio, semelhante a pelo de animal, vertendo água como as penas de um pássaro: a água pingava um pouco em seus ombros, como os beirais de uma casa pingando, e ele nem percebia. Não perdera o ânimo. Pertencia àquele lugar.

A primeira ração de carne havia me causado cólicas intestinais, que nessa noite tornaram-se mais severas. Fiquei deitado, acordado na escuridão encharcada e barulhenta de chuva.

No café da manhã, ele disse: – Você passou mal à noite.

– Como sabe? – Pois ele dormira profundamente, mal se mexendo, mesmo quando saí da barraca.

Lançou-me aquele olhar novamente. – O que você tem?

– Diarreia.

Retraiu-se e disse, abruptamente: – Foi a carne.

– Acho que sim.

– Culpa minha. Eu deveria...

– Tudo bem.

– Você consegue continuar a viagem?

– Sim.

A chuva caía e caía. Um vento oeste, vindo do mar, mantinha a temperatura ao redor de -1º C, até mesmo ali, a 1.200 metros de altitude. Não conseguíamos ver mais do que quatrocentos metros à frente, em meio à névoa cinzenta e à massa de chuva. Que encostas erguiam-se ao nosso redor, não cheguei a olhar para ver: não se via nada além de chuva caindo. Seguíamos orientados por uma bússola, permanecendo na direção norte sempre que as fendas e guinadas das grandes rampas permitiam.

No passado, a geleira recobrira essas encostas, nas centenas de milhares de anos em que se havia deslocado para a frente e para trás sobre o Norte, esfregando-se sobre as rochas. Havia traços ao longo das encostas graníticas, rastros longos e retos, como se tivessem sido entalhados com uma enorme goiva. Às vezes conseguíamos puxar o trenó ao longo daquelas ranhuras, como se estivéssemos numa estrada.

Eu me saía melhor puxando; podia me apoiar nos arreios, e o esforço me mantinha aquecido. Quando paramos para a refeição do meio-dia, senti frio e náusea, e não consegui comer. Prosseguimos, agora escalando de novo. A chuva caía, caía e caía. Estraven nos fez parar sob uma grande saliência na rocha escura, no meio da tarde. Armou a barraca antes que eu conseguisse me livrar dos arreios. Ordenou-me que entrasse e me deitasse.

– Estou bem – falei.

– Não está, não – respondeu. – Vamos.

Obedeci, mas não gostei de seu tom de voz. Quando entrou na barraca aquecida com nossas provisões para a noite, sentei-me para cozinhar, pois era a minha vez. Mandou, no mesmo tom peremptório, que eu ficasse quieto, deitado.

– Não precisa ficar me dando ordens – disse-lhe.

– Desculpe – respondeu impassível, de costas para mim.

– Não estou doente, você sabe muito bem.

– Não, não sei. Se você não falar com franqueza, vou ter de adivinhar pela sua aparência. Você não recuperou as forças, e a viagem tem sido dura. Não sei qual o seu limite.

– Eu lhe informo quando chegar ao meu limite.

Fiquei irritado com seu tom paternalista. Ele era bem mais baixo do que eu, de compleição mais feminina que masculina, com mais gordura que músculos; quando puxávamos o trenó juntos, eu tinha de encurtar meus passos para me ajustar aos dele, conter minha força para não puxar mais forte que ele: um garanhão emparelhado com uma mula...

– Não está mais doente, então?

– Não. É claro que estou cansado. E você também está.

– Sim, estou – ele disse. – Estava preocupado com você. Temos um longo caminho pela frente.

Ele não tivera a intenção de ser paternalista. Achou que eu estava doente, e doentes recebem ordens. Era franco e esperava uma franqueza recíproca que eu talvez não lhe pudesse oferecer. Afinal, ele não seguia nenhum padrão de masculinidade, de virilidade, para complicar seu orgulho.

Por outro lado, se ele conseguia abrir mão de todos os seus padrões de shifgrethor, como percebi que fazia comigo, talvez eu pudesse prescindir dos aspectos mais competitivos do meu amor-próprio masculino, que ele certamente não entendia, assim como eu não entendia seu shifgrethor...

– Que distância percorremos hoje? – perguntei.

Olhou em volta e sorriu um pouco, gentilmente. – Quase dez quilômetros – respondeu.

No dia seguinte, fizemos onze quilômetros, no outro, dezenove, e no dia seguinte estávamos fora da chuva, fora das nuvens, fora das terras da humanidade. Era o nono dia de nossa jornada. Estávamos agora quase dois mil metros acima do nível do mar, num platô alto, repleto de evidências de formação montanhosa recente e de atividade vulcânica; estávamos nas Montanhas de Fogo da Cordilheira de Sembensyen. O platô estreitava-se gradualmente num vale, e o vale num desfiladeiro entre dois cumes. À medida que nos aproximávamos da extremidade do desfiladeiro, as nuvens iam se tornando despedaçadas e rarefeitas. Um frio vento norte dispersou-as por completo, desnudando os picos à direita e à esquerda, basalto e neve, malhados de preto e branco como uma colcha de retalhos, brilhando sob o sol repentino num céu deslumbrante. À frente, desobstruídos e revelados pelo mesmo vento, surgiram vales sinuosos, a centenas de metros abaixo de nós, repletos de gelo e blocos de pedra. Para além dos vales, elevava-se uma grande muralha, uma muralha de gelo, e erguendo ainda mais nossos olhos, acima da borda da muralha, vimos o Gelo em si, a Geleira de Gobrin, estendendo-se, cegante e sem horizonte, até o extremo norte, uma brancura, uma brancura que os olhos não conseguiam suportar.

Aqui e ali, além dos vales cheios de pedras, e além dos rochedos, das dobras e dos amontoados da grande margem do campo de gelo, erguiam-se protuberâncias escuras; uma grande massa avultava fora do platô, na altura dos picos entre os quais estávamos, e de seu flanco desprendia-se um rastro de fumaça de quase dois quilômetros de extensão. Mais além, havia outros: picos e pináculos, cones pretos de carvão sobre a geleira. Fumaça arquejava em bocas abrasadoras que se abriam no gelo.

Estraven estava ao meu lado, emparelhado, olhando para a desolação magnífica e indescritível. – Fico contente de ter vivido para ver isso – ele disse.

Senti o mesmo. É bom ter um objetivo nas jornadas que empreendemos; mas, no fim das contas, o que importa é a jornada em si.

Não havia chovido ali, na face norte das encostas. Campos de neve estendiam-se do desfiladeiro até os vales de morenas. Substituímos novamente as rodas do trenó por patins, calçamos os esquis e seguimos em frente – para baixo, para o norte, para a silenciosa vastidão de fogo e gelo que dizia, em letras garrafais, em preto e branco: MORTE, MORTE, escrito de um lado a outro do grande continente. O trenó deslizava como uma pluma, e rimos de alegria.

16

ooooo

Entre o Drumner e o Dremegole

Odyrny Thern. Ai me pergunta, dentro de seu saco de dormir: – O que está escrevendo, Harth?

– Um diário.

Ele ri um pouco. – Eu deveria escrever um diário para os arquivos Ekumênicos; mas nunca conseguiria mantê-lo sem um escritor-de-voz.

Explico que meus apontamentos dirigem-se aos meus familiares em Estre, que irão incorporá-los, como julgarem melhor, aos Registros do Domínio; como o assunto me faz pensar no meu Lar e no meu filho, procuro afastá-lo e pergunto: – Seus pais estão vivos?

– Não – diz Ai. – Estão mortos há setenta anos.

Fiquei intrigado com aquilo. Ai não tinha nem trinta anos de idade. – Está contando em anos com duração diferente dos nossos?

– Não. Ah, entendo. Saltei no tempo. Vinte anos da Terra até Hain-Davenant, cinquenta de lá até Ellul, e dezessete de Ellul até aqui. Só vivi sete anos fora da Terra, mas nasci lá duzentos e vinte anos-atrás.

Já fazia tempo que ele me explicara, em Erhenrang, como o tempo é encurtado dentro das naves que viajam quase à velocidade da luz estelar entre as estrelas, mas eu não havia estabelecido a relação entre esse fato e a duração da vida de um homem, ou das vidas que ele deixa para trás em seu próprio mundo. Enquanto vivia poucas horas em uma de suas naves inimagináveis, indo de um planeta a outro, todas as pessoas que havia deixado para trás em seu mundo envelheceram e morreram, e seus filhos envelheceram... – E eu que me julgava um exilado – respondi, enfim.

– Você, por minha causa... eu, por sua causa – ele disse, e riu de novo, um som leve e alegre no pesado silêncio. Esses três dias, desde que descemos o desfiladeiro, têm sido de muito esforço e pouco resultado, mas Ai não está mais abatido, nem esperançoso em excesso; está mais paciente comigo. Talvez tenha expelido as drogas pelo suor. Talvez tenhamos aprendido a puxar o trenó juntos.

Hoje, passamos o dia descendo o contraforte basáltico que levamos o dia inteiro para subir, ontem. Do vale, parecia um bom caminho para o Gelo, mas quanto mais alto subíamos, mais encontrávamos solo pedregoso e escorregadio, e num grau de inclinação cada vez mais íngreme, até que, mesmo sem o trenó, não teríamos conseguido escalar. Agora, à noite, estamos de volta ao pé da montanha, na morena, o vale de pedras. Nada cresce aqui. Rocha, depósito de pedras, campos de seixos, barro, lama. Um braço da geleira desapareceu desta encosta nos últimos cinquenta ou cem anos, deixando os ossos do planeta expostos ao ar; nenhuma carne de terra, nenhum mato. Aqui e ali, fumarolas formam acima do solo uma espessa névoa amarelada, baixa e rastejante. O ar cheira a enxofre. O tempo está estável, nublado, a -11º C. Espero que não caia neve pesada até atravessarmos o trecho nefasto entre este lugar e o braço de geleira que avistamos a alguns quilômetros a oeste da cadeia rochosa. Parece ser um grande rio congelado, correndo no platô entre dois vulcões, ambos soltando vapor e fumaça pelo topo. Se conseguirmos subir a encosta do vulcão mais próximo, talvez ele nos dê um caminho até o platô de gelo. A leste, uma geleira menor desce até um lago congelado, mas o caminho é sinuoso, e mesmo daqui é possível ver suas fendas enormes; é intransponível para nós, mesmo com todo nosso equipamento.

Opposthe Thern. Nevando *neserem*.*

---

* *Neserem*: neve fina num temporal moderado; uma leve nevasca.

Não viajamos hoje. Ambos dormimos o dia inteiro. Estamos rebocando o trenó há quase meio-mês, o sono nos faz bem.

Ottormenbod Thern. Nevando *neserem.* Dormimos o suficiente. Ai me ensinou um jogo terráqueo chamado Go, jogado em tabuleiros com pequenas pedras, um jogo excelente e complexo. Como ele observou, há pedras de sobra aqui para se jogar Go.

Ai vem enfrentando o frio muito bem e, se coragem bastasse, iria suportá-lo como um bicho da neve. É estranho vê-lo todo encapotado, de hieb, casaco e capuz, com a temperatura acima de zero; mas, quando rebocamos o trenó, se faz sol e o vento não está muito forte, ele tira o casaco e transpira como se fosse um de nós. Tivemos de chegar a um acordo sobre o aquecimento da barraca. Ele queria mantê-la quente; eu, fria, e o conforto de um é a pneumonia do outro. Atingimos uma média, e ele treme quando está fora do saco de dormir, enquanto eu transpiro no meu; mas, considerando as distâncias que ambos percorremos até chegarmos a partilhar esta barraca por algum tempo, estamos nos saindo bem.

Getheny Thanern. Tempo claro após a nevasca, menos vento, o termômetro por volta de -9º C o dia todo. Estamos acampados na encosta oeste, a mais baixa, do vulcão mais próximo: Monte Dremegole, de acordo com meu mapa de Orgoreyn. Seu companheiro, do outro lado do rio congelado, chama-se Drumner. O mapa é deficiente; há um grande pico visível a oeste que não aparece nele, e está tudo fora de escala. Os orgotas, evidentemente, não visitam com frequência suas Montanhas de Fogo. De fato, não há por que vir até este lugar, exceto por sua grandiosidade. Percorremos dezessete quilômetros hoje, trabalho difícil: só pedra. Ai já está dormindo. Feri o tendão do meu calcanhar, torcendo-o como um idiota quando meu pé ficou preso entre duas pedras, e manquei a tarde toda. O repouso noturno deverá curá-lo. Amanhã, deveremos descer até a geleira.

Nosso suprimento de comida parece ter baixado a um nível alarmante, mas é porque temos comido só as coisas grandes. Tínhamos cerca de cinquenta quilos de comida comum, metade roubada em Turuf; trinta quilos já se foram, após quinze dias de viagem. Comecei com a gichy-michy, meio quilo por dia, guardando dois sacos de germe de kardik, um pouco de açúcar e uma caixa de bolos de peixe desidratado para variar o cardápio mais tarde. Estou feliz por me ver livre daquele peso de Turuf. Está fácil puxar o trenó.

Sordny Thanern. Temperatura por volta de -6º C; chuva congelada, vento soprando no rio congelado, como uma corrente de ar num túnel. Estamos acampados a quatrocentos metros da margem, numa faixa longa e plana de neve granulada. A descida do Dremegole foi íngreme e acidentada, em rocha e terreno pedregoso; a margem da geleira é tão cheia de fendas, tão obstruída com pedra e cascalho presos no gelo que ali também tentamos usar as rodas do trenó. Antes de completarmos cem metros, uma das rodas entalou e o eixo entortou. De agora em diante, usaremos somente os patins. Fizemos apenas seis quilômetros hoje, e na direção errada. A geleira defluente parece fazer uma grande curva a oeste até o platô de Gobrin. Aqui, entre os dois vulcões, são aproximadamente seis quilômetros de largura, e não deve ser difícil chegar ainda mais perto do centro, embora haja mais fendas do que eu esperava, e a superfície seja quebradiça.

O Drumner está em erupção. O granizo nos chega à boca com gosto de fumaça e enxofre. Uma camada escura pairou sobre o oeste o dia todo, sob as nuvens de chuva. De tempo em tempo, tudo – nuvens, chuva de gelo, ar – ficava avermelhado e depois desbotava lentamente de volta ao cinza. A geleira treme um pouco sob nossos pés.

Eskichwe rem ir Her levantou a hipótese de que a atividade vulcânica do noroeste de Orgoreyn e do Arquipélago tem aumentado nos últimos dez ou vinte milênios, e seu prognóstico é de que o Gelo vai acabar, ou pelo menos recuar, e haverá um período interglacial. O CO_2 liberado pelos vulcões na atmosfera servirá, com o tempo, como um isolante, retendo a energia e o calor refletidos do solo, ao mesmo tempo permitindo a entrada de todo o calor solar. No fim, diz ele, a temperatura média do planeta aumentaria uns trinta graus, até alcançar 22º C. Felizmente, não estarei mais aqui. Ai diz que teorias semelhantes foram apresentadas por estudiosos terráqueos para explicar o recuo, ainda incompleto, de sua última Era Glacial. Tais Teorias permanecem, em grande medida, irrefutáveis e impossíveis de provar; ninguém sabe ao certo por que o gelo vai e vem. A Neve da Ignorância permanece intocada.

Sobre o Drumner, agora, no escuro, arde uma grande camada de fogo opaco.

Eps Thanern. O marcador acusa vinte e cinco quilômetros percorridos hoje, mas estamos a menos de doze quilômetros, em linha reta, do local onde acampamos ontem à noite. Estamos ainda no desfiladeiro de gelo, entre os dois vulcões. O Drumner ainda está em erupção. Em seus flancos, serpentes de fogo descem rastejando, visíveis quando o vento afasta a nuvem de cinzas e fumaça e o vapor branco. Continuamente, sem pausa, um murmúrio sibilante enche o ar, um som tão imenso e prolongado que não se consegue ouvi-lo quando se para e tenta escutá-lo; contudo, o som preenche todos os interstícios do ser. A geleira treme incessantemente, estala e se rompe, vibra sob nossos pés. Todas as pontes de neve que a nevasca talvez tenha criado sobre as fendas se foram, sacudidas e derrubadas pelos estrondos e saltos do gelo, e da terra por baixo gelo. Movemo-nos para a frente e para trás, procurando a extremidade de uma rachadura no gelo que engoliria o trenó inteiro; então, procuramos o fim de mais uma rachadura, tentando ir para o norte e sempre forçados a rumar para leste ou oeste. Acima de nós o Dremegole, em solidariedade ao trabalho de Drumner, rosna e expele uma fumaça fétida.

O rosto de Ai estava gravemente queimado pelo frio nesta manhã, nariz, orelhas, queixo, tudo com uma cor cinza pálida quando, por acaso, olhei para ele. Fiz uma massagem e trouxe-lhe a vivacidade de volta, sem dano permanente, mas precisamos ter mais cuidado. A simples verdade é que o vento que sopra lá de baixo, do Gelo, é mortífero; e temos de recebê-lo pela frente em nossa caminhada.

Ficarei contente quando sairmos deste braço de gelo crispado e cheio de fendas, entre dois monstros rosnando. Montanhas devem ser vistas, não ouvidas.

Arhad Thanern. Um pouco de neve-sove, entre -9º e -6º C. Andamos dezenove quilômetros hoje, cerca de oito aproveitáveis, e a borda do Gobrin aproxima-se visivelmente, ao norte, acima de nós. Agora vemos que o rio congelado tem quilômetros de largura: o "braço" entre o Drumner e o Dremegole não passa de um dedo, e chegamos ao dorso da mão. Olhando para baixo a partir deste acampamento, vê-se a correnteza da geleira bifurcar, dividida, rasgada e revolvida pelos picos pretos e fumacentos que obstruem seu caminho. Mais à frente, vê-se a geleira alargar-se, erguendo-se e arqueando-se lentamente, fazendo as protuberâncias do solo parecerem pequenas, e encontrando a gigantesca muralha de gelo sob véus de nuvens, fumaça e neve. Fagulhas e cinzas caem junto com a neve, e o chão está coberto de carvão, por sobre o gelo e afundado no gelo: uma boa superfície para caminhar, mas um tanto acidentada para arrastar o trenó, e os patins já precisam de um novo revestimento. Duas ou três vezes, estilhaços vulcânicos espatifaram-se no gelo bem próximo a nós. Assobiam alto quando são arremessados e se queimam num buraco no gelo. As fagulhas tamborilam como chuva, caindo com a neve. Arrastamo-nos, em passos lentos e diminutos, pelo caos tempestuoso de um mundo ainda em processo de formação.

Louvada seja, então, a Criação inacabada!

Netherhad Thanern. Não neva desde cedo; vento e tempo nublado, temperatura em torno de -9º C. A grande geleira múltipla em que estamos desce para o vale pelo oeste, e estamos na extremidade de sua margem leste. O Dremegole e o Drumner estão agora, até certo ponto, para atrás, embora uma protuberância pontiaguda do Dremegole ainda se erga a leste, quase ao nível dos olhos. Arrastamo-nos devagar, até o ponto em que tivemos de escolher entre seguir a geleira em seu longo movimento na direção oeste e subir gradualmente até o platô de gelo, ou escalar os penhascos de gelo a um quilômetro do acampamento desta noite, economizando assim quarenta ou cinquenta quilômetros de caminhada, mas correndo risco.

Ai é a favor do risco.

Há uma fragilidade nele. É todo desprotegido, exposto, vulnerável, inclusive seu órgão sexual, que tem de carregar sempre do lado de fora do corpo; mas ele é forte, incrivelmente forte. Não sei se consegue continuar puxando o trenó por mais tempo do que eu, mas puxa mais forte e mais rápido do que eu – duas vezes mais rápido. Consegue levantar o trenó pela frente e por trás, para aliviar seu peso diante de um obstáculo. Eu não conseguiria levantar e segurar todo aquele peso, a menos que estivesse em dothe. Junto com essa combinação de fragilidade e força, tem um espírito fácil para o desespero e rápido para o desafio: uma coragem impetuosa e impaciente. Este esforço árduo e vagaroso que estamos fazendo há dias o deixa esgotado, física e mentalmente, tanto que, se fosse de minha raça, eu o consideraria um covarde, mas ele é tudo menos isso; tem uma disposição para a bravura como nunca vi. Está pronto e ávido para arriscar a vida na prova cruel e intensa do precipício.

"Ímpeto e medo, bons servos, maus senhores." Ele faz do medo um servo. Eu teria deixado o medo me conduzir ao caminho mais longo. A coragem e a razão estão do lado dele. De que adianta buscar o caminho mais seguro, numa viagem como esta? Há caminhos insensatos, que não tomarei; mas não há caminho seguro.

Streth Thanern. Sem sorte. Não há como subir com o trenó, embora tenhamos tentado o dia inteiro.

Neve-sove aos borbotões, misturada com cinza espessa. Ficou escuro o dia inteiro, já que o vento oeste virou de novo e soprou a cortina de fumaça do Drumner sobre nós. Aqui em cima o chão treme menos, mas houve um grande tremor quando tentávamos escalar a saliência de um rochedo; o tremor sacudiu e soltou o trenó de onde o havíamos prendido e fui arrastado um metro e meio ou dois para baixo, num solavanco, mas Ai segurou-nos firme e sua força evitou que despencássemos seis metros, ou mais. Se um de nós quebrar uma perna ou um braço nessas proezas, provavelmente será o fim para ambos; exatamente aí está o risco – um risco bem feio, se olharmos de perto. O vale mais profundo das geleiras atrás de nós está branco de vapor: a lava toca o gelo, lá embaixo. Certamente não poderemos voltar atrás. Amanhã, uma nova escalada, mais a oeste.

Beren Thanern. Sem sorte. Temos de ir mais a oeste. Escuro como o final do entardecer, o dia todo. Nossos pulmões estão inflamados, não de frio (a temperatura continua acima de zero, até mesmo à noite, com esse vento oeste), mas de inalar cinzas e fumaça da erupção. Ao final deste segundo dia de esforço em vão, nos arrastando e nos contorcendo sobre blocos de pedra e rochedos de gelo, sempre detidos por um desvio abrupto, ou saliência, e obrigados a tentar outro caminho mais adiante, e fracassando novamente, Ai ficou exausto e enfurecido. Parecia prestes a chorar, mas não chorou. Acredito que considere o choro mau ou vergonhoso. Mesmo quando esteve muito doente e fraco, nos primeiros dias de nossa fuga, ele escondia o rosto de mim quando chorava. Razões de ordem pessoal, racial, social, sexual – como posso adivinhar por que Ai não consegue chorar? Contudo, seu nome é um grito de dor. Esse foi o primeiro motivo que me fez procurá-lo em Erhenrang, parece que há tanto tempo, agora; ao ouvir falar de um "Alienígena", perguntei seu nome e ouvi, como resposta, um grito de dor vindo de uma garganta humana na noite. Ele dorme, agora. Seus braços tremem e se contraem, fadiga muscular. O mundo à nossa volta – gelo e rocha, cinzas e neve, fogo e escuro – treme, se contrai e murmura. Ao olhar para fora há um minuto, vi o brilho incandescente do vulcão como uma flor avermelhada no bojo de imensas nuvens pairando na escuridão.

Orny Thanern. Sem sorte. Este é o vigésimo segundo dia de nossa jornada, e desde o décimo dia não avançamos nada a leste; na verdade, perdemos trinta ou quarenta quilômetros indo na direção oeste;

desde o décimo oitavo dia não fizemos avanço de nenhum tipo. Seria melhor termos ficado quietos, sentados. Se um dia realmente conseguirmos subir até o Gelo, será que teremos comida suficiente para atravessá-lo? É difícil ignorar esse pensamento. A neblina e a treva da erupção atrapalham nossa visão, e por isso não conseguimos escolher bem o caminho. Ai quer atacar cada subida, por mais íngreme que seja, desde que apresente qualquer indício de uma rampa de acesso ao Gelo. Fica impaciente com minha cautela. Temos de vigiar nosso equilíbrio mental. Entrarei no kemmer em um dia ou dois, e a pressão vai aumentar. Enquanto isso, damos cabeçadas em penhascos de gelo num crepúsculo frio, cheio de cinzas. Se eu escrevesse um novo Cânone Yomesh, enviaria os ladrões para cá após a morte. Ladrões que roubam comida à noite em Turuf. Ladrões que roubam o lar e o nome de um homem e o enviam, envergonhado, para o exílio. Minha cabeça está cheia, devo riscar tudo isto do diário depois, estou muito cansado para reler agora.

Harhahad Thanern. No Gobrin. Décimo terceiro dia de nossa viagem. Estamos no Gelo Gobrin. Logo que partimos hoje de manhã, vimos, a poucas centenas de metros do acampamento de ontem à noite, uma passagem aberta até o Gelo, uma estrada com uma curva ampla, pavimentada com carvão, pedregulho e rachaduras da geleira, subindo direto pelos penhascos de gelo. Subimos por essa estrada como se passeássemos na Margem do Sess. Estamos no Gelo. Estamos rumando a leste de novo, a caminho de casa.

A alegria absoluta de Ai com nossa façanha contagiou-me. Analisando friamente, aqui em cima é tão ruim quanto lá embaixo. Estamos na borda do platô. Fendas – algumas largas o suficiente para engolir aldeias, não casa por casa, mas tudo de uma vez – correm para o interior, ao norte, a perder de vista. A maioria bloqueia nosso caminho, por isso temos de seguir para o norte, não para o leste. A superfície é desfavorável. Retorcemos o trenó por entre grandes aglomerados de gelo, imensos escombros, empurrados para cima pela tensão do enorme e maleável lençol de gelo estendido ao redor das Montanhas de Fogo. As protuberâncias quebradas pela pressão tomam formas esquisitas, torres derrubadas, gigantes sem perna, catapultas. Com um quilômetro e meio de espessura no início, o Gelo aqui se ergue e se adensa ainda mais, tentando derramar-se por cima das montanhas e abafar as bocas de fogo com silêncio. A alguns quilômetros ao norte, um pico desponta fora do Gelo, o cone pontiagudo, gracioso e estéril de um jovem vulcão: milhares de anos mais jovem do que o lençol de gelo que range e balança, todo estilhaçado em rachaduras e interrompido por grandes blocos e protuberâncias acima de dois mil metros de encostas, que não conseguimos ver.

Durante o dia, olhando para trás, vimos a fumaça da erupção do Drumner a pairar atrás de nós como uma extensão marrom-acinzentada da superfície do Gelo. Um vento nordeste estável sopra ao nível do chão, limpando o ar, aqui em cima, da fuligem e do mau cheiro vindos das entranhas do planeta, que respiramos por dias, achatando a fumaça atrás de nós e cobrindo, como uma tampa, as geleiras, as montanhas mais baixas, os vales de pedras, o resto da terra. Não existe nada exceto o Gelo, diz o Gelo. Mas o jovem vulcão, lá ao norte, pensa diferente.

Sem queda de neve, uma cobertura fina e alta de nuvens. -20º C no platô, no fim da tarde. Uma mistura de neve granulada, neve nova e velha sob os pés. A neve nova é traiçoeira, uma coisa azul e lisa, escondida por uma fina camada branca vitrificada. Nós dois levamos vários tombos. Escorreguei e deslizei de barriga quase cinco metros neste lugar liso. Ai, nos arreios, dobrou-se de rir. Desculpou-se e explicou ter pensado ser ele a única pessoa, em Gethen, que já havia escorregado no gelo.

Vinte quilômetros hoje; mas, se tentarmos manter o ritmo em meio a estas protuberâncias compactas, entrecortadas, amontoadas e fendidas, vamos nos esgotar, ou passar por aflições maiores do que um escorregão de barriga.

A lua crescente está baixa, opaca como sangue seco; um grande halo pardacento e iridescente a envolve.

Guyrny Thanern. Um pouco de neve, vento ascendente e temperatura em declínio. Vinte quilômetros de novo hoje, o que perfaz um total de 408 quilômetros desde que partimos do primeiro acampamento. Fizemos uma média de dezessete quilômetros por dia, dezoito, excluindo os dois dias em que não viajamos, esperando a tempestade de neve passar. 120 a 160 desses quilômetros de viagem não nos trouxeram muito avanço. Não estamos muito mais perto de Karhide do que estávamos quando iniciamos a jornada. Mas creio que, agora, as chances de chegarmos lá são maiores.

Desde que subimos para cá e nos livramos da treva do vulcão, nosso espírito não se consome todo em trabalho e preocupação, e voltamos a conversar na barraca após o jantar. Como estou no kemmer, seria melhor ignorar a presença de Ai, mas temos de dividir a mesma barraca. O problema, naturalmente, é que ele também, à sua curiosa maneira, está no kemmer: sempre no kemmer. Deve ser uma espécie estranha de desejo reduzido, para espalhar-se por todos os dias do ano e jamais conhecer a alternância de sexo, mas ali está ele; e aqui estou eu. Esta noite, minha intensa consciência física de sua presença foi bem difícil de ignorar, e eu estava muito cansado para desviá-la para um não-transe ou qualquer outro canal da disciplina. Finalmente ele me perguntou – será que me ofendeu? Expliquei meu silêncio com certo embaraço. Temi que risse de mim. Afinal, sou uma esquisitice, uma aberração sexual, tanto quanto ele: aqui em cima, no Gelo, cada um de nós é singular, isolado. Ambos apartados de nossos iguais, de nossas sociedades e de suas regras. Não existe nenhum outro planeta cheio de gethenianos que possa explicar e sustentar minha existência. Somos iguais, finalmente, alienígenas, sozinhos. Ele não riu, é claro. Em vez disso, falou com uma delicadeza que não sabia existir nele. Após alguns instantes, ele também falou de isolamento, de solidão.

– Sua raça está espantosamente sozinha em seu planeta. Nenhuma outra espécie mamífera. Nenhuma outra espécie ambissexual. Nenhum animal inteligente o bastante, nem mesmo para ser domesticado como bicho de estimação. Isso deve dar outra cor a suas ideias, essa singularidade. Não quero dizer apenas ideias científicas, embora vocês sejam extraordinários formuladores de hipóteses. É extraordinário vocês terem chegado ao conceito de evolução, diante da lacuna que os separa dos animais inferiores. Quero dizer filosoficamente, emocionalmente: serem tão solitários, num mundo tão hostil. Deve afetar toda a sua perspectiva.

– Os yomeshitas diriam que a singularidade do homem é sua divindade.

– Senhores da Terra, sim. Outras seitas em outros planetas chegaram à mesma conclusão. Tendem a ser seitas de culturas dinâmicas, agressivas, em ruptura com a ecologia. Orgoreyn se encaixa no padrão, a seu modo; pelo menos, parecem inclinados a fazer as coisas acontecerem. O que dizem os handdaratas?

– Bem, na Handdara... você sabe, não existe nenhuma teoria, nenhum dogma... Talvez estejam menos cientes da lacuna entre os homens e os animais, ocupando-se mais das semelhanças, dos elos, do todo do qual as coisas vivas são uma parte. – Estivera o dia inteiro com a Canção de Tormer na cabeça, e recitei os versos:

Luz é a mão esquerda da escuridão
e escuridão, a mão direita da luz.
Dois são um, vida e morte, unidas
como amantes no kemmer,
como mãos entrelaçadas,
como o fim e a jornada.

Minha voz estremeceu enquanto recitava os versos, pois lembrei, enquanto os recitava, que na carta que meu irmão me escrevera antes de morrer, ele havia citado os mesmos versos.

Ai ficou pensativo, e após algum tempo falou: – Vocês são isolados, não divididos. Talvez sejam tão obsessivos com o todo quanto somos com o dualismo.

– Somos dualistas também. Dualidade é essencial, não? Enquanto houver *eu* e *o outro*.

– Eu e Tu – disse ele. – Sim, realmente, a questão vai além do sexo...

– Diga-me, como o outro sexo da sua raça difere do seu?

Pareceu espantado e, de fato, minha pergunta espantou até a mim; o kemmer traz à tona essa espontaneidade nas pessoas. Ficamos ambos constrangidos. – Nunca pensei nisso – respondeu. – Você nunca viu uma mulher. – Usou a palavra de sua língua terráquea, que eu conhecia.

– Vi fotos delas. As mulheres pareciam gethenianos grávidos, mas com seios maiores. Elas diferem muito do seu sexo no comportamento? Elas são como uma espécie diferente?

– Não. Sim. Não, claro que não, não realmente. Mas a diferença é considerável. Acho que a coisa mais importante, o fator isolado de maior peso na vida de alguém é se nasceu macho ou fêmea. Na maioria das sociedades esse fator determina as expectativas da pessoa, suas atividades, seus pontos de vista, sua ética e conduta... quase tudo. Vocabulário. Usos semióticos. Roupa. Até a comida. As mulheres... as mulheres tendem a comer menos... É extremamente difícil separar as diferenças inatas das aprendidas. Mesmo onde as mulheres participam, em igualdade com os homens, na sociedade, ainda são elas, afinal, que ficam grávidas e cuidam praticamente sozinhas da criação dos filhos...

– A igualdade não é a regra geral, então? Elas são mentalmente inferiores?

– Não sei. Parece que não é comum terem inclinação para a matemática, composição musical ou pensamento abstrato. Mas não é que sejam estúpidas. Fisicamente, são menos musculosas, mas vivem mais que os homens. Psicologicamente...

Depois de fitar longamente o fogareiro em brasa, balançou a cabeça. – Harth – disse –, não posso lhe dizer como são as mulheres. Nunca pensei muito sobre isso em abstrato, sabe, e... meu Deus!... a esta altura, praticamente esqueci. Estou aqui há dois anos... Você não sabe. De certa forma, as mulheres são mais estranhas para mim do que você. Com você eu pelo menos compartilho um dos sexos... – Virou o rosto e riu, arrependido e embaraçado. Meus próprios sentimentos eram complexos, e deixamos o assunto de lado.

Yrny Thanern. Vinte e oito quilômetros hoje, leste e nordeste, de acordo com a bússola, nos esquis. Ultrapassamos as fendas e protuberâncias na primeira hora de viagem. Nós dois ficamos nos arreios. No começo, fui um pouco mais à frente, para sondar o terreno, mas não há mais necessidade de testes: a neve granulada tem quase um metro de espessura sobre gelo firme, e sobre a neve granulada há vários centímetros de neve nova sólida, da última precipitação, formando uma boa superfície. Não enfrentamos um único obstáculo sequer, nem nós nem o trenó, e o trenó estava tão leve que era difícil acreditar que ainda arrastávamos cerca de quarenta e cinco quilos cada um. Durante a tarde nos revezamos nos arreios, já que estava fácil puxar o trenó nesta esplêndida superfície. É uma pena que todo o árduo esforço da subida sobre rocha tenha ocorrido enquanto a carga estava pesada. Agora, estamos leves. Leves demais: penso em comida a todo instante. Ai diz que estamos comendo etereamente. O dia inteiro, seguimos leves e rápidos sobre a planície uniforme de gelo, palidamente branca sob um céu azul-acinzentado, imaculado exceto pelos poucos picos pretos, agora distantes atrás de nós e, atrás deles, uma mancha de escuridão, a respiração do Drumner. Nada mais: o sol encoberto, o gelo.

17

ooooo

Um Mito Orgota da Criação

As origens deste mito são pré-históricas; já foi registrado de diversas formas. Esta versão, bastante primitiva, vem de um texto pré-Yomesh encontrado no Santuário da Caverna de Isenpeth, no Interior de Gobrin.

No princípio não havia nada, senão gelo e o sol. Por muitos anos o sol brilhou e derreteu uma grande fenda no gelo. Nas laterais desta fenda havia grandes formas de gelo, e não havia fundo. Gotas de água derreteram das formas de gelo nas laterais dos abismos e caíram lá embaixo. Uma das formas de gelo disse "Eu sangro". Outra forma de gelo disse "Eu choro". Uma terceira disse "Eu transpiro".

As formas de gelo subiram pelo abismo, escalando-o até chegarem à planície de gelo. Aquele que disse "Eu sangro" estendeu os braços para o sol e puxou punhados de excremento das entranhas do sol, e com eles criou as montanhas e os vales da terra. Aquele que disse "Eu choro" soprou sobre o gelo e o derreteu, criando os mares e rios. Aquele que disse "Eu transpiro" juntou terra e água do mar e com elas criou árvores, plantas, ervas e sementes do campo, animais e homens. As plantas cresciam na terra e no mar, os animais corriam na terra e nadavam no mar, mas os homens não despertavam. Havia trinta e nove homens. Eles dormiam no gelo, e não se moviam.

Então as três formas de gelo curvaram-se e deitaram-se com seus joelhos para cima, e deixaram que o sol as derretesse. Como leite derreteram, e o leite escorreu para as bocas dos adormecidos, e os adormecidos despertaram. Esse leite é bebido apenas pelos filhos dos homens, e sem ele os homens não despertam para a vida.

O primeiro a despertar foi Edondurath. Tão alto era que, quando se levantou, sua cabeça rachou o céu, e a neve caiu. Ele viu os outros se mexendo e acordando e teve medo quando se moveram, então matou um a um com um golpe de seu punho. Trinta e seis ele matou. Mas um deles, o penúltimo, fugiu correndo. Haharath era seu nome. Para longe correu, sobre a planície de gelo e sobre as terras. Edondurath correu atrás dele e o alcançou, e finalmente o golpeou. Haharath morreu. Então Edondurath retornou ao Local de Nascimento, no Gelo Gobrin, onde os corpos dos outros jaziam, mas o último se fora: escapara enquanto Edondurath perseguia Haharath.

Edondurath construiu uma casa com os corpos congelados de seus irmãos e lá esperou, dentro da casa, até que o último voltasse. Todo dia um dos cadáveres falava, dizendo: "Ele arde? Ele arde?". Todos os outros cadáveres respondiam com línguas congeladas: "Não, não.". Então Edondurath entrou no kemmer enquanto dormia, e se mexeu e falou alto em sonhos, e quando acordou todos os cadáveres diziam: "Ele arde! Ele arde!". E o último irmão, o mais novo, ouviu o que diziam e entrou na casa feita de corpos e lá se deitou com Edondurath. Dos dois nasceram as nações de homens, da carne de Edondurath, do ventre de Edondurath. O nome do outro, o irmão mais novo, o pai, seu nome é desconhecido.

Cada filho nascido deles carregava um pedaço de escuridão que o seguia onde quer que fosse à luz do dia. Edondurath perguntou: "Por que meus filhos são seguidos assim, pela escuridão?". Seu kemmering disse: "Porque nasceram na casa de carne, portanto a morte está sempre atrás deles. Eles estão no meio do tempo. No princípio havia o sol e o gelo, e não havia sombra. No fim, quando tudo estiver terminado para nós, o sol irá devorar a si mesmo e a sombra engolirá a luz, e não restará nada senão o gelo e a escuridão.".

18

ooooo

Sobre o Gelo

Às vezes, quando estou começando a adormecer num quarto escuro e tranquilo, tenho, por um momento, uma ótima e preciosa ilusão do passado. A parede de uma barraca inclina-se sobre meu rosto, não visível, mas audível, a oblíqua superfície de um leve som: o sussurro da neve soprada. Não se vê nada. A emissão de luz do fogareiro Chabe foi cortada e ele existe apenas como uma esfera de aquecimento, um coração de calor. A leve umidade e o confinamento apertado de meu saco de dormir; o som da neve; quase inaudível, a respiração de Estraven enquanto dorme; escuridão. Nada mais. Estamos ali dentro, nós dois, abrigados, em repouso, no centro de todas as coisas. Lá fora, como sempre, a vasta escuridão, o frio, a solidão da morte.

Em tais momentos afortunados, enquanto adormeço, sei, sem sombra de dúvida, qual é o verdadeiro centro de minha própria vida, aquele tempo passado e perdido, no entanto permanente, o instante duradouro, o coração do calor.

Não estou tentando dizer que fui feliz durante as poucas semanas que passei arrastando um trenó por um lençol de gelo, em pleno inverno. Estava faminto, fatigado e muitas vezes ansioso, e tudo só piorou com o passar dos dias. Certamente não estava feliz. Felicidade tem a ver com a razão, só pode ser conquistada pela razão. O que ganhei foi uma coisa que não se pode conquistar, não se pode manter e, muitas vezes, não se pode nem reconhecer no momento; falo de júbilo.

Eu sempre acordava primeiro, geralmente antes do amanhecer. Minha taxa metabólica é ligeiramente acima do padrão getheniano, assim como meu peso e minha altura. Estraven havia considerado essas diferenças ao calcular nossas rações, com seu jeito metódico, que poderia ser interpretado como coisa de dona de casa ou de cientista, e desde o início eu ingeria, a cada dia, alguns gramas de comida a mais que ele. Protestos de injustiça silenciaram-se diante da evidente justiça desta divisão desigual. Como quer que se dividisse, a porção seria pequena. Eu sentia fome, uma fome constante, cada dia mais faminto. Acordava porque estava com fome.

Se ainda estivesse escuro, ligava a luz do fogareiro Chabe e colocava para ferver uma panela de gelo, coletado na noite anterior e já derretido. Estraven, enquanto isso, travava com o sono a costumeira batalha feroz e silenciosa, como se lutasse com um anjo. Vencendo o combate, sentava-se, encavara-me com olhar vago, sacudia a cabeça e acordava. Quando estávamos vestidos e calçados, e os sacos de dormir enrolados, o café da manhã já estava pronto: uma caneca de orsh fervente e um cubo de gichy-michy, expandido na água quente e convertido num tipo de pãozinho pastoso. Mastigávamos devagar, solenemente, apanhando cada migalha que caísse. O fogareiro esfriava enquanto comíamos. Depois, tratávamos de embrulhá-lo junto com a panela e as canecas, vestíamos o capote encapuzado e as luvas e engatinhávamos para fora, para o ar livre. O frio era sempre inacreditável. Toda manhã eu tinha de voltar a acreditar no frio. Se já tivéssemos saído uma vez para as necessidades, a segunda saída era ainda pior.

Às vezes estava nevando; às vezes a luz alongada da manhã estendia-se, maravilhosamente dourada e azul, por quilômetros de gelo; mas, em geral, o tempo era nublado e cinzento.

Trazíamos o termômetro para dentro da barraca conosco, à noite, e quando o levávamos para fora era interessante observar o ponteiro girar para a direita (os mostradores gethenianos são lidos no sentido anti-horário), tão depressa que era difícil acompanhá-lo, registrando uma queda de cinco, dez, trinta graus, até parar em algum lugar entre -17º e -50º C.

Um de nós desmontava a barraca e a dobrava, enquanto o outro carregava o trenó com o fogareiro, os sacos etc.; a barraca era amarrada por cima de tudo, e estávamos prontos para os esquis e os arreios. Havia pouco metal em nossas correias e encaixes, mas os arreios tinham fivelas de alumínio, muito delicadas para se fechar usando luvas e que queimavam naquele frio exatamente como se estivessem incandescentes. Tinha de tomar muito cuidado com meus dedos quando a temperatura estava abaixo de -30, especialmente se houvesse vento, pois poderiam congelar com espantosa rapidez. Meus pés nunca sofriam – e esse é um fato da maior importância numa jornada de inverno, onde uma hora de exposição pode, afinal, incapacitar uma pessoa pelo resto da vida. Estraven tivera de adivinhar meu número, e as botas de neve que havia trazido para mim eram um pouco grandes, mas meias extras preenchiam a diferença. Calçávamos os esquis, atrelávamo-nos aos arreios o mais rápido possível, erguíamos e sacudíamos o trenó para livrar seus patins, pois estavam congelados e enfiados na neve, e partíamos.

Nas manhãs após nevascas fortes, às vezes tínhamos de despender algum tempo cavando a neve para soltar a barraca e o trenó, antes de partir. A neve nova não é difícil de escavar, embora formasse grandes e impressionantes depósitos à nossa volta, pois éramos, afinal, o único obstáculo em centenas de quilômetros, a única coisa que se destacava na planície de gelo.

Caminhávamos a nordeste, de acordo com a bússola. A direção usual do vento era norte-sul, lateral em relação à geleira. Dia após dia, o vento soprava a partir da nossa esquerda, enquanto prosseguíamos. O capuz não bastava contra o vento, e eu usava uma máscara facial para proteger meu nariz e minha face esquerda. Ainda assim, meu olho esquerdo fechou congelado um dia, e achei que o havia perdido;

mesmo quando Estraven o descongelou e o abriu com seu hálito e sua língua, não consegui enxergar com ele por algum tempo, então provavelmente algo mais havia congelado além dos cílios.

Quando fazia sol, ambos usávamos o protetor ocular getheniano, um anteparo fendido, e nenhum de nós dois foi afetado pela cegueira da neve. Mas não houve muitas oportunidades para isso. O Gelo, como Estraven dissera, tende a reter uma zona de alta pressão acima de sua área central, onde milhares de quilômetros quadrados de brancura refletem a luz solar. Entretanto, não estávamos nesta zona central, mas, na melhor das hipóteses, na margem entre ela e a zona de turbulentas tempestades carregadas de precipitação que a calmaria central deflete e envia para atormentar continuamente as terras subglaciais. O vento norte trazia tempo claro e descoberto, mas o nordeste e o noroeste traziam neve, ou varriam a neve seca do chão para cima, em nuvens cegantes e cortantes, como tempestades de areia, ou então serpenteavam em trilhas sinuosas ao longo da superfície, deixando o céu branco, o ar branco, sem nenhum sol visível, nenhuma sombra: e a neve em si, o Gelo, desaparecia sob nossos pés.

Por volta do meio-dia fazíamos uma parada, cortávamos e montávamos alguns blocos de gelo e erguíamos um muro de proteção, se o vento estivesse muito forte. Aquecíamos a água para embeber um cubo de gichy-michy e bebíamos a água quente, às vezes com um pouco de açúcar derretido; levantávamos os arreios e prosseguíamos. Raramente conversávamos quando em marcha ou durante o almoço, pois nossos lábios estavam doloridos, e quando abríamos a boca o frio entrava, ferindo dentes, garganta e pulmões; era necessário manter a boca fechada e respirar pelo nariz, pelo menos quando o ar estava de vinte a trinta graus abaixo do ponto de congelamento. Quando a temperatura caía mais do que isto, todo o processo de respiração se complicava ainda mais, pelo rápido congelamento do hálito exalado; caso não se tomasse cuidado, as narinas poderiam fechar, congeladas, e então, para não sufocar, o reflexo era o de engolir o ar, enchendo o pulmão de lâminas afiadas.

Sob certas condições, o congelamento instantâneo de nossa expiração emitia pequenos estalidos, como fogos de artifício distantes, e uma chuva de cristais: cada respiração era uma minúscula tempestade de neve.

Puxávamos a carga até ficarmos exaustos ou até começar a escurecer, parávamos, armávamos a barraca, prendíamos o trenó no chão com estacas, se houvesse ameaça de vendaval, e nos acomodávamos para passar a noite. Num dia comum, teríamos caminhado por onze ou doze horas, e feito entre dezenove e vinte e oito quilômetros. Não parece uma marcha muito rápida, mas as condições eram um tanto adversas. A crosta da neve raramente era adequada, tanto para nossos esquis quanto para os patins do trenó. Quando a neve era leve e nova, o trenó corria por dentro, e não por cima, dela; quando estava parcialmente endurecida, o trenó aderia, mas nossos esquis, não, o que significava sermos constantemente puxados para trás com um solavanco; e quando a neve estava dura, com frequência amontoava-se em ondas compridas formadas pelo vento, *sastrugi*, que em alguns pontos subiam até um metro e meio. *Tínhamos* de arrastar o trenó até cada um desses topos, afiados como facas ou com fantásticas cornijas, depois deslizar com ele para baixo e subir novamente até o próximo: pois as ondas nunca pareciam correr paralelas ao nosso curso. Eu imaginava que o Platô do Gelo Gobrin fosse um único e grande lençol, como um lago congelado, mas havia centenas de quilômetros que pareciam mais um mar encapelado por tempestades e, abruptamente, congelado.

O trabalho de armar acampamento, tornando tudo seguro, tirando toda a neve grudada na parte externa da roupa, e por aí afora, era penoso. Às vezes parecia não valer a pena. Era tão tarde, fazia tanto frio, estávamos tão cansados, que seria muito mais fácil simplesmente deitar no saco de dormir, usando o trenó como anteparo contra o vento, sem o incômodo de armar a barraca. Lembro-me claramente de ter pensado nisso algumas noites, e como me ressentia da insistência tirânica e metódica do meu companheiro para que fizéssemos tudo, e de maneira precisa e correta. Eu o odiava em tais momentos, com um ódio que surgia diretamente do sentimento de morte que jazia em meu espírito. Odiava as exigências irritantes, intrincadas e obstinadas que ele me fazia, em nome da vida. Quando estava tudo pronto, podíamos entrar na barraca, e quase imediatamente o aquecimento do fogareiro Chabe podia ser sentido como uma atmosfera acolhedora e protetora. Algo maravilhoso nos rodeava: calor. A morte e o frio estavam em outro lugar, lá fora.

O ódio também ficava lá fora. Comíamos e bebíamos. Depois de comer, conversávamos. Quando o frio era extremo, nem mesmo o excelente isolamento térmico da barraca conseguia barrar sua entrada, e deitávamos em nossos sacos de dormir o mais próximo possível do fogareiro. Uma penugem de gelo se formava nas paredes internas da barraca. Abrir a válvula era deixar entrar uma corrente de ar gelado que se condensava instantaneamente, preenchendo o espaço com uma névoa espiral de neve finíssima. Quando havia nevasca, agulhas de ar gélido penetravam pelos orifícios de ventilação, embora fossem cuidadosamente protegidos, e uma poeira impalpável de partículas de gelo enevoava o ar. Nessas noites, a tempestade fazia um barulho incrível, e não conseguíamos conversar, a não ser que gritássemos, com nossas cabeças bem próximas uma da outra. Outras noites eram calmas e silenciosas, de uma quietude tal como se imagina existir antes do início da formação das estrelas, ou após a extinção de tudo.

Uma hora após nossa refeição noturna, Estraven baixava o fogareiro, se isso fosse factível, e desligava a emissão de luz. Ao fazê-lo, murmurava uma curta e encantadora prece, as únicas palavras rituais da Handdara que aprendi: "Louvadas sejam a escuridão e a Criação inacabada", ele dizia, e então fazia-se a escuridão. Dormíamos. Pela manhã, tudo recomeçava.

Recomeçamos tudo por cinquenta dias.

Estraven mantinha o diário, embora raramente escrevesse mais do que uma observação sobre as condições do tempo e as distâncias percorridas no dia, durante as semanas que passamos no Gelo. Em meio a essas observações, havia menções ocasionais a seus próprios pensamentos e a algumas de nossas conversas, mas nenhuma palavra sobre as conversas mais profundas entre nós, que ocuparam nosso descanso entre o jantar e o sono em muitas noites do primeiro mês no Gelo, quando ainda tínhamos energia suficiente para conversar, e nos dias em que ficamos retidos na barraca por tempestades. Contei-lhe que não me era proibido, mas esperava-se que eu não utilizasse o diálogo paraverbal num planeta não-Aliado, e pedi-lhe que não revelasse à sua gente o que aprendera comigo, pelo menos até eu poder discutir o assunto com meus colegas da nave. Ele concordou, e cumpriu a palavra. Jamais proferiu ou escreveu qualquer coisa sobre nossas conversas silenciosas.

O diálogo mental era a única coisa que eu tinha a oferecer a Estraven, da minha civilização, minha realidade alienígena, pela qual ele demonstrava profundo interesse. Eu poderia conversar e descrever coisas eternamente; mas aquilo era tudo que eu realmente poderia lhe dar. De fato, talvez seja a única coisa importante que temos a oferecer ao planeta Inverno. Mas não posso afirmar que gratidão tenha sido o motivo da minha infração à Lei de Embargo Cultural. Não estava pagando minha dívida com ele. Tais dívidas jamais são pagas. Estraven e eu simplesmente havíamos chegado a um ponto em que compartilhávamos qualquer coisa que tivéssemos e que valesse a pena compartilhar.

Espero que se verifique, no futuro, que relações sexuais são possíveis entre gethenianos bissexuados e seres humanos unissexuados do tipo hainiano, embora tais relações sejam inevitavelmente estéreis. Isso ainda está para ser comprovado; Estraven e eu não comprovamos nada, exceto, talvez, uma questão bem mais sutil. O mais perto que chegamos de uma crise desencadeada por nossos desejos sexuais foi numa noite logo no início da jornada, nossa segunda noite no Gelo. Havíamos passado o dia inteiro lutando e ziguezagueando para avançar na região leste das Montanhas de Fogo, cheia de fendas e recortes. Estávamos cansados naquela noite, mas animados, certos de que um curso desimpedido em breve se abriria mais adiante. Mas, depois do jantar, Estraven ficou taciturno e cortou minha conversa abruptamente. Falei, após ser repelido abertamente por ele:

– Harth, se eu disse algo errado de novo, por favor, me diga o que foi. – Permaneceu calado.

– Cometi algum erro no shifgrethor. Desculpe; não consigo aprender. Eu nem sequer compreendo o significado da palavra.

– Shifgrethor? Vem da antiga palavra para *sombra*. – Ficamos em silêncio por alguns instantes, e então ele me encarou com um olhar meigo e direto. Seu rosto, à luz avermelhada, era tão delicado, tão vulnerável, tão distante quanto o rosto de uma mulher que lança um olhar, pensativa, mas calada.

Vi então novamente, e de uma vez por todas, o que sempre tivera medo de ver e vinha fingindo não ver nele: que ele era uma mulher, assim como era um homem. Qualquer necessidade de explicar as origens desse medo desapareceu junto com o próprio medo; o que me restou, finalmente, foi a aceitação dele tal como era. Até então eu o rejeitara, recusara-lhe sua própria realidade. Ele estava totalmente certo quando disse que era a única pessoa em Gethen que confiava em mim, e o único getheniano de quem eu desconfiava. Pois ele tinha sido o único a me aceitar inteiramente como ser humano: que havia gostado de mim como pessoa, e me oferecera completa lealdade. E que, portanto, exigira de mim o mesmo grau de reconhecimento, de aceitação. Eu não estivera disposto a lhe oferecer isto. Tinha sentido medo de fazê-lo. Não queria oferecer minha confiança, minha amizade a um homem que era mulher, uma mulher que era homem.

Constrangido, explicou simplesmente que estava no kemmer e tentava me evitar, na medida do possível. – Não devo tocá-lo – disse, com extremo embaraço; dizendo isso, virou o rosto.

– Entendo – respondi. – Concordo plenamente.

Pois a mim pareceu, e acho que a ele também, que foi dessa tensão sexual entre nós, admitida agora e compreendida, mas não aplacada, que surgiu entre nós a certeza, grande e súbita, da amizade: uma amizade tão necessária a ambos no exílio e já tão confirmada nos dias e noites de nossa rigorosa jornada, que é melhor que se chame esta amizade, agora e depois, de amor. Mas foi da diferença entre nós, não das afinidades e semelhanças, mas da diferença, que este amor nasceu: e ele foi a ponte, a única ponte unindo tudo o que nos separava. Para nós, um contato sexual seria mais um contato como alienígenas. Havíamos nos tocado da única maneira que poderíamos nos tocar. Deixamos ficar assim. Não sei se estávamos certos.

Conversamos mais um pouco naquela noite, e me recordo de como foi difícil dar uma resposta coerente quando ele me perguntou como eram as mulheres. Ficamos, os dois, bastante constrangidos e cautelosos um com o outro, nos dias seguintes. Um amor profundo entre duas pessoas envolve, afinal, o poder e a oportunidade de causar mágoa profunda. Nunca me ocorrera, antes daquela noite, que eu poderia magoar Estraven.

Agora que as barreiras tinham caído, as limitações impostas por mim a nossas conversas e ao nosso entendimento mútuo pareceram-me intoleráveis. Rapidamente, duas ou três noites mais tarde, disse ao meu companheiro, enquanto terminávamos o jantar – um regalo especial, mingau de kadik com açúcar, para comemorar os trinta e dois quilômetros percorridos:

– Na última primavera, aquela noite na Residência Vermelha da Esquina, você falou que queria saber mais sobre o diálogo paraverbal.

– Sim, falei.

– Quer ver se eu consigo lhe ensinar a conversar assim?

Ele riu.

– Você quer me pegar mentindo.

– Se você já mentiu para mim, foi há muito tempo, num outro país.

Ele era honesto, mas raramente direto. Aquilo o divertiu, e respondeu: – Em outro país posso lhe contar outras mentiras. Mas achei que você fosse proibido de ensinar sua ciência mental aos... nativos, até entrarmos no Ekumen.

– Não é que seja proibido. Não costuma ser feito. Mas farei, se você quiser. E se eu conseguir. Não sou nenhum Edutor.

– Existem professores especiais dessa habilidade?

– Sim. Não em Alterra, onde a incidência de sensitividade é alta, e dizem que as mães conversam mentalmente com seus bebês ainda na barriga. Não sei o que os bebês respondem. Mas a maioria das pessoas tem de aprender, como se fosse uma língua estrangeira. Ou melhor, como se fosse a própria língua, mas aprendida muito tarde.

Acho que entendeu minhas razões para lhe ensinar a habilidade, e ele queria muito aprendê-la. Fizemos a primeira tentativa. Lembrei-me, o máximo que pude, da forma como eu havia sido eduzido, aos doze anos de idade. Disse-lhe para esvaziar a mente, deixá-la escura. Isso ele fez, sem dúvida, com mais prontidão e rapidez do que eu jamais fizera: afinal, ele era adepto da Handdara. Então falei com ele o mais claramente possível. Nenhum resultado. Tentamos de novo. Uma vez que só se consegue fazer contato mental quando se é contatado, só quando a potencialidade telepática é ativada por uma recepção nítida, eu tinha de chegar à mente dele primeiro. Tentei por meia hora, até sentir meu cérebro rouco. Ele pareceu desanimado.

– Pensei que fosse ser fácil para mim – confessou. Estávamos ambos esgotados, e encerramos as tentativas daquela noite.

Nossos esforços seguintes tampouco tiveram sucesso. Tentei enviar a Estraven enquanto ele dormia, lembrando o que meu Edutor dissera sobre a ocorrência de "mensagens oníricas" entre os povos pré-telepáticos, mas não funcionou.

– Talvez minha espécie não tenha essa capacidade – ele disse. – Temos boatos e indícios desse poder, o suficiente para termos inventado uma palavra para ele, mas não conheço nenhum caso comprovado de telepatia entre nós.

– Foi assim também com meu povo, por milhares de anos. Poucos Sensitivos naturais, sem compreensão de seu dom e sem ninguém de quem receber ou a quem enviar. Todos os outros em estado latente, se tanto. Já lhe contei que, com exceção dos que já nascem Sensitivos, a capacidade, embora tenha uma base fisiológica, é psicológica, um produto da cultura, um efeito colateral do uso da mente. Crianças pequenas ou deficientes e membros de sociedades não desenvolvidas não conseguem estabelecer diálogo mental. A mente deve atingir um certo grau de complexidade primeiro. Você não consegue formar aminoácidos a partir de átomos de hidrogênio; uma série de operações complexas deve ocorrer primeiro: é a mesma situação. Pensamento abstrato, interação social variada, ajustes culturais intrincados, percepção ética e estética, tudo isso deve atingir um certo nível antes que seja possível estabelecer as conexões, antes de qualquer tentativa de ativar a potencialidade.

– Talvez nós, gethenianos, não tenhamos chegado a esse nível.

– Vocês estão muito além dele. Mas existe o fator sorte, como na criação de aminoácidos. Ou, levando a analogia para o plano cultural... são só analogias, mas elas esclarecem... o método científico, por exemplo, o uso de técnicas experimentais e concretas na ciência. Existem povos do Ekumen que têm cultura elevada, sociedade complexa, filosofias, artes, ética e grandes realizações de alto estilo em todos essas áreas; no entanto, nunca aprenderam a pesar uma pedra com precisão. É claro que podem aprender. Só que, em quinhentos mil anos, nunca aprenderam... Existem povos que não possuem nenhum tipo de matemática mais complexa, nada além da mais simples aritmética aplicada. Todos são capazes de entender cálculo, mas nenhum deles faz ou jamais fez cálculo. Na verdade, meu próprio povo, os terráqueos, ignorava, até cerca de três mil anos-atrás, o uso do zero. – Isso fez Estraven pestanejar. – Quanto a Gethen, minha curiosidade é saber se o resto da humanidade consegue adquirir a capacidade do Vaticínio... se isso também faz uma parte da evolução da mente... caso vocês queiram nos ensinar as técnicas.

– Você acha que é uma habilidade útil?

– Profecias corretas? Ora, é claro!...

– Talvez vocês tenham que chegar a acreditar que ela é inútil, a fim de praticá-la.

– Sua Handdara me fascina, Harth, mas de vez em quando fico pensando se não é simplesmente o paradoxo transformado em estilo de vida...

Tentamos o diálogo mental novamente. Nunca antes eu enviara repetidamente a um completo não-receptor. A experiência foi desagradável. Comecei a me sentir como um ateu rezando. Logo Estraven começou a bocejar e disse: – Sou surdo, surdo como uma pedra. É melhor irmos dormir. – Concordei. Desligou a luz, murmurando seu breve louvor à escuridão; enfurnamo-nos em nossos sacos de dormir, e em um ou dois minutos ele estava mergulhando no sono, como um nadador mergulha em águas escuras. Sentia seu sono como se fosse o meu: o vínculo empático estava lá e, sonolento, uma vez mais contatei sua mente, chamando-o pelo nome: – *Therem!*

Subitamente sentou-se ereto, pois suas palavras soaram acima de mim no escuro, em voz alta. – Arek! É você?

– *Não. Genly Ai. Estou falando com você.*

Prendeu a respiração. Silêncio. Tateou o fogareiro Chabe, acendeu a luz, encarou-me com seus olhos escuros cheios de pavor. – Eu sonhei – ele disse. – Pensei que estivesse em casa...

– Você ouviu minha voz em sua mente.

– Você me chamou de... Era meu irmão. Foi a voz dele que ouvi. Ele está morto. Você me chamou de... me chamou de Therem? Eu... Isso é mais terrível do que eu imaginava. – Sacudiu a cabeça, como um homem faria para sacudir um pesadelo, e então pôs o rosto entre as mãos.

– Harth, sinto muito...

– Não. Me chame pelo meu nome. Se você consegue falar dentro da minha cabeça com a voz de um homem morto, então pode me chamar pelo meu nome! *Ele* teria me chamado de "Harth"? Ah, agora entendo por que não existe mentira no diálogo mental. É uma coisa terrível... Certo. Tudo bem, fale comigo de novo.

– Espere.

– Não. Continue.

Com seu olhar ardente e assustado sobre mim, falei com ele novamente. – *Therem, meu amigo, não há nada a temer entre nós.*

Continuava a me olhar fixamente, por isso pensei que ele não entendera; mas entendeu: – Há, sim – respondeu.

Após alguns instantes, controlando-se, disse calmamente: – Você falou na minha língua.

– Bem, você não conhece a minha.

– Você disse que haveria palavras, eu sei... Mas eu imaginei que seria como...um entendimento......

– Empatia é outra coisa, embora esteja ligada ao entendimento. Hoje à noite ela nos trouxe conexão. Mas, no diálogo mental propriamente dito, os centros da fala no cérebro são ativados, assim como...

– Não, não, não. Depois você me conta sobre isso. Por que você fala com a voz de meu irmão? – Sua voz era tensa.

– Isso eu não sei responder. Não sei. Fale-me sobre ele.

– *Nusuth*... Meu irmão germano, Arek Harth rem ir Estraven. Ele era um ano mais velho que eu. Teria sido o Senhor de Estre. Nós... Fui embora de casa, sabe, por causa dele. Ele morreu há catorze anos.

Ficamos ambos em silêncio por algum tempo. Não podia saber, ou perguntar, o que estaria por trás de suas palavras: já lhe custara demais dizer o pouco que dissera.

Finalmente, falei: – Converse mentalmente comigo, Therem. Me chame pelo nome. – Sabia que ele conseguiria: a harmonia estava lá, ou, como dizem os especialistas, as fases estavam consonantes, e é claro que ele ainda não fazia ideia de como erguer a barreira voluntariamente. Se eu fosse um Ouvinte, teria ouvido seus pensamentos.

– Não – ele disse. – Nunca. Ainda não...

Mas nenhum choque, espanto ou terror iria refrear por muito tempo aquela mente insaciável e expandida. Após desligar a luz novamente, de repente o ouvi gaguejar em minha audição interna – "*Genry*..." Nem no diálogo mental ele conseguia pronunciar o "l" corretamente.

Respondi de imediato. No escuro, ele emitiu um som inarticulado de medo, contendo uma ponta de satisfação. – Chega, chega – disse ele, em voz alta. Depois de algum tempo, conseguimos dormir, finalmente.

Nunca foi fácil para ele. Não que lhe faltasse o dom, ou não pudesse desenvolver a habilidade, mas porque era algo que o perturbava profundamente, e que ele nunca aceitava com naturalidade. Aprendeu depressa a erguer as barreiras, mas não tenho certeza se ele confiava nelas. Talvez todos nós tenhamos ficado perturbados quando os primeiros Edutores vieram, séculos atrás, do Planeta Rokanon, para nos ensinar a "Derradeira Arte". Talvez um getheniano, por ser excepcionalmente completo, sinta a comunicação telepática como uma violação dessa completude, uma ruptura da integridade difícil de tolerar. Talvez fosse o próprio caráter de Estraven, no qual a franqueza e a discrição eram igualmente fortes: cada palavra que dizia vinha de um silêncio mais profundo. Ouvia minha voz como a voz de um morto, a voz de seu irmão. Não sabia o que mais, além de amor e morte, havia entre ele e esse irmão, mas sabia que, sempre que conversávamos mentalmente, algo nele se retraía, como se lhe tocassem numa ferida. Assim, a intimidade mental estabelecida entre nós era um vínculo, de fato, mas um vínculo obscuro e austero, não um que permitisse a entrada de mais luz (como eu esperava), mas que mostrava a extensão da escuridão.

E, dia após dia, nos arrastávamos para o leste, sobre a planície de gelo. O ponto central no tempo em nossa jornada, como planejado, o trigésimo quinto dia, Odorny Anner, nos encontrou longe de nosso ponto central no espaço. De acordo com o marcador do trenó, de fato viajáramos cerca de seiscentos e quarenta quilômetros, mas provavelmente apenas três quartos representavam um avanço real, e só conseguimos fazer um cálculo aproximado da distância que ainda restava a percorrer. Havíamos consumido dias, quilômetros e rações em nossa longa batalha para subir até o Gelo. Estraven não estava tão preocupado quanto eu com as centenas de quilômetros que ainda havia pela frente. – O trenó está mais leve – ele disse. – Quanto mais perto do fim, mais leve ficará; e podemos reduzir as rações, se necessário. Temos comido bem, você sabe.

Achei que ele estava sendo irônico, mas deveria saber que não.

No quadragésimo dia, e nos dois dias subsequentes, fomos detidos por uma nevasca. Durante essas longas horas deitados, zonzos, na barraca, Estraven dormiu quase ininterruptamente e não comeu nada, embora tenha bebido orsh ou água com açúcar na hora das refeições. Insistiu para que eu comesse, mesmo que fosse meia ração. – Você não tem experiência com a fome – ele disse.

Senti-me humilhado. – E você, quanta experiência tem, Senhor de um Domínio e Primeiro-Ministro?

– Genry, praticamos privação até nos tornarmos especialistas. Aprendi a passar fome quando era criança, no meu lar em Estre, e na Handdara, no Retiro de Rotherer. Perdi a prática em Erhenrang, é verdade, mas recomecei o treino em Mishnory... Por favor, faça o que eu digo, meu amigo; sei o que estou fazendo.

Ele sabia, e eu fiz.

Tivemos mais quatro dias de frio implacável, nunca acima de -30º C, e então outra nevasca chegou soprando forte em nossos rostos, vinda do leste, numa ventania. Dois minutos depois das primeiras rajadas, a neve tornou-se tão grossa que não consegui enxergar Estraven a dois metros de distância. Eu tinha virado de costas para ele, para o trenó e para a neve sufocante, cegante, que grudava como gesso, a fim de tomar fôlego e, um minuto depois, quando me virei de volta, ele tinha desaparecido. O trenó havia desaparecido. Não havia nada ali. Dei alguns passos na direção de onde estavam e tateei. Gritei e não consegui ouvir minha própria voz. Estava surdo e sozinho, num universo sólido cheio de riscos cinzentos me alfinetando. Entrei em pânico e comecei a cambalear para a frente, chamando freneticamente por telepatia: — *Therem!*

Bem abaixo de minha mão, ajoelhado, ele disse: – Venha, me ajude com a barraca.

Assim o fiz, e nunca mencionei meu minuto de pânico. Não havia necessidade.

Essa nevasca durou dois dias; cinco dias haviam sido perdidos, e haveria mais. Nimmer e Anner são os meses das grandes tempestades.

– Estamos começando a cortar fatias cada vez mais finas, não estamos? – comentei uma noite, enquanto media nossa ração de gichy-michy e a colocava na água quente.

Olhou-me. Seu rosto firme e largo mostrava sinais de perda de peso em profundas sombras nas maçãs; os olhos estavam fundos e a boca, ferida, seca e rachada. Se sua aparência era esta, Deus sabe qual era a minha. Ele sorriu. – Com sorte, vamos conseguir, sem ela, não.

Era o que ele dizia desde o começo. Com toda minha ansiedade, com a sensação de estar arriscando tudo numa última e desesperada cartada, eu não tinha sido realista o bastante para acreditar nele. Mesmo agora, pensava: "É claro que depois de todo o trabalho árduo que tivemos..."

Mas o Gelo não sabia nada do nosso trabalho. Por que deveria? A proporção se mantinha.

– Como vai sua sorte, Therem? – perguntei, enfim.

Ele não sorriu. Nem respondeu. Só depois de algum tempo, disse: – Tenho pensado em todos eles lá embaixo. – *Lá embaixo*, para nós, tinha passado a significar o sul, o mundo abaixo do platô de gelo, a região de terra, homens, estradas, cidades, coisas que haviam se tornado difíceis de imaginar como reais. – Você sabe que enviei uma mensagem ao rei sobre você, no dia em que parti de Mishnory. Contei a ele o que Shusgis tinha me contado, que você estava indo para a Fazenda de Pulefen. Na ocasião, não estava claro para mim qual era meu plano, só segui um impulso. Desde então, tenho pensado nas consequências desse impulso. Algo assim pode acontecer: o rei vai enxergar uma chance de jogar shifgrethor. Tibe vai aconselhar contra, mas Argaven, a essa altura, já deve estar se cansando de Tibe e talvez ignore seu conselho. O rei vai perguntar "Onde está o Enviado, o convidado de Karhide?". Mishnory irá mentir. "Ele morreu de febre-horm no outono, lamentavelmente." "Então, por que fomos informados pela nossa própria Embaixada que ele está na Fazenda de Pulefen?" "Ele não está aqui. Podem procurar." "Não, não, claro que não, aceitamos a palavra do Comensal de Orgoreyn..." Mas, algumas semanas depois dessa troca de mensagens, o Enviado aparece no Karhide Norte, fugido da Fazenda de Pulefen. Consternação em Mishnory, indignação em Erhenrang. Perda de prestígio para os Comensais, pois foram pegos mentindo. Você será um tesouro, um irmão de lar há muito desaparecido para o Rei Argaven, Genry. Por algum tempo. Você deve chamar sua nave imediatamente, na primeira oportunidade que tiver. Traga sua gente para Karhide e cumpra sua missão imediatamente, antes que Argaven tenha a chance de enxergar em você um inimigo, antes que Tibe ou algum outro conselheiro amedronte o rei mais uma vez, jogando com sua loucura. Se o rei fizer o acordo com você, ele irá cumpri-lo. Quebrar o acordo seria quebrar o shifgrethor dele. Os reis Harge cumprem suas promessas. Mas você deve agir rápido e trazer logo a Nave.

– Trarei, se receber o menor sinal de boas-vindas.

– Não: perdoe-me por dar conselhos, mas você não deve esperar boas-vindas. Acho que será bem-vindo. Assim como a Nave. Karhide foi dolorosamente humilhado no último meio-ano. Você dará a Argaven a chance de virar a mesa. Acho que ele vai aproveitar a chance.

– Muito bem. Mas você, enquanto isso...

– Eu sou Estraven, o Traidor. Não tenho absolutamente nada a ver com você.

– Inicialmente.

– Inicialmente – concordou.

– Você vai conseguir se esconder se houver perigo, inicialmente?

– Ah, sim, com certeza.

Nossa comida ficou pronta, e iniciamos a refeição. Comer era um negócio tão importante que monopolizava totalmente a nossa atenção, e nunca conversávamos enquanto comíamos; o tabu estava agora em sua forma completa, talvez sua forma original, nenhuma palavra dita até desaparecer a última migalha. Quando ela desapareceu, ele disse:

– Bem, espero que minhas previsões estejam certas. Você vai... você perdoa...

– O conselho direto? – perguntei, pois havia certas coisas que eu finalmente compreendera. – Claro que sim, Therem. Na verdade, como pode duvidar? Você sabe que eu não tenho shifgrethor nenhum a renunciar. – Isso o divertiu, mas ele ainda estava pensativo.

– Por que... – perguntou finalmente – por que você foi enviado sozinho? Tudo, ainda, vai depender da vinda da nave. Por que tornaram as coisas tão difíceis para você e para nós?

– É o costume do Ekumen, e há motivos para isso, embora, de fato, eu comece a me perguntar se um dia já entendi esses motivos. Achava que era por causa de vocês que eu tinha vindo sozinho, tão obviamente sozinho, tão vulnerável que não seria uma ameaça, não alteraria o equilíbrio das coisas: não um invasor, mas um mero mensageiro. Mas há mais coisas além disso. Sozinho, não posso mudar seu planeta. Mas posso ser mudado por ele. Sozinho, tenho que escutar, além de falar. Sozinho, os relacionamentos que eu finalmente tiver, se tiver, não serão impessoais e nem somente políticos: serão individuais, pessoais, serão mais e menos que políticos. Não Nós e Eles; não Eu e Ele; mas Eu e Tu. Não políticos, nem pragmáticos, mas místicos. Num certo sentido, o Ekumen não é um corpo político, mas um corpo místico. Ele considera os começos muito importantes. Começos e meios. Sua doutrina é exatamente o oposto da doutrina segundo a qual os fins justificam os meios. Ele procede, portanto, por meios sutis e lentos, estranhos e arriscados; mais ou menos como a evolução, que é, em alguns sentidos, seu modelo... Assim, será que fui enviado sozinho por causa de vocês? Ou de mim? Não sei. Sim, isso tornou as coisas mais difíceis. Mas, da mesma forma, posso lhe perguntar: por que vocês nunca acharam conveniente inventar veículos voadores? Um pequeno avião roubado teria poupado vocês e a mim de um bom número de dificuldades!

– Como ocorreria a um homem em sã consciência que ele poderia voar? – Estraven retrucou, com firmeza. Foi uma resposta justa, num mundo onde nenhum ser vivo é alado, e os próprios anjos da Hierarquia Sagrada Yomesh não voam, apenas flutuam, sem asas, pendendo como neve macia caindo, como as sementes ao vento daquele mundo sem flores.

Em meados de Nimmer, após muito vento e frio implacável, entramos numa fase de tempo tranquilo por vários dias. Se havia tempestade, era longe, ao sul, *lá embaixo*, e nós, dentro da nevasca, tínhamos apenas céu encoberto, mas sem vento. A princípio, as nuvens eram finas, e então o ar ficava vagamente radiante com uma luz solar difusa e uniforme, refletida tanto das nuvens quanto da neve, de cima e de baixo. Da noite para o dia, o clima turvou-se um pouco. Todo o brilho sumiu, não deixando nada. Saímos da barraca para o nada. O trenó e a barraca estavam lá, Estraven estava em pé ao meu lado, mas não projetávamos sombras. Havia uma luz opaca ao redor, em toda parte.

Quando pisamos na neve ondulada, nenhuma sombra revelou as pegadas. Não deixávamos rastro. Trenó, barraca, ele e eu: absolutamente mais nada. Nem sol, nem céu, nem horizonte, nem mundo. Um vazio cinza-esbranquiçado em que parecíamos pairar. A ilusão era tão completa que tive dificuldade em manter o equilíbrio. Meus ouvidos internos foram usados como confirmação dos olhos quanto à posição em que me encontrava; nada captaram; era como ser cego. Não havia problema enquanto ajeitávamos a carga no trenó, mas caminhar sem nada à frente, nada para olhar, nada para o olho tocar, como era o caso, primeiro foi desagradável, depois, exaustivo.

Usamos os esquis numa boa superfície de neve granulada, sem sastrugi, e sólida – isto era certo –, por quase dois mil metros. Poderíamos ter ido mais rápido. Mas sempre diminuíamos o passo, tateando às cegas numa planície totalmente desobstruída, e foi preciso muita força de vontade para acelerar até o ritmo normal. Cada ligeira variação na superfície significava um tranco – como um inesperado degrau a mais, ou a menos, ao subir uma escada – pois não conseguíamos enxergar à nossa frente: não havia sombra para revelar nada. Esquiávamos cegos, de olhos abertos. Dia após dia assim, e começamos a encurtar nossas viagens, pois no meio da tarde estávamos ambos suando e trêmulos de fadiga. Cheguei a desejar neve, nevasca, qualquer coisa; mas, manhã após manhã, saíamos da barraca para o vazio, o clima branco, o que Estraven chamava de não-sombra.

Um dia, por volta do meio-dia, Odorny Nimmer, o sexagésimo primeiro dia da jornada, aquele vazio cego e imperturbável ao redor começou a fluir e se contorcer. Achei que meus olhos me enganavam, como faziam com frequência, e quase não prestei atenção na perturbação insignificante e indistinta do ar até que, subitamente, captei um fraco vislumbre do sol, pequeno e pálido, acima de nós. E logo abaixo do sol, direto em frente, vi uma imensa forma escura assomando do vazio em nossa direção. Tentáculos pretos contorciam-se para o alto, como se tateassem às cegas. Parei abruptamente, fazendo Estraven girar em seus esquis, pois estávamos ambos nos arreios, puxando. – O que é aquilo?

Olhou fixamente as formas escuras e monstruosas na névoa e disse, enfim: – Os penhascos... Devem ser os Penhascos de Esherhoth. – E continuou a puxar o trenó. Estávamos a quilômetros daquelas coisas, que me pareceram logo ali, ao alcance da mão. Quando o tempo se transformou numa neblina espessa e baixa, e depois clareou, vimos os penhascos nitidamente antes do pôr do sol: cumes descobertos, grandes pináculos de rocha corroídos e devastados, arqueando-se para fora do gelo, revelando-se apenas em parte, como um iceberg acima do mar: frias montanhas afogadas, mortas há eras.

Eles mostravam que estávamos um pouco ao norte de nossa rota mais curta, se é que podíamos confiar naquele mapa mal desenhado, nossa única referência. No dia seguinte mudamos o curso, pela primeira vez, um pouco para o sudeste.

19

ooooo

Volta ao Lar

Em meio a um tempo escuro e de ventos fortes, avançávamos lentamente, tentando encontrar estímulo na visão dos Penhascos de Esherhoth, a primeira coisa que não era gelo, neve ou céu que avistávamos em sete semanas. No mapa, estavam assinalados como não muito distantes dos Pântanos de Shenshey, ao sul, e da Baía de Guthen, a leste. Mas não era um mapa confiável da região de Gobrin. E estávamos ficando muito cansados.

Estávamos mais perto da borda sul da Geleira de Gobrin do que indicava o mapa, pois começamos a encontrar gelo comprimido e fendas no segundo dia de nosso desvio em direção ao sul. O Gelo não era turbulento como a região das Montanhas de Fogo, mas era quebradiço. Havia cavidades sob o gelo com vários quilômetros quadrados de extensão, provavelmente lagos no verão; pisos falsos de neve que poderiam afundar ao redor de alguém, com um grande suspiro, para dentro de uma bolsa de ar com quase meio metro de profundidade; áreas repletas de rachaduras e cheias de pequenos buracos e fendas; e, com frequência cada vez maior, apareciam grandes fendas, antigos cânions no Gelo, algumas largas como gargantas de montanhas, outras com apenas um ou dois metros de extensão, mas profundas.

No Odyrny Nimmer (segundo o diário de Estraven, pois não escrevi nenhum), o sol brilhou claro, com um forte vento norte. Enquanto passávamos com o trenó por pontes de neve sobre fendas estreitas, olhávamos para baixo, à esquerda ou à direita, e podíamos ver fossos e abismos azuis, nos quais pedaços de gelo desprendidos pelos patins caíam com uma música vasta, lânguida e delicada, como se fios de prata tocassem uma superfície de cristal, caindo. Lembro-me do prazer agradável, onírico e frívolo daquela manhã de caminhada à luz do sol, sobre os abismos. Mas o céu começou a embranquecer, o ar ficou mais denso; sombras desvaneceram-se, o azul do céu e da neve foi tragado. Não estávamos preparados para o perigo do tempo branco em tal superfície. Como o gelo estava bastante enrugado, eu empurrava o trenó, enquanto Estraven o puxava; mantinha os olhos no trenó e fazia força, minha mente concentrada em como empurrá-lo da melhor maneira, quando, de repente, a barra quase foi arrancada de minha mão e o trenó disparou para a frente numa investida súbita. Segurei-o por instinto e gritei "Ei!", para Estraven diminuir o passo, achando que ele havia acelerado num trecho mais liso de terreno. Mas o trenó estancou, inclinado com a dianteira para baixo, e Estraven não estava lá.

Quase soltei a barra do trenó para procurar por ele. Foi pura sorte não ter feito isto. Continuei segurando enquanto olhava estupidamente ao redor à sua procura, e então vi a borda da fenda, visível graças ao deslocamento e à queda de uma outra parte da ponte de neve, que se quebrara. Ele tinha caído direto, em pé, e nada impedira o trenó de segui-lo senão meu peso, que ainda segurava o terço traseiro dos patins em gelo sólido. A dianteira do trenó continuava a inclinar-se para baixo, puxada pelo peso de Estraven, que estava pendurado pelos arreios, no fosso.

Pus meu peso sobre a barra traseira, abaixando-a, e puxei, balancei e alavanquei o trenó de volta da borda do abismo. Não veio com facilidade. Mas joguei todo meu peso sobre a barra e puxei com força, até que, relutante, começou a se mover, e então deslizou abruptamente para trás, saindo da fenda. Estraven agarrara-se à borda com as mãos, e seu peso agora me ajudava. Desajeitado, arrastado pelos arreios, ele subiu pela borda e estatelou-se no gelo.

Ajoelhei-me ao seu lado, tentando desafivelar seus arreios, assustado pelo modo como ele estava estirado ali, passivo, exceto pelo movimento arfante do peito. Os lábios estavam arroxeados, um dos lados do rosto arranhado e ferido.

Sentou-se sem firmeza e disse, num sussurro assobiado:

– Azul... tudo azul... Torres nas profundezas...

– O quê?

– O abismo. Tudo azul... cheio de luz.

– Você está bem?

Começou a afivelar os arreios novamente.

– Você vai na frente... na corda... com o bastão – disse, ofegante. – Você escolhe o caminho.

Por horas, um de nós arrastou o trenó enquanto o outro guiava, medindo os passos, como um gato sobre cascas de ovo, testando cada passo com o bastão. No tempo branco não se via uma fenda até que se desse de cara com a borda e se olhasse para o fundo – e poderia ser um pouco tarde, pois as bordas projetavam-se sobre o abismo e nem sempre eram firmes. Cada passo era uma surpresa, uma queda ou um tranco. Nenhuma sombra. Uma esfera branca, uniforme e silenciosa: nós nos movíamos no interior de uma imensa bola de vidro congelada. Não havia nada dentro ou fora da bola. Mas havia rachaduras no vidro. Sondar e pisar, sondar e pisar. Sondar as rachaduras invisíveis por onde alguém poderia cair para fora da bola de vidro, e cair, cair, cair... Uma tensão constante aos poucos tomou conta de meus músculos. Tornou-se extremamente difícil dar um passo sequer.

– O que foi, Genry?

Parei ali, no meio do nada. Lágrimas brotaram e congelaram minhas pálpebras, grudando-as. – Estou com medo de cair.

– Mas você está amarrado na corda – retrucou. Veio para a frente e, vendo que não havia nenhuma fenda visível, percebeu o que se passava e disse:

– Armar acampamento.

– Não está na hora ainda, temos que continuar.

Ele já estava desamarrando a barraca.

Mais tarde, depois que comemos, ele disse:

– Era hora de parar. Acho que não podemos ir por este caminho. O Gelo parece estar diminuindo lentamente e vai diminuir até o fim. Se pudéssemos enxergar, conseguiríamos: mas não na não-sombra.

– Mas então, como vamos chegar aos Pântanos de Shenshey?

– Bem, se continuarmos a leste, em vez do sul, poderemos encontrar gelo firme até a Baía de Guthen. Eu vi o Gelo uma vez, de um barco na Baía, no verão. Ele sobe as encostas das Montanhas Vermelhas e desce até a Baía em rios congelados. Se descêssemos uma dessas geleiras, poderíamos rumar para o sul, no mar congelado, até Karhide, e então entrar pela costa em vez de entrar pela fronteira, o que talvez seja melhor. Mas isso vai acrescentar alguns quilômetros à nossa viagem... entre trinta e oitenta, creio. Qual sua opinião, Genry?

– Minha opinião é que não consigo andar nem mais trinta metros, enquanto durar o tempo branco.

– Mas se sairmos da área de fendas...

– Ah, se sairmos das fendas, tudo bem. E se o sol aparecer de novo, você pode subir no trenó que eu te levo de carona até Karhide. – Esta era uma de nossas típicas tentativas de humor, naquele estágio da jornada; eram sempre muito bobas, mas às vezes faziam o outro companheiro sorrir. – Não há nada de errado comigo – continuei –, a não ser um medo intenso e crônico.

– O medo é muito útil. Como a escuridão; como as sombras. – O sorriso de Estraven era um rasgo feio numa máscara marrom esfarrapada, coberta de pêlo preto e com duas manchas de pedra escura. – É estranho como a luz do dia não é suficiente. Precisamos das sombras para caminhar.

– Pode me passar seu diário por um instante?

Ele acabara de escrever sobre aquele dia de nossa jornada e de calcular quilometragens e rações. Empurrou-me, contornando o fogareiro

Chabe, o pequeno caderno e o lápis. Na folha em branco colada na parte interna da contracapa preta, desenhei a curva dupla no interior do círculo, pintei de preto a metade yin do símbolo e empurrei o caderno de volta ao meu companheiro. – Conhece esse símbolo?

Olhou-o por longo tempo com um olhar estranho, mas respondeu: – Não.

– Ele é encontrado na Terra, em Hain-Davenante e em Chiffewar. É o yin e yang. *A luz é a mão esquerda da escuridão...* Como era o verso? Luz, escuro. Medo, coragem. Frio, calor. Fêmea, macho. É como você, Therem. Ambos e um. Uma sombra na neve.

No dia seguinte, fizemos uma longa caminhada a nordeste, em meio à ausência branca de tudo, até não haver mais rachaduras no solo do nada: um dia inteiro de percurso. Estávamos consumindo dois terços de ração e esperávamos evitar que a rota mais longa nos deixasse sem comida. Parecia-me não importar muito se isso acontecesse, já que a diferença entre pouco e nada era muito pequena. Estraven, entretanto, andava no rastro da sorte, seguindo o que aparentava ser um palpite ou uma intuição, mas pode ter sido experiência aplicada e raciocínio. Seguimos na direção leste por quatro dias, os períodos mais longos que passamos rebocando o trenó, entre vinte e oito e trinta e dois quilômetros ao dia, e então o tranquilo clima zero partiu-se e despedaçou-se, transformando-se num giro, giro, giro de minúsculas partículas de neve à frente, atrás, dos lados, nos olhos, uma tempestade nascendo enquanto a luz se desvanecia. Ficamos na barraca por três dias, enquanto a nevasca gritava conosco, um grito de três dias, detestável, sem palavras, saindo daqueles pulmões

– *Ela vai me fazer gritar de volta* – disse a Estraven por diálogo mental, e ele, com a formalidade hesitante que marcava sua consonância: – *Não adianta. Ela não vai ouvir.*

Dormimos por horas a fio, comemos um pouco, cuidamos de nossas inflamações, ferimentos e ulcerações causadas pelo frio, conversamos mentalmente, dormimos de novo. O guincho de três dias aquietou-se, tornando-se uma fala incompreensível, depois um soluço, depois um silêncio. O dia nasceu. O céu brilhou através da válvula da porta, iluminando o coração, embora estivéssemos muito enfraquecidos para demonstrar nosso alívio com entusiasmo ou deleite nos movimentos. Desmontamos o acampamento – levou quase duras horas, pois nos arrastávamos como dois velhos – e partimos. O caminho era em declive, um grau insignificante, mas indiscutível; a crosta era perfeita para os esquis. O sol brilhava. No meio da manhã, o termômetro marcava -23º C. A viagem parecia nos dar forças, e avançávamos rápido e fácil. Seguimos viagem, naquele dia, até surgirem as estrelas.

No jantar, Estraven serviu rações completas. Nesse ritmo, teríamos comida só para mais sete dias.

– A roda gira – disse ele, serenamente. – Para fazer uma boa caminhada, precisamos comer bem.

– Coma, beba e divirta-se – disse eu. A comida me deixara eufórico. Ri com exagero das minhas próprias palavras. – Tudo uma coisa só, comida, bebida e diversão. Não dá para se divertir sem comida, não é? — Esta euforia pareceu-me um mistério equivalente ao do círculo yin-yang, mas a sensação não durou muito. Algo na expressão de Estraven acabou com ela. Então senti vontade de chorar, mas me contive. Estraven não era tão forte quanto eu e não seria justo; talvez o fizesse chorar também. Ele já dormia: adormecera sentado, com sua tigela no colo. Não era próprio dele ser tão pouco metódico. Mas não era má ideia dormir.

Acordamos tarde na manhã seguinte e comemos o dobro no café da manhã; então nos atrelamos aos arreios e puxamos o trenó, agora leve, direto para a borda do mundo.

Abaixo da borda do mundo, uma encosta íngreme e pedregosa, branca e vermelha sob uma pálida luz do meio-dia, estava o mar congelado: a Baía de Guthen, congelada de uma margem à outra, e de Karhide até o Pólo Norte.

Descer até o mar congelado pelas bordas, saliências e valas irregulares do Gelo, esmagadas contra as Montanhas Vermelhas, tomou-nos toda a tarde e o dia seguinte. No segundo dia, abandonamos o trenó. Fizemos mochilas para carregar nas costas; com a barraca sendo o maior peso de uma delas e os sacos de dormir, da outra, e nossas provisões distribuídas por igual, tínhamos cada um cerca de dez quilos para carregar; acrescentei o fogareiro Chabe à minha mochila, mas ainda assim fiquei com menos de treze quilos. Foi bom me livrar do fardo incessante de puxar, empurrar e erguer o trenó, e disse isso a Estraven enquanto seguíamos. Virou para trás e deu uma olhada no trenó, um pedaço de refugo no vasto tormento de gelo e rocha avermelhada. – Ele trabalhou bem – disse Estraven. Sua lealdade estendia-se igualmente às coisas, às coisas pacientes, obstinadas e confiáveis que usamos e com as quais nos acostumamos, coisas que nos ajudam a viver. Ele sentia falta do trenó.

À noite, a septuagésima quinta de nossa jornada, nosso quinquagésimo primeiro dia no platô, Harhahad Anner, saímos do Gelo Gobrin para o mar congelado da Baía de Guthen. Novamente fazíamos longos percursos até tarde, até escurecer. O ar estava muito frio, mas límpido e sereno, e a superfície plana de gelo, sem nenhum trenó para puxar, nos convidava aos esquis. Quando acampamos à noite foi estranho pensar, deitados, que abaixo não havia mais um quilômetro de gelo, mas apenas alguns metros e, então, água salgada. No entanto, não perdemos muito tempo pensando. Comemos e dormimos.

Ao amanhecer, de novo um dia límpido, embora terrivelmente frio, abaixo de -40º C no raiar do dia, conseguimos ver o contorno do litoral, abaulado aqui e ali com línguas de geleira, descer quase em linha reta em direção ao sul. A princípio, seguimos por esse contorno, bem próximos da costa. Um vento norte nos ajudou a subir esquiando até alcançar a boca de um vale entre duas montanhas altas, alaranjadas; de dentro do vale uivou uma ventania que nos derrubou no chão. Rapidamente, fugimos para o leste, ao nível da planície marítima, onde conseguíamos, ao menos, ficar de pé e seguir adiante.

– O Gelo Gobrin nos cuspiu de sua boca – eu disse.

No dia seguinte, a curva para o leste no contorno da costa encontrava-se bem à frente. À nossa direita estava Orgoyen, mas a curva azul adiante era Karhide.

Nesse dia consumimos os últimos grãos de orsh e os últimos gramas de germe de kardik; restava-nos agora um quilo de gichy-michy para cada um e cento e cinquenta gramas de açúcar.

Acho que não consigo descrever com detalhes esses últimos dias de nossa jornada, pois realmente não me lembro bem deles. A fome pode aguçar a percepção, mas não quando combinada à fadiga extrema; presumo que todos os meus sentidos tenham ficado amortecidos. Lembro-me de ter câimbras de fome, mas não me lembro de ter sofrido com elas. O que eu tinha, o tempo todo, era um vago sentimento de libertação, de ter ido além de algo, de júbilo; e também um sono terrível. Chegamos à terra firme no décimo segundo dia, Posthe Anner, e escalamos com dificuldade uma praia congelada, na desolação rochosa e cheia de neve da Costa de Guthen.

Estávamos em Karhide. Havíamos atingido nosso objetivo. Foi quase uma conquista vazia, pois nossas mochilas estavam totalmente vazias. Fizemos um banquete de água quente para celebrar. Na manhã seguinte, levantamos e partimos à procura de uma estrada ou povoado. É uma região desolada, e não tínhamos mapa do lugar. Se havia estradas, estavam debaixo de dois ou três metros de neve, e talvez tenhamos cruzado várias, sem saber. Não havia sinal de terra cultivada. Vagamos, para o sul e o oeste, no primeiro dia e no dia seguinte e, ao anoitecer, vendo uma luz brilhar numa colina, em meio ao crepúsculo e à neve fina, nenhum dos dois disse nada por alguns instantes. Paramos e olhamos. Finalmente meu companheiro falou, em voz baixa e rouca:
– Aquilo é uma luz?

Muito depois de escurecer, chegamos cambaleando à aldeia karhideana, uma rua entre casas escuras de telhados altos, soterrada de neve até a altura das portas de inverno. Paramos em frente ao botequim, de onde fluía, por entre as estreitas venezianas, em fragmentos, raios e setas, a luz amarela que víramos do outro lado das colinas de inverno. Abrimos a porta e entramos.

Era Odsordny Anner, o octogésimo primeiro dia de nossa jornada; havíamos ultrapassado em onze dias o planejamento proposto por Estraven. Ele calculara com exatidão nosso suprimento de comida: setenta e oito dias, no máximo. Havíamos percorrido 1.350 quilômetros, somando o marcador do trenó e uma estimativa dos últimos dias. Muitos desses quilômetros tinham sido desperdiçados em retrocessos, e se realmente tivéssemos um percurso de 1.200 quilômetros para cobrir, talvez jamais conseguíssemos concluir a viagem; quando consultamos um bom mapa, descobrimos que a distância entre a Fazenda de Pulefen e esta aldeia era de menos de 1.100 quilômetros. Todos esses quilômetros e dias haviam transcorrido numa desolação inabitada e muda: rocha, gelo, céu e silêncio. Nada mais, por oitenta e um dias, exceto nós dois.

Entramos num salão grande, quente e iluminado, cheio de comida e do cheiro de comida, de gente e das vozes de gente. Apoiei-me no ombro de Estraven. Rostos estranhos voltaram-se para nós, olhos estranhos. Tinha me esquecido de que havia pessoas vivas diferentes de Estraven. Aterrorizei-me.

Na realidade, era um salão bem pequeno, e a multidão de estranhos era de seis ou oito pessoas, todas elas certamente tão espantadas quanto eu, por alguns instantes. Ninguém chega ao Domínio de Kurkurast no meio do inverno, vindo do norte, à noite. Eles nos encararam e nos examinaram, e todas as vozes se calaram.

Estraven disse, num sussurro quase inaudível:

– Solicitamos a hospitalidade do Domínio.

Barulho, burburinho, confusão, alarme, boas-vindas.

– Atravessamos o Gelo Gobrin.

Mais barulho, mais vozes, perguntas; rodearam-nos.

– Poderiam cuidar de meu amigo?

Pensei ter dito isso, mas foi Estraven. Alguém me fez sentar. Trouxeram-nos comida; cuidaram de nós, acolheram-nos, deram-nos as boas-vindas de volta ao lar.

Almas incultas, briguentas, irascíveis, ignorantes, camponeses de uma terra pobre, sua generosidade trouxe um desfecho nobre à árdua jornada. Ofereceram com ambas as mãos. Nenhuma mesquinharia, nenhuma avareza. E então Estraven aceitou o que nos ofereceram como um senhor entre senhores, ou um mendigo entre mendigos, um homem no meio de sua própria gente.

Para aqueles pescadores, que vivem à margem da margem, no limite extremo de um continente quase inabitável, honestidade é tão essencial quanto alimento. Devem jogar limpo uns com os outros; não há o suficiente para trapaças. Estraven sabia disso, e quando, após um ou dois dias, começaram a perguntar, discreta e indiretamente, com o devido respeito ao shifgrethor, por que decidíramos passar o inverno perambulando pelo Gelo Gobrin, ele respondeu imediatamente: – Eu não deveria escolher o silêncio, mas é melhor me calar do que mentir.

– Todos sabem que homens honrados acabam banidos, no entanto sua sombra não encolhe – disse o cozinheiro do botequim, o segundo em importância depois do chefe da aldeia, e cujo estabelecimento era uma espécie de sala de estar para todo o Domínio durante o inverno.

– Uma pessoa pode ser banida de Karhide, outra de Orgoreyn – disse Estraven.

– É verdade; e uma por seu clã, outra pelo rei em Erhenrang.

– O rei não pode encurtar a sombra de nenhum homem, embora tente – Estraven observou, e o cozinheiro pareceu satisfeito. Se o próprio clã de Estraven o tivesse expulsado, ele seria uma figura suspeita, mas as restrições do rei não tinham importância. Quanto a mim, obviamente um estrangeiro e, portanto, o que fora banido por Orgoreyn, isso só pesava em meu favor.

Nunca dissemos nossos nomes aos nossos anfitriões em Kurkurast. Estraven relutou muito em usar um nome falso, e nossos nomes verdadeiros não podiam ser revelados. Afinal, era crime falar com Estraven, quanto mais alimentá-lo, vesti-lo e abrigá-lo, como fizeram. Até mesmo um vilarejo remoto na Costa de Guthen tem rádio, e eles não poderiam alegar ignorância da Ordem de Exílio; somente a verdadeira ignorância quanto à identidade do hóspede poderia servir-lhes de desculpa. A vulnerabilidade deles já pesava na consciência de Estraven antes mesmo de eu sequer pensar no assunto. Em nossa terceira noite ali, ele veio até meu quarto para discutir nosso próximo passo. Uma aldeia karhideana é como um antigo castelo da Terra, com poucas moradias separadas e individuais. No entanto, nos edifícios altos, desconexos e antigos do Lar, do Comércio, do Co-Domínio (não existia um Senhor de Kurkurast) e da Casa Exterior, cada um dos quinhentos aldeões vivia em privacidade, até mesmo em isolamento, em cômodos separados ao longo daqueles velhos corredores com paredes de um metro de espessura. Cada um de nós dois recebera um quarto no andar superior do Lar. Estava sentado no meu, ao lado da lareira acesa, uma lareira pequena e quente, exalando um forte odor de turfa dos Pântanos de Shenshey, quando Estraven entrou.

– Precisamos sair logo daqui, Genry.

Lembro-me dele ali em pé, nas sombras do quarto iluminado pela lareira, descalço e vestindo apenas os culotes de peles que o chefe lhe dera. Na privacidade, e no que consideram o calor de suas casas, os karhideanos geralmente andam seminus ou nus. Em nossa jornada, Estraven havia perdido a robustez lustrosa e compacta que caracteriza o físico getheniano; estava macilento, cheio de cicatrizes, o rosto queimado pelo frio, quase como se fosse por fogo. Era uma figura escura e firme, mas esquiva, à luz inquieta e bruxuleante:

– Para onde?

– Sul e leste, eu acho. Em direção à fronteira. Nossa primeira tarefa é descobrir um transmissor de rádio potente o bastante para alcançar sua nave. Depois disso, preciso encontrar um esconderijo, ou voltar a Orgoreyn por uns tempos, para evitar punições aos que nos ajudaram aqui.

– Como você vai voltar a Orgoreyn?

– Como fiz antes: cruzando a fronteira. Os orgotas não têm nada contra mim.

– Onde vamos encontrar um transmissor?

– Só em Sassinoth.

Assustei-me. Ele deu um sorriso forçado.

– Não existe nenhum mais perto?

– Uns duzentos e quarenta quilômetros; já andamos muito mais do que isso, em terreno pior. Há estradas por todo o caminho; as pessoas vão nos receber; podemos pegar uma carona num trenó motorizado.

Concordei, mas fiquei deprimido com a perspectiva de mais um estágio de nossa jornada de inverno, e desta vez não em direção a um refúgio, mas de volta à maldita fronteira, onde Estraven talvez retornasse ao exílio, deixando-me só.

Ruminei o assunto e disse, finalmente: – Haverá uma condição que Karhide deverá cumprir antes de entrar para o Ekumen. Argaven tem de revogar seu banimento.

Ele não disse nada. Permaneceu em pé, contemplando o fogo da lareira.

– Estou falando sério – insisti. – Primeiro o mais importante.

– Eu agradeço, Genry. – Sua voz, quando falava suavemente como agora, possuía o timbre de uma voz feminina, rouca e pouco vibrante. Lançou-me um olhar meigo, sem sorrir. – Mas há muito tempo não tenho esperança de ver meu lar de novo. Estou no exílio há vinte anos. Isto não é muito diferente, este banimento. Eu cuido de mim; e você cuida de você, e do seu Ekumen. Isso você deve fazer sozinho. Mas ainda é muito cedo para falar nesse assunto. Mande sua nave descer! Quando isso estiver feito, aí eu penso no que farei depois.

Ficamos em Kurkurast mais dois dias, nos alimentando bem e descansando, à espera de um compactador de gelo que estava sendo aguardado do sul e que nos daria uma carona na volta. Nossos anfitriões fizeram Estraven contar toda a história de nossa travessia do Gelo. Ele narrou como só uma pessoa ligada à tradição de literatura oral consegue narrar uma história, transformando-a numa saga, repleta de expressões tradicionais e até de episódios, no entanto exata e vívida, desde o fogo sulfuroso e a escuridão do desfiladeiro entre o Drumner e o Dremegole, até as rajadas cortantes de vento que vinham das fendas entre as montanhas, varrendo a Baía de Guthen; com interlúdios cômicos, como sua queda na fenda, e místicos, quando falou dos sons e silêncios do Gelo, do clima sem sombras, da escuridão da noite. Escutei tão fascinado quanto os outros, meu olhar atento sobre o rosto escuro de meu amigo.

Partimos de Kurkurast espremidos na cabine do compactador, um dos grandes veículos motorizados que aplainam e compactam a neve nas estradas de Karhide, o principal meio de mantê-las abertas no inverno, já que conservá-las limpas removendo toda a neve custaria ao reino metade de todo seu tempo e dinheiro, e o tráfego no inverno é todo feito sobre lâminas, de qualquer modo. O compactador rangia a três quilômetros por hora e chegou à aldeia seguinte ao sul de Kurkurast tarde da noite. Ali, como sempre, fomos bem recebidos, alimentados e abrigados durante a noite; no dia seguinte, partimos a pé. Seguimos na direção das montanhas litorâneas que recebem o impacto mais forte do vento norte, na face da Baía de Guthen voltada para o continente, numa região mais densamente povoada, e assim não precisávamos armar acampamento, passando as noites de Lar em Lar. Algumas vezes, conseguimos carona num trenó motorizado, uma delas por quase cinquenta quilômetros. As estradas, apesar das nevadas frequentes, estavam compactadas e bem demarcadas. Havia sempre comida em nossas mochilas, colocada pelo anfitrião da noite; havia sempre um teto e uma lareira ao final do dia.

No entanto, esses oito ou nove dias caminhando e esquiando facilmente por uma terra hospitaleira foram a parte mais difícil e melancólica de toda a jornada, pior do que a subida à geleira, pior do que os últimos dias de fome. A saga terminara, ela pertencia ao Gelo. Estávamos muito cansados. Estávamos indo na direção errada. Não havia mais júbilo em nós.

– Às vezes temos que ir contra o movimento da roda – disse Estraven. Ele continuava firme como sempre, mas em seu andar, sua voz, em seu comportamento, o vigor fora substituído pela paciência, e certamente por uma determinação teimosa. Estava muito calado, não conversava muito comigo, nem mentalmente.

Chegamos a Sassinoth. Uma cidade de vários milhares de habitantes, empoleirados nas montanhas acima do rio Ey congelado: telhados brancos, paredes cinza, montanhas com manchas escuras de floresta e formações rochosas, campos brancos, rio branco; do outro lado do rio, o disputado Vale Sinoth, todo branco...

Chegamos lá praticamente de mãos vazias. Havíamos deixado a maior parte de nossos equipamentos de viagem com alguns amáveis anfitriões, e agora só tínhamos o fogareiro Chabe, os esquis e as roupas do corpo. Assim, aliviados do peso, procuramos nosso caminho, pedindo informações duas vezes, não sobre como chegar a uma cidade, mas a uma fazenda afastada. Era um lugar pobre e deficiente, não fazia parte de um Domínio; era uma fazenda isolada, sob a Administração do Vale Sinoth. Quando Estraven era um jovem secretário na Administração, fizera amizade com o proprietário; na verdade, foi Estraven quem lhe comprara a fazenda, um ou dois anos antes, quando ajudava o povo a estabelecer-se a leste do Ey, na esperança de atenuar a disputa sobre a propriedade do Vale Sinoth. O próprio fazendeiro abriu a porta para nós, um homem atarracado, afável, mais ou menos da mesma idade de Estraven. Seu nome era Thessicher.

Estraven atravessara toda essa região com o rosto escondido sob o capuz. Temia ser reconhecido ali. Nem precisava; só um olho muito atento reconheceria Harth rem ir Estraven tão magro e maltrapilho. Thessicher encarou-o veladamente, incapaz de acreditar que ele era quem dizia ser.

Thessicher nos convidou a entrar, e sua hospitalidade estava dentro do padrões, embora seus recursos fossem escassos. Mas sentiu-se desconfortável com nossa presença; preferiria que não estivéssemos ali. Era compreensível; arriscava-se a ter a propriedade confiscada por nos dar abrigo. Como devia a propriedade a Estraven, e poderia agora estar tão destituído quanto Estraven se ele não tivesse tomado as providências para ajudá-lo, parecia justo pedir-lhe para correr alguns riscos em retribuição. Meu amigo, entretanto, pediu sua ajuda não como retribuição, mas por amizade, contando não com a obrigação de Thessicher, e sim com seu afeto. E, de fato, Thessicher relaxou depois de passado o primeiro susto e, com a típica volubilidade karhideana, ficou emotivo e nostálgico, relembrando com Estraven velhos tempos e velhos conhecidos, quase a noite toda, ao lado da lareira. E quando Estraven perguntou se ele tinha alguma ideia de esconderijo, uma fazenda deserta ou isolada onde um homem banido pudesse homiziar-se por um mês ou dois, na esperança de uma revogação de seu exílio, Thessicher imediatamente respondeu: – Fique comigo.

Os olhos de Estraven iluminaram-se diante da oferta, mas ele a recusou; e, concordando que ele não estaria seguro tão perto de Sassinoth, Thessicher prometeu encontrar-lhe esconderijo. Não seria difícil, disse, se Estraven usasse um nome falso e arranjasse um emprego como cozinheiro ou ajudante numa fazenda, o que talvez não fosse agradável, mas certamente seria melhor do que voltar a Orgoreyn. – Que diabo você faria em Orgoreyn? Iria viver de quê, hein?

– Da Comensalidade. – Respondeu meu amigo, com um traço de seu sorriso de lontra. – Eles arrumam emprego para todas as Unidades, você sabe. Sem problema. Mas prefiro ficar em Karhide... se você acha realmente que pode dar um jeito...

Tínhamos guardado o fogareiro Chabe, a única coisa de valor que nos restou. Ele nos foi útil, de uma forma ou de outra, até o fim da jornada. Na manhã seguinte à chegada à fazenda de Thessicher, peguei o fogareiro e fui esquiando até a cidade. Estraven, naturalmente, não foi comigo, mas me explicara o que fazer, e tudo correu bem. Vendi o fogareiro no Mercado Municipal, depois levei o bom dinheiro que fizera colina acima, até a Faculdade de Comércio, onde a estação de rádio estava instalada, e comprei dez minutos de "transmissão particular a recepção particular". Todas as estações separavam um período diário para tais transmissões de ondas curtas; como a maioria delas é enviada por mercadores a agentes ultramarinos ou clientes no Arquipélago, Sith ou Perunter, o custo é relativamente alto, mas não desmedido. Menor, de qualquer forma, do que o custo de um fogareiro Chabe de segunda mão. Meus dez minutos seriam logo no início da Terceira Hora, no fim da tarde. Não queria ficar esquiando o dia inteiro de cima para baixo da fazenda de Thessicher, então resolvi esperar em Sassinoth e comprei um almoço farto, bom e barato, num dos botequins. Sem dúvida, a culinária karhideana era melhor do que a orgota. Enquanto comia, lembrei-me do comentário de Estraven sobre isso, quando lhe perguntei se odiava Orgoreyn; lembrei-me de sua voz na noite passada, dizendo com a maior ternura, "prefiro ficar em Karhide..." E me perguntei, não pela primeira vez, o que é patriotismo, no que consiste verdadeiramente o amor pelo país, como surge a terna lealdade que deixara embargada a voz de meu amigo – e como esse amor tão real pode se transformar, com frequência, em intolerância tão vil e insensata. Em que momento ele se torna nocivo?

Após o almoço, perambulei por Sassinoth. Os negócios da cidade, as lojas, mercados e ruas, agitados apesar das pancadas de neve e da baixa temperatura, pareciam uma peça de teatro, irreais, desconcertantes. Eu não saíra ainda, de todo, da solidão do Gelo. Ficava apreensivo entre estranhos e sentia, constantemente, a falta da presença de Estraven ao meu lado.

No crepúsculo, subi a ladeira íngreme e cheia de neve até a Faculdade, onde me receberam e me ensinaram a operar o transmissor de uso público. Na hora marcada, enviei um sinal de *despertar* ao satélite retransmissor que estava em órbita estacionária, cerca de quinhentos quilômetros acima do Karhide Sul. Ele estava lá como uma garantia justamente para situações como esta, em que meu ansível desaparecera e eu não podia pedir a Ollul para enviar um sinal à nave, nem tinha tempo ou equipamento para fazer contato direto com a nave em órbita solar. O transmissor de Sassinoth era mais do que adequado, mas como o satélite não estava equipado para responder, apenas para enviar a mensagem à nave, não havia nada a fazer, exceto enviar o sinal e aguardar. Não tinha como saber se a mensagem fora recebida e retransmitida à nave. Não sabia se tinha feito a coisa certa ao enviá-la. Aprendera a aceitar tais incertezas com tranquilidade.

Acabou nevando forte, e tive de passar a noite na cidade, pois não conhecia as estradas bem o suficiente para percorrê-las na neve e no escuro. Tendo ainda um pouco de dinheiro, perguntei onde havia uma estalagem, e então insistiram para que me acomodasse ali mesmo na Faculdade; jantei com um grupo animado de estudantes e dormi num de seus dormitórios. Adormeci com uma agradável sensação de segurança, uma mostra da gentileza extraordinária e infalível de Karhide para com forasteiros. Havia aterrissado no país certo desde o início, e agora estava de volta. Assim, adormeci; mas acordei muito cedo e segui para a fazenda de Thessicher antes do café da manhã, tendo passado uma noite inquieta, cheia de sonhos e despertares.

O sol nascente, pequeno e frio num céu claro, projetava sombras a oeste de cada rachadura e saliência na neve. A estrada estava toda riscada de claros e escuros. Não havia ninguém nos campos nevados; mas, à distância, na estrada, um pequeno vulto vinha em minha direção, com o porte veloz e deslizante do esquiador. Muito antes de ver seu rosto, sabia tratar-se de Estraven.

– O que foi, Therem?

– Preciso chegar à fronteira – respondeu, e sequer parou quando nos encontramos. Ele já estava sem fôlego. Dei meia-volta e fomos ambos para o oeste; eu com grande dificuldade em acompanhá-lo. Onde a estrada fez a curva para entrar em Sassinoth, ele a abandonou, esquiando para os campos abertos. Cruzamos o Ey congelado cerca de um quilômetro ao norte da cidade. As margens eram íngremes e, ao final da escalada, tivemos de parar e descansar. Não estávamos em condições físicas para esse tipo de corrida.

– O que aconteceu? Thessicher...

– Sim. Eu o ouvi falando pelo rádio. Logo que amanheceu. – O peito de Estraven arfava, como quando estivera estirado no gelo ao lado do abismo azul. – Tibe deve ter posto minha cabeça a prêmio.

– Maldito traidor ingrato! – balbuciei, referindo-me não a Tibe, mas a Thessicher, cuja traição era a de um amigo.

– Ele é, sim – disse Estraven –, mas pedi demais, exigi demais de um espírito mesquinho. Escute, Genry. Volte a Sassinoth.

– Vou acompanhá-lo pelo menos até a fronteira, Therem.

– Deve haver guardas orgortas lá.

– Ficarei do lado de cá. Pelo amor de Deus...

Ele sorriu. Ainda ofegante, levantou-se e prosseguiu, e fui com ele.

Esquiamos por pequenos bosques gelados e sobre os morros e campos do vale em disputa. Ali, não havia como alguém se esconder, se esgueirar. Um céu iluminado pelo sol, um mundo branco, e nele nós dois, duas pinceladas de sombra, fugindo. O solo irregular impedia-nos de ver a fronteira até chegarmos a menos de duzentos metros dela: então, de repente, lá estava ela, nitidamente, demarcada por uma cerca, apenas meio metro dos mourões aparecendo acima da neve, as pontas dos mourões pintadas de vermelho. Não havia guardas à vista no lado orgota. No nosso lado, havia marcas de esquis e, ao sul, várias pequenas figuras se movendo.

– Há guardas deste lado. Você vai ter de esperar até escurecer, Therem.

– Inspetores de Tibe – ofegou amargamente, e virou-se.

Voltamos depressa pela pequena elevação que acabáramos de subir e escolhemos o abrigo mais próximo. Ali passamos todo o longo dia, numa pequena depressão entre grossos troncos de hemmens em crescimento, seus ramos avermelhados vergados sob o peso da neve ao nosso redor. Discutimos muitos planos de seguir ao norte ou ao sul ao longo da fronteira, para sair da região particularmente conturbada, de subir as colinas a leste de Sassinoth, e até mesmo de voltar ao norte, aos campos desertos, mas cada plano acabou vetado. A presença de Estraven fora denunciada, e não poderíamos mais viajar abertamente por Karhide, como vínhamos fazendo. Nem poderíamos viajar em segredo por grandes distâncias: não tínhamos barraca, comida ou forças. Não havia alternativa senão correr em disparada para o outro lado da fronteira. Era a única saída.

Aconchegamo-nos na cavidade escura, debaixo de árvores escuras, na neve. Deitamos bem próximos um do outro, para nos aquecer. Por volta do meio-dia, Estraven cochilou um pouco, mas eu estava com muita fome e frio para dormir; fiquei ali, deitado ao lado de meu amigo, numa espécie de estupor, tentando me lembrar dos versos que ele citara uma vez: *dois são um, vida e morte, unidas*... Era um pouco como estar dentro da barraca no Gelo, mas sem abrigo, sem comida, sem descanso: nada mais restava senão nosso companheirismo, que logo iria acabar.

Um nevoeiro encobriu o céu durante a tarde, e a temperatura começou a cair. Até mesmo naquela cavidade sem vento o frio era intenso demais para ficarmos sentados, imóveis. Tivemos de nos movimentar e, mesmo assim, ao pôr do sol fui tomado por acessos de tremor iguais aos que experimentara no caminhão-prisão, a caminho de Pulefen. A escuridão parecia demorar uma eternidade para vir. Ao final do crepúsculo azulado, saímos da cavidade e subimos o morro furtivamente, atrás de árvores e arbustos, até divisarmos a cerca da fronteira, alguns pontos indistintos ao longo da neve pálida. Nenhuma luz, nenhum movimento, nenhum som. À distância, no sudoeste, brilhavam as luzes difusas e amareladas de um povoado, alguma minúscula Aldeia Comensal de Orgoreyn, onde Estraven poderia ir com seus inaceitáveis documentos de identidade e garantir alojamento, por pelo menos uma noite, na Prisão Comensal ou, talvez, na Fazenda Voluntária Comensal mais próxima. De repente – ali, no último momento, não antes – percebi o que o meu egoísmo e o silêncio de Estraven haviam me sonegado: para onde ele estava indo e no que estava se metendo. – Therem... Espere...

Mas ele já tinha partido, morro abaixo: um esquiador magnífico e veloz, e desta vez sem se conter por minha causa. Deslizou rápido, numa longa curva descendente por entre as sombras na neve. Fugiu de mim direto para as armas dos guardas da fronteira. Acho que ouvi gritos de advertência ou ordens para parar, e uma luz se acendeu em algum ponto, mas não tenho certeza; de qualquer modo, ele não parou e seguiu lançando-se como um raio em direção à cerca, e atiraram nele antes que pudesse alcançá-la. Não usaram o tonteador sônico, mas o revólver de incursão, a antiga arma que dispara fragmentos metálicos numa explosão. Atiraram para matar. Estraven estava morrendo quando cheguei até ele, estirado e retorcido, separado de seus esquis, que estavam fincados na neve, metade do peito despedaçado pelo disparo. Tomei sua cabeça em meus braços e falei com ele, mas não respondeu; apenas de um modo reagiu a meu amor por ele, gritando, em meio aos destroços e tumultos silenciosos de sua mente, à medida que sua consciência se esvaía, na linguagem muda, uma vez, claramente: — *Arek!* — Depois, mais nada. Abracei-o, agachado ali na neve, enquanto ele morria. Deixaram-me fazer isso. Então, obrigaram-me a me levantar e levaram-me para um lado, ele para outro. Eu, para a prisão; ele, para a escuridão.

20

ooooo

Missão Inútil

Em algum trecho do diário que Estraven escreveu durante nossa longa e difícil travessia do Gelo Gobrin, ele se pergunta por que seu companheiro tem vergonha de chorar. Poderia ter-lhe dito, mesmo então, que era mais medo do que vergonha. Agora eu atravessava o Vale Sinoth, na noite de sua morte, e entrava no território frio localizado além do medo. Lá, descobri que se pode chorar à vontade, mas de nada adianta.

Fui levado de volta a Sassinoth e encarcerado, porque estivera na companhia de um fora da lei, e provavelmente porque não sabiam o que fazer comigo. Desde o início, mesmo antes da chegada da ordem oficial de Erhenrang, fui bem tratado. Minha cela karhideana era um quarto mobiliado na Torre dos Senhores Eleitos de Sassinoth; eu tinha uma lareira, um rádio e cinco fartas refeições diárias. Não era confortável. A cama era dura, os cobertores finos, o piso sem tapetes, o ar frio – como qualquer quarto em Karhide. Mas mandaram um médico, cujas mãos e voz trouxeram-me um conforto mais duradouro e benéfico do que jamais encontrei em Orgoreyn. Após sua visita, acho que a porta ficou destrancada. Lembro-me dela aberta e eu desejando que estivesse fechada, por causa da corrente de ar gelado vinda do corredor. Mas não tinha forças, nem ânimo, para sair da cama e fechar a porta de minha prisão.

O médico, um jovem sério e maternal, disse-me com ar de pacífica certeza: – Você foi mal alimentado e fez muito esforço por cinco ou seis meses. Está completamente exaurido. Não tem forças para mais nada. Fique deitado e repouse. Deitado como os rios congelados dos vales de inverno. Deitado e quieto. Seja paciente.

Contudo, quando eu dormia, estava sempre no caminhão, amontoado junto com os outros, todos nós fedendo, tremendo, nus, espremidos juntos para nos aquecer, todos menos um. Um deles estava deitado sozinho contra a porta trancada, o que estava com frio, com a boca cheia de sangue coagulado. Era o traidor. Tinha fugido sozinho, abandonando todos nós, abandonando a mim. Acordava com muita raiva, uma raiva débil e trêmula, que se transformava em lágrimas débeis.

Devo ter ficado muito doente, pois me lembro de alguns dos efeitos da febre alta, e o médico passou a noite comigo uma vez, ou talvez mais. Não consigo me recordar daquelas noites, mas lembro-me claramente de ter dito, ouvindo o tom de lamento e lamúria em minha própria voz: – Ele poderia ter parado. Ele viu os guardas. Correu direto para os revólveres.

O jovem médico não respondeu nada por alguns instantes. – Está querendo dizer que ele se matou?

– Talvez...

– É cruel dizer uma coisa dessas de um amigo. Não acredito que Harth rem ir Estraven fosse capaz disso.

Não tinha pensado, quando falei, no desprezo dessa gente pelo suicídio. Para eles, assim como para nós, não se trata de uma escolha. É a renúncia à escolha, um ato de traição. Para um karhideano que lesse nossos cânones, o crime de Judas não estaria na traição a Cristo, mas no ato que, selando o desespero, nega a chance de perdão, mudança, vida: seu suicídio.

– Então não o chama de Estraven, o Traidor?

– Nunca chamei. Existem muitos que jamais deram atenção às acusações contra ele, sr. Ai.

Mas fui incapaz de enxergar nisto algum consolo, e apenas protestei no mesmo tormento: – Então por que atiraram nele? Por que ele está morto?

Para isso não encontrou resposta, pois não havia nenhuma.

Nunca fui formalmente interrogado. Perguntaram-me como conseguira sair de Pulefen e entrar em Karhide, e perguntaram qual o destino e o propósito da mensagem codificada que eu enviara pelo rádio. Contei-lhes. Esta informação foi direto para o rei, em Erhenrang. O assunto da nave aparentemente permanecera em segredo, mas a notícia de minha fuga de uma prisão orgota, minha jornada pelo Gelo no inverno, minha presença em Sassinoth, foi livremente noticiada e discutida. A participação de Estraven não foi mencionada no rádio, nem sua morte. No entanto, eram fatos conhecidos. Sigilo, em Karhide, é, de um modo bem extraordinário, uma questão de discrição, de silêncio tácito – uma omissão de perguntas, mas não de respostas. Os Boletins falavam apenas do Enviado Sr. Ai, mas todos sabiam que fora Harth rem ir Estraven quem me arrancara das mãos dos orgotas e viera comigo pelo Gelo até Karhide, para desmentir a história dos Comensais a respeito de minha morte repentina por febre-horm, em Mishnory, no último outono... Estraven previra, com razoável precisão, os efeitos de meu retorno; seu principal erro foi subestimá-los. Por causa do alienígena doente numa cama, sem ação, alheio a tudo, num quarto em Sassinoth, dois governos caíram num intervalo de dez dias.

Dizer que um governo orgota caiu naturalmente significa apenas que um grupo de Comensais foi substituído por outro grupo de Comensais nos gabinetes que controlam os Trinta e Três. Algumas sombras encurtaram e outras se alongaram, como dizem em Karhide. A facção Sarf, que me enviara a Pulefen, conseguiu se manter, apesar do embaraço, nada inédito, de ter sido apanhada mentindo, até o anúncio público feito por Argaven da chegada iminente da Nave Estelar a Karhide. Nesse dia, o partido de Obsle, a facção Comércio Aberto, assumiu a presidência dos Trinta e Três. Portanto, fui útil para eles, no final das contas.

Em Karhide, a queda de um governo muito provavelmente significa a desgraça e a substituição de um Primeiro-Ministro e a recomposição do kyorremy, embora assassinato, renúncia e insurreição sejam alternativas frequentes. Tibe não fez nenhum esforço para permanecer no cargo. Meu valor no jogo de shifgrethor internacional, acrescido de minha defesa (insinuada) de Estraven, proporcionou-me, por assim dizer, um prestígio-influência tão claramente superior ao dele, que renunciou, como soube mais tarde, mesmo antes do Governo de Erhenrang saber do meu contato por rádio com a nave. Tibe agiu depois do alerta de Thessicher, esperou até receber a notícia da morte de Estraven e então renunciou. Obteve derrota e vingança de uma só vez.

Após receber as informações completas, Argaven enviou-me uma convocação, um convite para voltar a Erhenrang e, junto com o pedido, um generoso subsídio para as despesas. A Cidade de Sassinoth, com a mesma generosidade, enviou seu jovem médico para me acompanhar, pois eu ainda não me encontrava em bom estado. Fizemos a viagem em trenós motorizados. Lembro-me apenas de partes dela; foi calma e lenta, com longas paradas para aguardar os compactadores liberarem a estrada, e longas noites em estalagens. Deve ter durado apenas dois ou três dias, mas pareceu-me mais longa, e não me recordo de quase nada até o momento em que atravessamos o Portal Norte de Erhenrang e entramos nas vielas cheias de neve e sombra.

Senti, então, meu coração se fortalecer um pouco, e minha mente clarear. Eu estivera despedaçado, desintegrado. Agora, embora cansado da viagem tranquila, encontrava um pouco da força que ainda havia intacta dentro de mim. Força do hábito, muito provavelmente, pois ali estava, finalmente, um lugar conhecido, uma cidade onde tinha vivido e trabalhado por mais de um ano. Conhecia as ruas, as torres, os pátios sombrios, caminhos e fachadas do Palácio. Sabia qual era minha tarefa ali. Portanto, pela primeira vez, ficou claro para mim que, com a morte de meu amigo, era preciso concluir a missão pela qual ele morrera. Precisava encaixar a pedra chave no arco.

Nos portões do Palácio, a ordem era para que me dirigisse a uma das casas de hóspedes dentro dos muros do Palácio. Era a Residência da

Torre Redonda, o que sinalizava um alto grau de shifgrethor na corte: não tanto o favor do rei, mas seu reconhecimento de uma posição já elevada. Embaixadores de governos amigos geralmente ficavam hospedados ali. Era um bom sinal. Para chegar lá, entretanto, foi preciso passar pela Residência Vermelha da Esquina, e olhei, do lado de dentro do portão estreito e arqueado, a árvore desfolhada sobre o lago, cinza de neve, e a casa, que permanecia desocupada.

Na entrada da Torre Redonda fui recebido por uma pessoa de camisa vermelha e hieb branco, com uma corrente prateada nos ombros: Faxe, o Vidente do Retiro de Otherhord. Ao ver aquele rosto belo e gentil, o primeiro rosto conhecido que via em muitos dias, uma torrente de alívio amoleceu meu estado de espírito, endurecido pela tensa determinação. Quando Faxe tomou minhas mãos no raro gesto karhideano e deu-me as boas-vindas como amigo, consegui corresponder ao caloroso cumprimento.

Ele tinha sido enviado ao kyorremy pelo seu distrito, Rer Sul, no início do outono. A eleição de Habitantes dos Retiros da Handdara para uma cadeira no conselho não é incomum; entretanto, não é comum que um Tecelão aceite tomar posse, e acredito que Faxe teria recusado se não estivesse tão preocupado com o governo de Tibe e o rumo que vinha dando ao país. Assim, tirara a corrente dourada de Tecelão e colocara a prateada de conselheiro; e não esperou muito para exercer sua influência, pois desde Thern era membro do Hes-kyorremy, ou Conselho Interno, que serve como contrapeso ao Primeiro-Ministro, e tinha sido nomeado ao cargo pelo rei. Talvez estivesse na escalada que levaria à eminência de onde Estraven, menos de um ano antes, havia caído. Carreiras políticas em Karhide são abruptas e precipitadas.

Na Torre Redonda, uma casa pequena, pomposa e fria, Faxe e eu conversamos longamente antes de eu encontrar qualquer outra pessoa ou fazer qualquer declaração ou manifestação formal. Perguntou-me, com seu olhar límpido: – Então há uma nave a caminho, descendo à terra: uma nave maior do que aquela que o trouxe à Ilha de Horden, há três anos. É isso mesmo?

– Sim. Isto é, enviei uma mensagem que deve prepará-la para vir.

– Quando virá?

Quando percebi que não sabia sequer o dia do mês em que estávamos, comecei a me dar conta do quanto estivera desligado, ultimamente. Precisei contar para trás até o dia anterior à morte de Estraven. Quando descobri que a nave, se estivesse na distância mínima, já poderia estar em órbita planetária, aguardando um sinal meu, tive outro choque.

– Preciso me comunicar com a nave. Eles vão querer instruções. Onde o rei quer que eles pousem? Deve ser uma área desabitada, razoavelmente grande. Preciso de um transmissor...

Foi tudo diligentemente providenciado, sem embaraço. As circunvoluções e frustrações infindáveis de meus contatos anteriores com o Governo de Erhenrang se dissolveram como blocos de gelo num rio em época de cheia. A roda girou... No dia seguinte, eu teria uma audiência com o rei.

Estraven levara seis meses para conseguir minha primeira audiência. A segunda lhe custara o resto de sua vida.

Estava muito cansado para ficar apreensivo, dessa vez, e tinha coisas mais importantes na cabeça do que constrangimento. Percorri o longo corredor vermelho sob os estandartes empoeirados e postei-me diante do tablado com suas três grandes lareiras, onde três fogos luminosos crepitavam e faiscavam. O rei sentava-se ao lado da lareira central, encurvado em um banco entalhado, ao lado da mesa.

– Sente-se, sr. Ai.

Sentei-me do outro lado da lareira de Argaven e vi seu rosto à luz das chamas. Parecia adoentado e envelhecido. Parecia uma mulher que perdera o bebê, um homem que perdera o filho.

– Bem, sr. Ai, então sua nave vai pousar.

– Vai pousar no Pântano de Athten, como o senhor solicitou. Devem aterrissá-la esta noite, no começo da Terceira Hora.

– E se errarem o lugar? Vão incendiar tudo em volta?

– Vão seguir um feixe direcional de rádio; está tudo preparado. Não vão errar.

– E quantos são *eles*? Onze, certo?

– Sim. Número insuficiente para se temer, senhor.

As mãos de Argaven contraíram-se num gesto inacabado. – Não tenho mais medo de você, sr. Ai.

– Fico contente.

– Você me serviu bem.

– Mas não sou seu servo.

– Eu sei – disse ele, indiferente. Olhava fixamente o fogo, mordendo o lado interno do lábio.

– Presumo que meu transmissor ansível esteja nas mãos do Sarf, em Mishnory. Mas, quando a nave pousar, ela terá um ansível a bordo. A partir de então, se o senhor aceitar, assumirei a posição de Enviado Plenipotenciário do Ekumen, com poderes para discutir e assinar um tratado de aliança com Karhide. Tudo isso poderá ser confirmado com Hain e as várias Estabilidades, pelo ansível.

– Muito bem.

Não falei mais nada, pois o rei não estava me dando a devida atenção. Mexeu na lenha da lareira com a ponta da bota, e algumas fagulhas vermelhas se desprenderam. – Por que diabos ele me enganou? – interpelou em sua voz estridente, e pela primeira vez olhou direto para mim.

– Quem? – perguntei, encarando-o de volta.

– Estraven.

– Ele cuidou para que o senhor não enganasse a si mesmo. Afastou-me quando o senhor começou a favorecer uma facção hostil a mim. E me trouxe de volta quando meu próprio retorno iria persuadir o senhor a receber a Missão do Ekumen, e o crédito por isso.

– Por que ele nunca me disse nada sobre essa grande nave?

– Porque ele não sabia; nunca tinha falado sobre ela com ninguém, até chegar a Orgoreyn.

– E que belo grupo vocês dois escolheram para fazer confidências. Ele tentou convencer os orgotas a receber a Missão. Estava trabalhando com a turma do Comércio Aberto o tempo todo. E você vem me dizer que isso não foi traição?

– Não foi. Ele sabia que, qualquer que fosse a nação a fazer a aliança com o Ekumen primeiro, a outra logo seguiria, como irá acontecer: e como também seguirão Sith, Perunter e o Arquipélago, até vocês alcançarem a unidade. Ele amava muito este país, senhor, mas não servia a ele, ou ao senhor. Servia ao mesmo mestre que eu sirvo.

– O Ekumen? – perguntou Argaven, perplexo.

– Não. A Humanidade.

Quando falei isso, não sabia se era verdade. Verdade em parte; um aspecto da verdade. Não seria menos verdade dizer que os atos de Estraven tinham sido motivados por pura lealdade pessoal, um senso de responsabilidade e amizade para com um único ser humano, eu. Nem isso seria toda a verdade.

O rei não respondeu. Seu rosto sombrio, flácido e vincado voltara-se novamente para o fogo.

– Por que chamou essa sua nave antes de me notificar sobre seu retorno a Karhide?

– Para forçar a situação, senhor. Uma mensagem ao senhor teria chegado também a Tibe, que poderia me entregar aos orgotas. Ou me matar. Como matou meu amigo.

O rei não disse nada.

– Minha própria sobrevivência não tem tanta importância, mas tenho, como sempre tive, um dever para com Gethen e o Ekumen, uma tarefa a cumprir. Contatei a nave primeiro para assegurar uma chance de cumpri-la. Foi a recomendação de Estraven, e foi acertada.

– Bem, não foi errada. De qualquer forma, eles vão pousar aqui; seremos os primeiros... E são todos como você, hein? Todos pervertidos, sempre no kemmer? Um grupo bem esquisito para se disputar a honra de receber... Diga ao Senhor Gorchern, o camareiro, como eles esperam ser recebidos. Cuide para que não haja ofensas ou omissões. Ficarão hospedados no Palácio, em qualquer lugar que você considere adequado. Quero recebê-los com honrarias. Você me fez dois bons favores, sr. Ai. Fez dos Comensais mentirosos, e depois tolos.

– E muito em breve aliados, meu senhor.

– Eu sei! – ele disse, num tom agudo. – Mas Karhide primeiro. Karhide primeiro!

Concordei, com um gesto da cabeça.

Após um silêncio, ele disse: – Como foi essa jornada pelo Gelo?

– Não foi fácil.

– Estraven seria uma boa companhia numa aventura louca como essa. Era resistente como ferro. E nunca perdia a calma. Sinto muito que esteja morto.

Eu não soube o que responder.

– Receberei seus... compatriotas em audiência amanhã à tarde, na Segunda Hora. Tem mais alguma coisa a dizer?

– Meu senhor, poderia revogar a Ordem de Exílio de Estraven, para limpar seu nome?

– Ainda não, sr. Ai. Sem precipitações. Mais alguma coisa?

– Nada mais.

– Pode ir, então.

Até eu o traí. Dissera que só chamaria a nave se seu banimento fosse revogado e seu nome estivesse limpo. Não poderia jogar fora a oportunidade pela qual ele morrera, insistindo nessa condição. Isso não o traria de volta desse exílio.

Passei o resto do dia nos preparativos, com o Senhor Gorchern e outros, para a recepção e hospedagem do pessoal da nave. À Segunda Hora, partimos de trenó motorizado rumo ao Pântano de Athten, cerca de cinquenta quilômetros a nordeste de Erhenrang. O local de pouso ficava na margem mais próxima de uma região vasta e desolada, um charco de turfa muito alagadiço para ser cultivado ou povoado, e agora, em meados de Irrem, um deserto plano e congelado, com uma camada de neve de vários metros de profundidade. O sinal de rádio funcionara o dia todo, e havíamos recebido sinais de confirmação da nave.

Ao descer, a tripulação deve ter visto nitidamente em suas telas o círculo de iluminação do planeta de um lado a outro do Grande Continente, desde a Baía de Guthen até o Golfo de Charisune, e os picos do Kargav imóveis à luz do sol, uma cordilheira de estrelas; pois era a hora do crepúsculo quando, olhando para o céu, vimos aquela estrela descer.

Aterrissou em troar e glória, e vapor branco subiu rugindo, enquanto os estabilizadores da nave baixavam no grande lago de água e lama criado pelo motor reverso; abaixo do charco havia um subsolo eternamente congelado, duro como granito, e ela pousou em perfeito equilíbrio, esfriando sobre o lago, que rapidamente tornava a congelar, um peixe grande e delicado equilibrado sobre a cauda, prata escura no crepúsculo de Inverno.

Ao meu lado, Faxe de Otherhord falou pela primeira vez desde o som e o esplendor da descida da nave. – Fico contente de ter vivido para ver isso – disse ele. O mesmo disse Estraven quando olhou para o Gelo, para a morte; o mesmo teria dito esta noite. Para fugir da tristeza amarga que me perseguia, comecei a caminhar na neve, em direção à nave. Ela já transpirava, fosca e gelada, pela ação dos líquidos refrigerantes no interior do casco. Enquanto me aproximava, a porta superior deslizou, abrindo-se, e a rampa de descida foi projetada para fora, uma curva graciosa descendo até o gelo. A primeira a sair foi Lang Heo Hew, inalterada, é claro, exatamente como a tinha visto pela última vez, três anos antes em minha vida, duas semanas na dela. Olhou para mim, para Faxe e os outros da comitiva que me acompanhava e parou ao pé da rampa. – Venho em amizade – disse ela solenemente, em karhideano. Aos seus olhos éramos todos alienígenas. Deixei Faxe cumprimentá-la primeiro.

Ele me apontou para ela, e ela veio e apertou minha mão direita à maneira de meu povo, olhando o meu rosto. – Oh, Genly – disse ela. – Não o reconheci! – Foi estranho ouvir a voz de uma mulher depois de tanto tempo. Os outros saíram da nave, por recomendação minha: evidência de desconfiança, àquela altura, humilharia a comitiva karhideana, afrontando seu shifgrethor. Saíram e cumprimentaram os karhideanos com uma graciosa reverência. Mas todos me pareceram estranhos, homens e mulheres, apesar de conhecê-los bem. Suas vozes soaram esquisitas: muito graves, muito agudas. Eram como uma trupe de grandes e estranhos animais, de duas espécies diferentes: grandes macacos com olhos inteligentes, todos no cio, no kemmer... Pegaram na minha mão, tocaram-me, abraçaram-me.

Consegui me controlar e dizer a Heo Hew e a Tulier o que de mais urgente precisavam saber sobre a situação em que estavam se metendo, durante a volta a Erhenrang, no trenó motorizado. Quando chegamos ao Palácio, entretanto, tive de me recolher a meus aposentos imediatamente.

O médico de Sassinoth entrou. Sua voz calma e seu rosto jovem e sério, não o rosto de um homem ou de uma mulher, mas um rosto humano, foram um alívio para mim, familiares, normais... Entretanto, após me mandar para a cama e me medicar com um sedativo leve, disse: – Vi seus companheiros Enviados. Que coisa maravilhosa, a vinda de homens das estrelas. E durante a minha vida!

Lá estava de novo o deleite, tão admirável no espírito karhideano – e no espírito humano – e, embora não pudesse compartilhar com ele esse deleite, negá-lo seria um ato detestável. Falei, sem sinceridade, mas com absoluta verdade: – É de fato uma coisa maravilhosa para eles também, chegar a um mundo novo, a uma nova humanidade.

No fim da primavera, no mês de Tuwa, quando as cheias do Degelo estavam baixando e tornou-se possível viajar novamente, tirei férias de minha pequena Embaixada em Erhenrang e fui para o Leste. Meu pessoal estava agora espalhado por todo o planeta. Como tínhamos sido autorizados a utilizar os carros aéreos, Heo Hew e mais três pegaram um e voaram até Sith e o Arquipélago, nações do Hemisfério

Marítimo que eu negligenciara completamente. Outros estavam em Orgoreyn, e dois, relutantes, em Perunter, onde os Degelos sequer começam antes de Tuwa e tudo volta a congelar (dizem eles) uma semana depois. Tulier e Ke'sta estavam se saindo bem em Erhenrang e poderiam lidar com qualquer problema que surgisse. Nada era urgente. Afinal, uma nave partindo imediatamente de um dos planetas aliados mais próximos de Inverno não chegaria antes de transcorridos dezessete anos, no tempo planetário. Inverno é um mundo periférico, remoto. Além dele, em direção ao Braço Sul de Órion, nenhum planeta habitado por homens foi encontrado. E é longo o caminho de volta aos principais planetas do Ekumen, os planetas-lares de nossa raça: cinquenta anos até Hain-Davenant, e toda uma vida até a Terra. Não havia pressa.

Atravessei o Kargav, desta vez em desfiladeiros mais baixos, numa estrada sinuosa ao longo da costa do mar meridional. Visitei o primeiro lugar habitado que conheci no planeta, quando os pescadores me trouxeram da Ilha de Horden, três anos antes; a gente daquele Lar me recebeu, então e agora, sem a menor surpresa. Passei uma semana na grande cidade portuária de Thather, na foz do Rio Ench, e depois, no início do verão, parti a pé para a Terra de Kerm.

Caminhando a leste e ao sul, entrei na região íngreme e acidentada, cheia de penhascos e montanhas verdejantes, grandes rios e casas solitárias, até chegar ao Lago Sopé do Gelo. Da margem do lago, contemplando as montanhas ao sul, vi uma luz que já conhecia: a cintilação, a difusão branca do céu, o clarão da geleira lá em cima, além das montanhas. O Gelo estava lá.

Estre era um lugar muito antigo. Seu Lar e demais edificações eram feitos de pedra cinza, retirada da encosta íngreme contígua. Era um lugar gélido, cheio do som de vento.

Bati, e a porta se abriu. – Solicito a hospitalidade do Domínio – falei. – Eu era amigo de Therem de Estre.

Quem abriu a porta pra mim, um sujeito pequeno e sisudo, de

dezenove ou vinte anos, aceitou minhas palavras em silêncio e, silenciosamente, admitiu-me no Lar. Levou-me ao lavatório, ao quarto de vestir e à ampla cozinha, e quando viu que o forasteiro estava limpo, vestido e alimentado, deixou-me sozinho num quarto cujas estreitas janelas-frestas davam para o lago cinza e para as florestas de thores que havia entre Estre e Stok. Era uma terra gélida, uma casa gélida. O fogo rugia na lareira, trazendo, como sempre, mais calor aos olhos e ao espírito do que ao corpo, pois o piso e as paredes de pedra e o vento lá fora, soprando das montanhas e do Gelo, sugavam quase todo o calor das chamas. Mas não sentia frio como antes, nos meus primeiros dois anos em Inverno; já vivia há muito tempo numa terra fria, agora.

Após cerca de uma hora, o rapaz (ele tinha uma delicadeza ágil de moça, na aparência e nos movimentos, mas nenhuma moça conseguiria manter-se num silêncio tão firme quanto ele) veio me dizer que o Senhor de Estre iria me receber, se fosse do meu agrado. Acompanhei-o ao andar de baixo, por longos corredores onde alguma brincadeira de esconde-esconde estava ocorrendo. Crianças passavam por nós em disparada, corriam à nossa volta, as menores soltando gritinhos agudos de agitação, adolescentes deslizando feito sombras de porta em porta, mãos sobre a boca para conter o riso. Uma criaturinha gorducha, de uns cinco ou seis anos, esbarrou em minhas pernas, caiu e agarrou a mão de meu acompanhante como proteção. – Sorve! – sussurrou o pequeno, encarando-me todo o tempo com olhos arregalados. – Sorve, vou me esconder na cervejaria...! – E lá foi ele, como uma pedrinha redonda atirada de um estilingue. O jovem Sorve, de modo algum alterado, continuou me conduzindo e me levou ao Senhor de Estre, no Lar Interno.

Esvans Harth rem ir Estraven era um velho com mais de setenta anos, aleijado por uma artrite no quadril. Sentava-se ereto numa cadeira de balanço ao lado da lareira. Seu rosto era largo, muito áspero e emaciado pelo tempo, como uma rocha numa correnteza: um rosto calmo, terrivelmente calmo.

– Você é o Enviado, Genry Ai?

– Sou.

Olhou-me, e eu a ele. Therem era filho da carne deste velho senhor. Therem, o filho mais novo; Arek, o mais velho, o irmão cuja voz ele ouvia na minha quando eu falava mentalmente com ele; ambos mortos, agora. Não consegui ver nada de meu amigo naquele rosto emaciado, calmo e endurecido diante de meu olhar atento. Não encontrei nada ali senão a certeza, o fato incontestável da morte de Therem.

Eu viera a Estre numa missão inútil, esperando encontrar consolo. Não houve consolo algum; e por que uma peregrinação ao lugar de infância de meu amigo deveria fazer qualquer diferença, preencher qualquer vazio, aliviar qualquer remorso? Nada poderia ser mudado agora. Minha vinda a Estre, entretanto, tinha mais um objetivo, e esse consegui realizar.

– Estive com seu filho nos meses antes de sua morte. Estava com ele quando morreu. Eu lhe trouxe o diário que ele escreveu. Se houver alguma coisa que queira saber sobre aqueles dias...

O rosto do velho não manifestou nenhuma expressão particular. Sua calma não seria alterada. Mas o jovem, num movimento súbito, saiu das sombras para a luz entre a janela e o fogo, uma luz fria e inquieta, e falou rispidamente: – Em Erhenrang, ainda o chamam de Estraven, o Traidor.

O velho senhor olhou para o rapaz, depois para mim.

– Este é Sorve Harth – disse ele –, herdeiro de Estre, o filho dos meus filhos.

O incesto não é proibido ali, eu bem o sabia. Apenas a estranheza disso para mim, um terráqueo, e a estranheza de ver o lampejo do espírito de meu amigo naquele rapaz sisudo, impetuoso e provinciano, emudeceram-me por um instante. Quando falei, minha voz soou insegura. – O rei vai se retratar. Therem não era traidor. O que importa se alguns tolos o chamam assim?

O velho balançou a cabeça lentamente, calmamente. – Importa, sim – disse ele.

– Vocês atravessaram o Gelo Gobrin juntos, você e ele? – interpelou o jovem.

– Atravessamos.

– Gostaria de ouvir essa história, Senhor Enviado – disse o velho Esvans, muito calmo. Mas o rapaz, filho de Therem, balbuciou: – Você vai nos falar de como ele morreu? Vai nos falar dos outros mundos entre as estrelas, das outras espécies de homens, das outras vidas?

O Calendário e o Relógio Gethenianos

O Ano. O período de revolução de Gethen é de 8401 Horas-Padrão Terrestres, ou 0,96 do Ano-Padrão Terrestre. O período de rotação é de 23,08 Horas-Padrão Terrestres: o ano getheniano contém 364 dias.

Em Karhide/Orgoreyn, os anos não são numerados consecutivamente, a partir de um ano-base em direção ao presente; o ano-base é o ano presente. A cada Ano Novo (Getheny Thern), o ano passado torna-se o ano "um-atrás", e a cada data passada soma-se um. O futuro é contado de forma semelhante, o ano seguinte sendo "um-vindouro", até que, na sua vez, ele se torna o Ano Um.

A inconveniência deste sistema na manutenção de registros é atenuada por vários artifícios, como, por exemplo, a referência a eventos conhecidos, reinados, dinastias, senhores locais etc. Os yomeshitas contam em ciclos de 144 anos, a partir do Nascimento de Meshe (há 2.202 anos, no Ano Ekumênico 1492) e realizam rituais de celebração a cada doze anos; mas esse sistema é estritamente religioso e não é empregado oficialmente pelo governo de Orgoreyn, que patrocina a religião Yomesh.

O Mês. O período de revolução da lua de Gethen é de 26 dias gethenianos; a rotação é travada, por isso a lua mostra sempre a mesma face ao planeta. O ano tem 14 meses, e, como os calendários solar e lunar coincidem quase completamente, um ajuste é necessário apenas uma vez a cada 200 anos. Os dias do mês são invariáveis, assim como as datas das fases da lua. Os nomes karhideanos dos meses:

Inverno
Thern
Thanern
Nimmer
Anner
Primavera
Irrem
Moth
Tuwa
Verão
Osme
Ockre
Kus
Hakanna
Outono
Gor
Susmy
Grende
O mês de 26 dias é dividido em dois meio-meses de 13 dias.

O Dia. O dia (23,08 H.P.T) é dividido em 10 horas (veja abaixo); sendo invariáveis, os dias do mês geralmente são chamados pelo nome, como nossos dias da semana, não por números. (Muitos dos nomes referem-se a fases da lua, por exemplo, Getheny, "escuridão", Arhad, "primeiro crescente" etc. O prefixo *od*, utilizado no segundo meio-mês, é de negação, dando um significado contrário. Assim, Odgetheny pode ser traduzido como "não-escuridão".) Os nomes karhideanos dos dias do mês:

Getheny
Sordny
Eps
Arhad
Netherhad
Streth
Berny
Orny
Harhahad
Guyrny
Yrny
Posthe
Tormenbod
Odgetheny
Odsordny
Odeps
Odarhad
Onnetherhad
Odstreth
Obberny
Odorny
Odharhahad
Odguyrny
Odyrny
Opposthe
Ottormenbod

A Hora. O relógio decimal utilizado nas culturas gethenianas pode ser convertido, numa aproximação muito grosseira, ao relógio terráqueo de dois períodos de doze horas (Observação: este é um guia informal para a fração de tempo de cada dia implícito na "Hora" getheniana. As complexidades de uma conversão exata, dado o fato de que o dia getheniano contém 23,08 Horas-Padrão Terrestres, são irrelevantes para minha finalidade):

Primeira Hora	meio-dia às 14h30
Segunda Hora	14h30 às 17h00
Terceira Hora	17h00 às 19h00
Quarta Hora	19h00 às 21h30
Quinta Hora	21h30 à meia-noite
Sexta Hora	meia-noite às 2h30
Sétima Hora	2h30 às 5h00
Oitava Hora	5h00 às 7h00
Nona Hora	7h00 às 9h30
Décima Hora	9h30 ao meio-dia